극문학이란
무엇인가

공연예술신서 · 40

극문학이란 무엇인가

이재명 지음

평민사

목차

서문

극문학 관련 강의를 해 온 지 십수 년 만에 이제 겨우 『극문학 이란 무엇인가』를 펴내게 되었다. 그동안 강의를 진행하면서 적 당한 책이 많지 않다고 여겨, 여러 외국 서적들을 번역해서 사 용해 왔었다. 하지만 아무래도 내용이나 편제가 흡족하지 않아, 이런저런 보충 자료를 활용하지 않을 수 없었다. 그래서 나름대 로 자료를 찾고, 체계를 세우고, 각 체계에 맞는 내용을 정리해 온 지 실로 수년 만에 미흡하나마 일차적으로 정리한 것을 마무 리해 보았다.

제일 먼저 1장에서는 연극과 극문학 전반에 대한 기초적인 사 항을 다루어 보았다. 극문학은 연극을 위한 매체라는 점과, 연 극(과 극문학)은 관객을 위해 존재한다는 점을 기술하고자 하였 다. 2장에서는 3가지 극구조(점층적 극구조, 삽화적 극구조, 상 황적 극구조)를 먼저 규명하고, 종합극과 분석극의 차이를 설명하였다. 또한 점층적 극구조의 대표 원리인 프라이탁의 피라미드 구성론을 설명하면서, 전환점과 절정 구분 논의에 대한 견해를 밝혀 보았다. 3장에서는 유형에 대한 오해를 해명하고, 인물의 분류법과 인물분석 방법론, 인물구조론 등을 시도해 보았다.

4장에서는 말과 글 중심의 극언어관 문제를 지적한 다음, 극언어의 유형을 구분하고, 다양한 말의 기능, 특별히 말의 실행적 기능에 대한 견해를 피력해 보았다. 5장에서는 "틀" 개념과 "극적 세계" 개념을 먼저 도입하고, 의미의 세 가지 층위를 논하였으며, 끝으로 검열의 문제를 조금 다루어 보았다. 6장에서는 연극형태론과 분류법을 검토해 보고, 비극·멜로 드라마·희극·소극, 그리고 서사극과 부조리극을 살펴 보았다. 비극과 희극의 전반적인 개념을 설명하면서, 아리스토텔레스의 『시학』과 프라이의 『비평의 해부』를 중점적으로 검토해 보았다.

책의 내용을 기술함에 있어서, 필자가 먼저 충분히 이해한 내용을 일차적으로 다루려 하였으며 어려운 용어나 이론도 가능하면 쉽게 설명하려 하였다. 또한 누구나 쉽게 알 만한 명작이나 우리의 창작극 작품을 예로 들어 설명하려 하였다. 그러나 돌이켜 보니, 과연 내가 아는 게 무엇인가, 내가 안다는 것도 알고 보면 다 남의 것이 아닌가 하는 자괴감이 들었다. 또한 주로 우리의 창작극을 분석 대상으로 삼으려 했지만, 우리 극작품도 제대로 모르고 있는 게 아닌가 하는 의심마저 들었다.

그렇다고 해서 지금까지 정리한 내용들을 더 붙들고 있더라도 현 상태에서 더 크게 나아질 것 같지 않았다. 연세대와 명지대에서 극문학을 전공하는 박사 과정생들로부터 책의 내용이 그리 나쁘지 않다는 반응을 듣고, 용기를 내어 일차 마무리를 짓기로 하였다. 그런 다음 가능하면 빠른 시일 내에 문제점들을 찾아내어 보완하는 게 현명하다고 생각하였다. 미비한 점이 적지 않겠지만, 극문학을 창작하고 분석하는 후학들에게 미력하나마 도움이 되었으면 하는 소망이 있을 뿐이다. 책의 내용을 기술함에 있어서 많은 도움을 준 국내외 저자들에게 큰 빚을 진 느낌이다. 또한 책을 집필하는 동안 여러 방면에서 도움을 준 많은 분들께 이 자리를 빌어 감사드린다.

2004년 3월
이재명

1장
극문학의 본질

희곡은 극작가 개인의 고유한 문학적 활동인데 비해, 연극은 배우와 연출가, 무대 디자이너 등이 극작가의 희곡작품을 중심으로 펼치는 종합적인 예술 활동이다.

1. 연극과 희곡의 관계

　극문학, 즉 희곡이란 무엇인가? 우리는 희곡에 대해 논하기 전에 먼저 희곡과 연극과의 관계를 먼저 확인해볼 필요가 있다. 왜냐하면 희곡은 그 자체로서 자족적인 존재라기보다는 상연을 통해서 연극으로 실현되는 존재이기 때문이다. 그러므로 여기서는 먼저 희곡과 연극의 관계를 먼저 살펴보도록 하겠다.

　연극(Theatre)과 희곡(Drama), 이 두 용어는 서로 밀접한 관계를 맺고 있으며, 경우에 따라서는 동의어로도 쓰인다. 이 둘의 구분은 그리 쉽지 않지만 기본적으로 연극이 실제 무대 제작 작업과 관련된다면, 희곡은 그 이전에 이루어지는 문학적 작업과 관련된다고 구분할 수 있다. 즉, 희곡은 극작가 개인의 고유한 문학적 활동인데 비해, 연극은 배우와 연출가, 무대 디자이너 등이 극작가의 희곡 작품을 중심으로 펼치는 종합적인 예술 활동이다. 개인적 사전 작업과 집단적 사후 작업으로 구분되는 이 둘 사이의 관계는 음악에 있어서의 작곡/연주, 건축에 있어서의 설계/시공과 유사하다. 이제 연극과 희곡의 관계를 좀더 깊이 고찰하기 위해, 두 어휘의 어원을 살펴보자.

드라마(drama)라는 용어는 그리스어 dran('행동하다'라는 뜻의 동사) + ma(결과를 뜻하는 명사 어미)의 합성어에서 그 어원을 찾을 수 있다. 이처럼 드라마의 어원을 통해서 "(배우들의) 행동하기로 표현되는 문학 양식"이라는 특성을 잘 살펴 볼 수 있다. 그리스 드라마의 대표적인 양식이었던 비극을 설명하면서, 아리스토텔레스는 "보여주기(showing, mimesis)"라는 모방 방식을 제시한 바 있다. 그는 저서 『시학』에서 비극은 행위자들을 극적으로 제시하기, 즉 행위자들의 모방 양식임을 주장하였다. 그러므로 이러한 사실들을 종합해 보면, 드라마는 '무대(stage) 위의 행위자을 통해서 관객에게 보여주는 이야기'라고 할 수 있다. 그리고 오래 전부터 희곡, 혹은 드라마는 시, 소설 등과 함께 문학의 영역에 속해 왔다.

이에 비해 연극(theatre)이라는 용어는 그리스어 thea('보다'라는 뜻의 동사) + tron(수단이나 장소를 가리키는 명사형 어미)의 합성어에서 왔다. theatre(혹은 theater)의 기본적인 의미는 연극과 극장을 나타낸다. 그러므로 theatre라고 하면 그 의미는 배우와 연출자 등이 무대 위에서 펼치는 공연예술로서의 '연극'과, 그러한 공연이 이루어지기 위해 지은 '극장'을 뜻한다. 연극은 음악, 미술(조각), 건축, 무용, 문학 등과 함께 예술 영역에 해당한다. 그런데 연극은 연극 이외의 예술 영역과 밀접한 관련을 맺고 있다. 연극은 대부분 "배우를 통해 현재 행동을 언어로 표현해낸 문학", 즉 희곡을 토대로 이루어진다. 연극은 무대 위의 공간에서 살아 있는 인간의 움직임을 다룬다는 점에서는 무용과 긴밀한 연관성을 지니고 있다. 연극은 일정한 공간 안에서 이루어지며, 그 공간을 구성하고 있는 건축 양식에 큰 영향을 받는다. 또한 연극은 무대 위의 소품과 세트를 구성하기 위해 미술과 조각의 도움을 필요로 한다. 끝으로 아리스토텔레스가 비극의 6가지 구성 요소 가운데 음악을 설정하였듯이 노래와 음악도 연극과 오래 전부터 관계를 맺어 왔다. 이렇듯 연극은 다양한 예술 양식들의 요소를 적극 활용하면서 여러 예술 양식들과 활발한 교류를 해 왔다.

그러나 연극이 글로 표기된 희곡에서 출발한다 하더라도, 그 작품이 공연되기 전까지는 엄밀한 의미에서 드라마라고 할 수 없다. 희곡 작품 자체가 문학의 한 영역인 것은 사실이지만, 연극 창조의 중요한 한 가지 구성요소이기도 하다. 드라마는 무대 위에서 실제로 공연되지 않고서는 존재하지 않는다. 문자로 쓰여진 희곡은 단지 '잠재성이 있는 드라마'일 뿐이다.

그밖에 연극과 희곡 이외에 극작품(play)이라는 용어가 사용되기도 한다. play는 구체적으로 극작가의 문학 작업과 배우를 비롯한 연극 종사자들의 무대 제작 작업을 연결시켜 주는 용어로 볼 수 있다. 일반적으로 play는 놀이라는 의미가 우선하며, 희곡 작품이라는 의미는 나중에 보태진 의미라고 할 수 있다. 우선 이러한 간단한 구분을 한 뒤, 구체적으로 이들 사이의 상관 관계를 살펴보면서 연극과 희곡의 개념을 정리해 보자.

연극이란 무엇인가? 연극은 배우와 관객 사이의 상호 작용 및 이와 관련된 복합적인 현상을 의미한다. 오래 전부터 인류에게는 무엇인가를 제시하려는 사람과 그의 모습을 의미 있게 바라보는 사람 사이의 연극적 행위가 있어 왔다. 무언가를 모방하려는 행위와 그것을 지켜보는 행위 사이의 연결체는 원시인들 사이에서 자연스럽게 이루어졌다. 처음에 이러한 행위는 실제적인 효용에서 출발했다. 그러다가 차차 주술적인 행동으로 발전되었고, 이어서 오락적인 행위로, 그리고 마침내 예술적인 행위로 발전되었다. 이처럼 무엇인가를 모방하여 남에게 보여 주려는 배우의 행위와 그런 행위를 의미있게 지켜보는 관객의 행위가 맞물리면서 연극의 기원은 시작되었다. 다음에서는 배우와 관객이 만나 연극이 실현되는 공간으로서의 극장에 대해 살펴보자.

2. 연극이 이루어지는 공간, 극장

이러한 모방적 행동을 통해 '보여 주려는'(to be seen) 배우의 행위와 그 모방적 행동을 의미 있게 '지켜보는'(to see) 관객의 행위는 '극장'이라는 특별한 공간에서 실현된다. 앞서 살펴보았듯이 연극과 극장을 지칭하는 용어가 동일하게 "Theatre"라는 점에 주목할 필요가 있다. 왜냐 하면 이 말은 그리스 시대부터 관객과 배우가 함께 만들어낸 연극 행위와 그런 연극 행위가 이루어지는 극장을 동일하게 지칭하여 왔다는 점을 상기시켜 주기 때문이다.

극장은 연극 행위가 이루어지는 특별한 장소로 연극이 실현되는 의미 있는 공간이다. 우리는 장충동의 국립극장이나 대학로의 문예회관을 비롯한 각종 소극장들, 서초동 예술의 전당 내의 여러 공연장, 그리고 각 대학의 극장, 혹은 미국 뉴욕의 브로드웨이 44번가에 있는 뮤지컬 공연장 등을 모두 극장이라 칭한다. 이와 같은 극장에는 배우들의 연기 공간인 무대와 관객들이 관람하는 객석, 그리고 분장실이나 기타 부대 시설들로 가득차 있다. 그러나 우리는 건물의 형태나 무대의 모양을 보고 그 공간을 극장이라고 부르지는 않는다. 관객이 지켜보는 가운데 어떤 삶이나 경험, 느낌 등을 재현 · 모방 · 표현하기 위해 공간을 활용한 곳을 우리는 극장이라고 부른다.

그런데 이처럼 한눈에 봐서 극장인지를 쉽게 확인할 수 있는 건물이 있는 반면, 언뜻 보아서 극장인지 아닌지 구분이 잘 가지 않는 공간도 있다. 후자는 평소에는 극장으로 쓰이지 않지만 특별히 공연 공간으로 '선택된' 경우를 가리킨다. 전자를 유형의 극장이라고 한다면, 후자를 무형의 극장이라 부를 수 있겠다. 대표적인 무형의 극장으로는 주로 실내극장이 만들어지기 이전 서양 중세 연극이 공연되던 장터나 거리와 같은 야외 공간을 들 수 있으며, 우리나라의 경우 근대적인 극장 협률사 설립 이전에 연극 행위가 펼쳐지던 다양한 공간을 들 수 있다. 각 지방의 탈춤이 공연되던 마을 한복판이나 야트막한 산비탈, 이름 없는 광대들이 판소리 대목을 불러대던 장터의 한 구석, 한때 사라졌다가 다시 복원된 그림자극 〈만석중놀이〉를 놀던 초파일의 절 마당 등을 들 수 있다. 이러한 무형의 극장은 동서고금을 막론하고 무수히 많이 존재해 왔는데, 대표적인 것으로는 경극과 같은 중국의 전통극이 공연되던 야외 가설극장이나 유럽에서 오랜 전통을 지닌 광대들의 거리극 공연이 진행된 거리, 그리고 미국의 유명한 현대 극단 '빵과 인형'의 환경극 무

15

대 등을 꼽을 수 있다. 그밖에 교실이나 교회 건물, 창고, 공원, 광장, 명승지 등이 특별히 연극을 위한 공간, 즉 무형의 극장으로 선택되어 활용되기도 한다.

현대극에서 무형의 극장을 적극적으로 활용한 경우를 "환경극(environmental theatre)"이라 하는데, 환경극이란 기존의 극장 건물이 아닌 방, 차고, 다락, 창고 등과 같은 모든 공간을 연극적으로 활용하고 있는 연극의 형태를 이른다. 그러므로 이러한 공연에는 무대와 객석의 공간이 뚜렷하게 구별되지 않을 수 있으며, 배우와 관객이 공연 도중 한데 뒤섞이기도 한다. 폴란드 '연극실험실'의 예르지 그로토우스키, 영국 '국제연극연구센터'의 피터 브룩, 프랑스 '태양 극장'의 무누쉬킨, 미국 '빵과 인형'의 피터 슈만 등은 20세기 들어 현대 연극을 이끈 주요 인물들인데, 이들은 하나같이 환경극을 추구하였다.

3. 연극적 행위의 주체, 배우

예로부터 많은 사람들은 일상생활에서 경험하고 느낀 갖가지 이야기와 느낌, 생각들을 다른 사람들에게 전달하고 공유하고 싶어했다. 원시 시대 인류들은 그들이 사냥을 하면서 터득한 동물들의 습성이나 사냥법 등을 동료나 청소년들에게 전달하려 했다. 그러나 말과 글이 사용되기 이전의 그들에게는 오직 몸짓과 손짓, 표정 등으로 흉내내기가 유일한 표현 수단이었다. 그들은 더욱 실감나게 표현하기 위해 사냥한 동물의 가죽과 머리를 뒤집어 쓴 채, 동물의 행동을 모방하였다. 바로 이러한 모방행위에서 오래 전 인류의 실용적인 연극이 출발되었다. 이들의 연극은 즐기기 위한 오락적 기능보다는 실제 사냥법과 관련된 것이라는 측면에서 실용적이었다. 그러므로 모든 인류는 다 연극 배우였다.

현대를 살고 있는 우리의 모습을 들여다 보아도 그렇다. 갓난 아기들은 울음이나 표정, 몸짓 등으로 주위 사람들과 의사소통을 한다. 그러다가 차츰 말과 글을 배워 가면서 아이들은 어른들의 행동이나 생활을 모방하는 소꿉놀이를 하면서 성장해 간다. 누가 시키지 않았는데도 어린아이들은 즉흥적으로 배역을 나누고, 놀이의 틀을 정하고, 놀이에 몰입한다. 역할 놀이를 하는 어린아이들은 경우에 따라서 인형이나 장난감 등의 도구나 소품을 활용하면서 자유스럽게 논다. 그들은 굳이 옆사람(관객)을 의식하지 않으며, 놀이 자체를 즐긴다. 그리하여 어렸을 때부터 우리들은 누구나 배우가 되어 연극 놀이를 하며 성장해 왔다.

어린아이들의 놀이나 배우의 연극은 모두 미리 상상된 상황과 장소, 그리고 행동 계획이나 대본, 대사 등을 갖고 시작한다. 어린 아이의 놀이처럼 연극은 인간사를 모방한다. 놀이와 연극의 기본적인 의무는 모방하는 것과 즐기는 것으로서, 이것은 인간 행위에 대한 이해와 행복감을 준다. 이러한 측면을 반영하듯, 영어의 play라는 말과 독일어의 spiel이라는 말은 모두 놀이와 연극의 의미를 함께 지니고 있다.

계속해서 연극적 행위를 발전시켜 나간 원시 시대 인류의 모습을 되살려 보자. 그들은 더 많은 수렵과 수확을 기원하기 위해 그들을 지배하고 있다고 믿는 신들에게 제사를 올렸다. 그래서 그들은 봄철 파종을 마치고 농경의례를 행하였으며, 가을철 수확을 마치고 감사제의를 올렸다. 그들은 "겨울이 지나고 봄이 와서 파종을 하면, 여름에 성장하고, 가을에 수확한 후, 다시 겨울을 맞는다."는 계절의 변화와 만물이 살고 죽는 순환 과정을 인식하게 되었다. 그리하여 원시 시대 우리의 조상들은 삶과 죽음, 그리고 부활(재생)의 과정이 반복되는 패턴을 기억하고, 이러한 과정을 주관하는 천신이나 조상신에게 성대한 제의를 올렸다. 이러한 제의는 새해의 왕이 지난해의 왕과 겨루어 승리하는 '모의 전쟁놀이'의 성격을 띠고 있었다. 이때 이러한 제의를 주관하던 사제, 제사장, 혹은 통치자들은 의상과 가면, 분장을 사용하며, 다양한 몸짓과 행동과 노래로 특정한 대상을 모방하거나 찬양하였다. 이러한 제의 주관자들의 주술적 행동에서도 오늘날의 연극적 요소를 충분히 찾아볼 수 있다. 원시 시대 제의의 목적 역시 실제적이었는데, 사냥을 성공적이게 한다든가, 곡식을 잘 자라게 한다든가, 외적의 침입이나 재앙을 막아 달라는 데에 그 목적이 있었다.

서양에서 실제적인 목적을 지닌 모방, 주술의 단계를 지나서 공연예술로 자리잡게 된 계기는 풍요의 신 디오니소스를 예찬하기 위한 고대 그리스 축제에서부터 비롯되었다. 고대 그리스인들은 축제 동안 디오니소스 신을 예찬하는 '합창 송가'(Dithyrambos)를 부르기 시작하였으며, 이것이 발전하여 나중에는 그 유명한 그리스 비극이 되었다. 사제가 아닌 본격적인 배우가 등장하는 것도 바로 그리스 연극부터였다.

앞서 잠시 논의했듯이, 고대 그리스 연극은 종합예술격인 '합창 송가'로부터 발생하였다. 합창대를 이끌었던 전설적인 극작가 테스피스는 신으로 분장한 한 인물, 즉 배우를 창조하여 합창대(코러스)에 덧붙임으로써 본격적으로 그리스 비극을 발전시켰다. 테스피스가 창작한 초기 그리스 비극은 한 명의 배우와 코러스 사이의 대화 형태였으나 사티로스 극의 성격을 크게 벗어나지는 못했다. 이후 아이스킬로스가 제2의 인물을 창조하였는데, 그들은 신화나 전설 상의 인물들을 맡아서 이야기를 주도해 나갔다. 아이스킬로스에 이르러서 비극은 합창보다는 극중 대화 중심으로 바뀌었고, 합창대의 중요도는 자연스럽게 줄어들었다. 소포클레스는 배우를 3명으로 확대시켜(한 장면에 3명의 배우를 등장시켜) 연극적 성격을 더욱 강화시켰으며, 무대 장치와 의상을 제대로 갖추게 하였다. 당시 그리스 원형 극장의 폭이 좁은 무대 위에는 3명까지 설 수 있었으며, 반원형의 넓은 오케스트라에는 코러스들이 위치하여 공연하였다. 3명의 배우가 10명 내외의 역할을 맡아서 연기했는데, 이처럼 일인다역이 가능했던 것은 그들이 다양한 가면과 의상을 사용하여 연기했기 때문이다.

우리 연극의 경우도 서양 연극과 유사한 길을 걸어 왔다. 동북아와 한반도에 정착한 채 수렵채취를 일삼던 우리 조상들은 사냥을 원활히 하기 위해 동물들의 습성을 모방하여 춤을 추었다. 그리하여 우리 조상들은 여러 동굴 벽화에 동물의 탈을 뒤집어 쓰고 춤을 추는 모습을 남겼다. 농경 시대에 접어들면서 우리 조상들 역시 농경 의례와 추수감사제의, 그리고 조상신에 대한 제사 등을 성대히 거행하면서 다양한 행사들을 이어 왔다. 부여의 '영고', 예의 '무천', 고구려의 '동맹' 등은 대표적인 제천 의식이었다.

중국에서 유래한 나례(儺禮)는 가면을 쓰고 춤을 추며 악귀를 쫓는 벽사진경(壁邪進慶)의 행사였는데, 이러한 나례는 토착화되어 다양한 행사로 자리 잡았다. 특히 신라의 '처용무'는 가면을 쓰고 잡귀를 물리치는 구나의식(驅儺儀式)의 가면극으로서, 신라 시대 이후 고려와 조선 시대를 거쳐 지금까지 계승되고 있다.

고대의 제정 일치 시대에 제천 의식을 주관한 제사장과 그의 무리들은 강력한 권력을 지닌 집단이었다. 그러나 이들 제사장의 역할은 축소되었으며, 이후 민간인들 사이에서 제의와 오락을 제공하는 무속 집단으로 전락하였다. 대표적인 예로 신라 화랑(花郎)은 귀족 자제를 중심으로 도의를 닦고 풍류를 즐기고 명산대천을 즐기던 수양단체의 일원이었으나, 이후 무속집단의 일원으로 전락하였다. 즉, 신라 화랑은 정치적이고 제의적인 역할을 할 수 없게 된 때부터 세속적인 예능 방면으로만 발전하게 되었다. 조선 시대 예능이 뛰어난 사람을 지칭하는 말 가운데 화랑, 혹은 화랭이가 있는데, 이들은 굿의 전 체계를 관리하며 무악반주를 전문으로 하는 남무(男巫)를 일컫는다. 그밖에 궁중 제의와 민간 제사 등을 주관하던 인물들은 재인(才人), 광대(廣大), 우인(優人), 창부(倡夫) 등으로 불렸다.

4. 연극의 필수 요소, 관객

연극이 성립하기 위해서는 관객의 존재가 필수적이다. 연극은 여러 사람(관객)들이 한 장소(극장)에 모여 다른 사람(배우)의 의미 있는 행동을 집단적으로 감상하면서 이루어진다. 그에 비해 시·소설과 같은 문학 작품의 감상은 특정한 장소를 요구하지 않는 가운데 개인적인 독서 행위로 이루어진다. 연극과 문학의 감상 행위에는 많은 차이가 있다. 후자는 독서를 하다가 잠시 옆으로 치워 놓고 다른 일을 할 수 있는 데 비해, 전자는 그럴 수 없다. 또한 후자는 반복해서 여러 번 읽을 수 있는 장점이 있는 반면, 전자는 그럴 수 없다. 즉, 연극은 임의적 단절이나 반복적 감상이 거의 불가능하다. 또한 전자는 집단적 수용이 이루어지는 반면, 후자는 거의 대부분 개인적 행위로 이루어진다.

연극 감상의 주체 관객의 역할에 대해 좀 더 상세히 살펴보

자. 일반적으로 극장을 찾은 관객은 연극 공연을 지켜 보면서, 허구적 현실이 배우들에 의해 제시될 것이라는 사실을 의심 없이 받아들인다. 관객은 객석과 구분된 무대 위의 여러 요소들 – 무대와 막, 조명 등의 "틀"(frame)을 인식하면서, 특정한 이야기들과 인물들의 행동에 관여하지 않기로 마음먹게 된다. 그리하여 관객은 무대 위의 배우가 자연인으로서 무대 위에 서 있는 것이 아니라, 허구적 사건 속의 한 역할을 수행하고 있음을 수용한다. 또한 관객은 무대 위에서 제시될 허구적 이야기에 대해 단지 관찰자로 머물러 있을 수밖에 없다는 사실도 인정한다.

그러므로 관객의 역할은 무대 위에서 일어나고 있는 연극 행위에 직접적으로 참여할 권리나 의무를 부여받지 않았다는 사실을 바탕으로 하여 규정된다. 이처럼 관객이 의도적으로 연극 행위에 직접 참여하지 않으려는 현상을 연극 기호학에서는 "불참여" 관습이라 부른다. 특별히 근대극에 이르러 배우는 관객의 존재에 대해 신경을 쓰지 않는 듯이 무대 위에서 연기하고, 관객은 무대 위의 어떤 행위에 대해서도 직접 개입하지 않는다.

이처럼 관객이 무대 위에서 펼쳐지는 연극 행위에 대해 아무런 권리나 의무도 없다면, 그의 존재가 왜 그리 중요할까? 그 이유는 연극은 최종적으로 관객에게 보여짐으로써 완성되기 때문이다. 관객의 관심을 유지하고 그들의 집중을 고정시키는 것은 극작가나 배우와 같은 연극 관계자들에게 필수적인 과제가 아닐 수 없다. 그리하여 관객에 대한 배려 없이 자기 표현에만 지나치게 열중한 작품이 있다면, 이런 작품은 관객과 의사소통이 제대로 이루어지지 않기 때문에 외면당하고 말 것이다. 그러므로 공연이 성공하려면 관객이 이해할 수 있어야 한다는 기본적인 요건을 충족시켜야 하며, 그 결과로 얻어지는 성과, 즉 카타르시스나 즐거움과 같은 심미적 쾌감을 불러 일으켜야 한다. 이때 관객에게 중요한 것은 무대 위에서 펼쳐지는 모든 공연 현상을 충분히 이해하고 해독하는 능력을 갖추고 있어야 하며, 공연 행위를 기꺼이 받아들이겠다는 마음가짐과 주의집중력을 필요로 한다는 점이다.

만약 관객이 무대 위에서 진행 중인 사건에 대한 이해 능력이 부족하다면 분명히 공연의 내용을 파악하지 못하는 결과를 초래하고 말 것이다. 실제가 아닌 허구적 세계로 표현되는 극적 관습(convention)이나, 그 허구적 세계에서 전개되는 무언의 가정(if), 그리고 다양한 연극 언어를 얼마나 잘 이해하고 또 그것에 친숙해 있느냐에 따라 관객은 극을 충분히 이해할 수도 있고, 그렇지 않을 수도 있다. 예를 들어 입센의 〈유령〉 공연을 본 관객 가운데에는 "매독"이라는 성병을 구체적으로 가리키지 않고 에둘러 말하는 완곡어법을 이해하지 못하여, 작품의 결말을 제대로 파악하지 못하는 경우가 있을 수 있다. 또한 오태석의 〈백마강 달밤에〉 공연에서, 인간과 신이 함께 공존하며 현세와 내세가 연결되어 있고 그 사이를 무당이 맺어 주고 있다는 작품 속의 허구적 세계를 받아들이지 못한다면, 극의 핵심적인 의미를 놓치고 만다.

또한 관객의 주의력이 부족하여 도입부의 많은 정보를 놓치거나 복선을 눈치채지 못하는 경우도 발생할 수 있다. 일반적으로 극의 사건 전개는 현실을 있는 그대로 재현하지 않을 수 있으며, 과거와 현재, 미래가 일직선적으로 전개되지 않거나 체계적이지 않은 형태로 펼쳐질 수도 있다. 그러므로 만약 관객의 주의력이 산만하다면, 연쇄적인 사건들의 흐름을 놓치고 최종적으로 하나의 통일된 전체 그림을 통합시키지 못할 수도 있다. 그 결과 극의 전개에 집중하지 못한 관객은 극의 중요한 의미를 제대로 파악하지 못하고 말 것이다.

〈햄릿〉의 전반부에서 주인공 햄릿이 걸치는 '검은 의상'은 가장 단순하고 명시적인 차원에서 그가 상중에 있음을 가리키는 것으로 이해될 수 있다. 그러나 더 나아가 그의 우울한 기질을 나타내기 위한 옷차림으로, 혹은 궁중의 다른 사람들과 대조적인 모습을 유지함으로써 그의 반항적인 태도나 개혁적인 성향을 나타내는 것으로 이해될 수 있다. 이처럼 관객은 무대 위에서 표현된 말이나 행동, 무대장치의 변화 등에서 복잡하고 함축적인 의미를 읽을 수 있어야 한다. 그러기 위해서 관객들은 꾸준한 관극 훈련을 필요로 한다. 괴테는 '관객 각자는 자기 마음속에 지니고 있는 것을 볼 뿐'이라고 말한 바 있다. 이는 아는 만큼 보인다는 뜻으로, 관객의 관극 훈련이 얼마나 중요한지를 말해 준다.

이처럼 연극에는 배우, 관객, 극장이 필수적이다. 그리고 이러한 연극의 3 요소에 덧붙여 배우와 관객 사이에서 소통되는 이야기, 즉 희곡이라는 요소가 추가된다. 그러므로 연극의 공식은 "특정한 곳(극장)에서 어떤 사람(배우)이 다른 사람(관객) 앞에서 그 무엇인가 의미 있는 내용(희곡)을 전달하고 있다."로 요약될 수 있다. 이와 같은 요소들과 관련하여 희곡은 "무대 위의 배우가 관객 앞에서 표현하는 이야기"라고 말할 수 있다.

5. 문학적으로 접근한 측면, 희곡

이제부터는 희곡의 일반적인 속성에 대해 살펴보자. 희곡은
①무대 공연을 염두에 두고서 ②특정한 연극적 관습에 따라 ③
말과 행동 등의 매체를 사용하여 창작된 ④허구적 문학작품을
의미한다. 이러한 정의에 대해 좀 더 자세한 설명을 덧붙여 보
자.

*①희곡이 무대 공연을 염두에 둔다는 것*은 배우들이 극장 안
에 모인 관객들을 대상으로 표현하고 전달할 수 있는 토대를
제공해 준다는 것을 의미한다. 이때 희곡은 단순히 배우의 일
방적인 표현에 그치지 않고, 배우와 관객 사이에서 주고받을
수 있는 대상, 즉 서로 소통할 수 있는 매개체가 된다. 희곡은
앞서 설명한 극장, 배우, 관객의 세 요소를 기본적으로 갖춘 연
극이 전제가 되면서 창작된 문학이라는 점을 다시 한번 강조한

측면이라 아니할 수 없다.

이러한 특성에 대해서는 앞서 상술하였으므로 이 정도에서 줄이고, 그 대신 예외적으로 무대 상연을 염두에 두지 않는 특별한 경우에 대해 살펴보자. 소위 '독서용 희곡'(closet drama) 혹은, '레제 드라마'(Lese drama)가 그것인데, 이는 보편적인 희곡의 유형이라기보다는 특정한 시기의 아주 유별난 극형식으로 보아야 한다. 독서용 희곡은 '상상극' 혹은, 독일어로 'Buch drama' 등으로도 불린다. 무대 위에서 배우들에 의해 공연되기보다는 소설이나 시처럼 서재에서 읽히기 위해 쓰였다고 하는 이 양식은, 19세기 워즈워드, 셸리, 브라우닝 등에 의해서 사랑받은 바 있다. 독일의 레제 드라마는 서재가 아닌 공연이 없는 극장 무대에서 배우들이 희곡을 낭독하는 형식으로 약간 변형되어 계승되고 있다. 독일의 레제 드라마 작품으로 괴테(Goethe)의 〈파우스트〉나 하우프트만(Hauptmann)의 〈조용한 종〉 등을 들기도 한다. 이들 작품은 당시의 무대 기술로서는 무대화가 불가능하였으나, 점차 무대 기술이 발달하고 연기력이 향상됨으로써 무대 실연이 이루어지고 있다. 우리나라에서도 근대극 초기인 1930년대에 이미 〈파우스트〉나 〈조용한 종〉과 같은 작품을 공연한 바 있다. 그러므로 이러한 독서용 희곡은 엄밀한 의미에서 드라마로서 약간 불완전한 것이라 하지 않을 수 없다.

드라마란 무대 위에서 실연됨으로써 관객에게 감각적으로 다가가야 한다. 앞서 살펴 본 바와 같이, 희곡이나 드라마와 관련된 어휘는 거의 모두 무대 실연과 관련이 깊다. 이는 드라마가 공연을 전제로 하여 창작된 것임을 반증한다. 그러므로 무대 위에서 공연이 불가능한 희곡 작품은 없다고 보아야 한다. 그러므로 거대한 광야나 바다 속처럼 스케일이 큰 공간이나, 우주와 같은 미지의 세계, 그리고 특정한 상상의 세계 등 그 어떤 것도 무대화할 수 있다. 특별한 예겠지만, 영국 극단 '장난꾼들'은 영국 소설가 스위프트의 정치적 우화 소설 〈걸리버 여행기〉를 각색하여 1990년대 초에 한국에서 공연한 바 있다. 이 극단은 당시 공연에서 단 두 명의 배우들이 간단한 무대 장치와 잘 훈련된 신체 동작으로 거인국, 소인국 등의 상상의 세계를 훌륭하게 표현해냈다. 2002년에는 단테의 〈신곡〉 3부작 - 지옥, 연옥, 천국편이 공연되기도 하였다. 이처럼 무대 위에서 표현하지 못할 환경이나 소재, 인물은 없다. 공연이 불가능한 희곡 작품이란 무대 위에서 표현할 수 있는 기술을 제대로 습득하지 못했을 경우이거나 정치적 종교적 사회적인 검열 때문에 공연에 제약을 당하는 경우를 의미할 뿐이다.

② *희곡 창작은 특별한 약속(관습, convention) 아래에서 이루어진다는 점*을 명심할 필요가 있다. 어떤 의미에서 연극과 희곡은 약속의 예술이라 할 수 있다. '문예회관', '예술의 전당', '국립극장' 등의 극장이란 연극이 이루어지는 장소라고 일반인들이 모두 약속한 곳이다. 특별히 무형의 극장인 특정한 길거리에서 공연하는 경우, 그때 그 장소에서 이루어지는 행위만

을 연극이라고 약속하지, 일상적인 거리 풍경을 연극이라고 부르지 않는다. 또한 배우란 무대 위에서 다른 인물의 삶을 표현해 내는 특정한 직업을 지닌 사람으로 약속되어 있다. 그렇기 때문에 로렌스 올리비에 혹은 유인촌이란 실제 인물이 "햄릿" 역을 할 때, 우리는 실제 인물의 연기도 보지만 대부분 극중 인물 "햄릿"을 무대 위에서 본다. 무대 위에서 실제 인물 유인촌은 극중 인물 "햄릿"이라고 약속되어 있기 때문이다.

앞서 내린 정의에서 언급한 "특정한 희곡적 관습에 의해 창작된다."는 말은 희곡만의 고유한 약속들로 창작된 것을 통해 배우와 배우끼리, 또는 배우와 관객 사이에서 말과 표정과 동작을 서로 주고받는다는 것을 의미한다. 예를 들어 〈햄릿〉의 마지막 장면에서 햄릿 역을 맡은 배우는 실제로 죽는 것이 아니라 죽는 척할 뿐이다. 즉, 그가 죽었다고 약속할 뿐이다. 희곡 대사의 한 가지 방법인 독백은 속마음을 겉으로 드러내는 특별한 희곡적 방법으로 약속된 것이다. 실제 생활 속에서 어떤 사람이 자신의 속마음을 중얼중얼 말로 표현한다면, 아마도 주위의 사람들은 그를 보고 미쳤다고 할 것이다. 오늘날의 희곡 작품에는 동서고금을 통해 축적되어 온 다양한 연극적 약속들을 활용하고 있다고 볼 수 있다.

③ 희곡이 말과 행동 등의 매체를 사용하여 창작된다는 사실은 이 책의 4장 희곡 언어에서 집중적으로 다룰 예정이므로 여기서는 원론적인 면만 간단히 살펴보겠다. 연극은 배우를 통해

서 표현되는 예술이다. 또한 극작가는 극중인물과 그의 삶을 통해서 그 무엇인가를 표현하고자 한다. 그러므로 희곡의 일차적인 표현 수단은 희곡상의 극중인물이라고 볼 수 있다. 극중인물(혹은 배우)이 가장 유용하게 사용하는 표현 수단이 그의 말과 행동이라고 볼 때, 극중인물 다음으로 긴요하게 쓰이는 극작가의 매체는 말과 행동이다. 그밖에 배우의 신체 표현이나 무대 위의 다양한 시청각적 표현 수단 등을 통해서 극중인물의 삶을 폭넓게 그려낼 수 있다. 그러므로 희곡을 표현하는 수단으로 언어만 강조하는 것은 옳지 못하다.

④ *희곡이 허구적 문학 작품에 속한다는 것*은 특히 소설 장르와 유사하거나 공통적인 요소가 많다는 것을 의미한다. 하지만 이들 사이에는 공통점보다 차이점이 더 많다.

아리스토텔레스는 『시학』 3장에서 사건을 묘사하는 방법으로는 보고를 행하는 방법, 아니면 형상인물을 내세워 모사하듯이 직접 행동을 하여 나타내는 방법을 들었다. 이 말은 매개체와 관련하여 화자의 말과 실연에 의한 묘사로 설명될 수 있다. 그런데 독일의 연극이론가 아스무트(Asmuth)는 드라마 안에 실연에 의한 행동 표현과 설명에 의한 행동 표현이 있다고 보았다. 그는 무대 실연의 요소 내지는 매개의 기준과 화법의 기준을 조합하여 소설과 드라마를 다음과 같이 체계화하였다.

서사 문학 ⎰ 화자의 화법
⎱ 형상인물의 화법   무대 실연

　　　　　　　　　　　　　극문학

　아리스토텔레스의 『시학』에서는 모방의 여러 형태로 비극과 희극, 서사시, 합창송가(디티람보스), 피리와 현금을 위한 음악을 들면서, 이들 사이의 차이를 다음과 같이 구분하였다. 먼저 모방의 수단과 관련하여, 리듬과 말(운율), 선율 이 세 가지 중에서 무용은 리듬만 사용하고 음악은 리듬과 선율을 사용하는 데 비해, 비극과 희극을 포함한 드라마는 세 가지 수단을 모두 사용한다. 물론 서사시는 운율만을 사용한다. 모방의 대상과 관련하여 비극과 서사시는 영웅적인 인물을 다룸에 비해, 희극은 소인배를 다룬다. 모방의 방식으로는 모방의 대상을 재현하는 방식에 따라 구분하였는데, ⓐ디티람보스와 서정시처럼 처음부터 끝까지 한 목소리로 이야기하기(diegesis), ⓑ비극과 희극처럼 행위자들을 전부 극적으로 제시하기(mimesis) ⓒ서사시처럼 이야기와 극적 제시를 번갈아하기가 그것이다. 그밖에 시간의 범위에 있어서 서사시는 시간의 제한이 없는 데 비해, 비극은 가능한 하루 안의 일로 제한한다. 비극은 공연 시간의 제한과 함께 사건이 일어나는 시간의 제한을 함께 받는다. 요약하면, 서사시는 일상 언어의 운율(당시로는 단장 6보격)을 사용하며 (극적 제시와) 이야기 방식을 사용하면서, 시간의 제한을 받지 않는다. 반면 비극은 리듬과 선율과 운율을 사용하며 행위자를 통한 극적 제시 방식을 사용하면서 시간의 제한을 받는다. 이러한 구분의 결론으로 아리스토텔레스는 서사시의 특성들은 대부분 비극에도 공통되지만, 비극만이 가진 특수한 부분들이 있다는 점을 들어 비극의 우수성을 설파하였다. 비극의 특수한 면에 대한 자세한 설명은 희곡의 형태에 대해 설명하는 6장으로 미루겠다.

추가적으로 극문학의 특성 몇 가지를 들면, 대체로 다음과 같다. 일반적으로 희곡은 나라는 존재가 지금 여기에서 너에게 말하는 것으로 이루어져 있다. 희곡은 '나', '너', '지금', '여기', '이것' 등의 지시어에 대한 의존도가 대단히 높다. 즉, 희곡은 기호학적 용어를 빌면, 지표(index)와 직시(deixis)적 성격이 강하다는 말이 된다. 그리하여 관념적인 작품이라 할 수 있는 〈햄릿〉에서 영어 단어 29,000여 단어 중에서 5,000 단어 이상이 지시어라는 통계가 있다. 이와 같은 지시어는 묘사적이고 합창적인 기능을 넘어서 능동적이고 대화적인 기능을 부여한다. (아이스킬로스가 합창 부분을 줄이고 배우를 둘로 늘려 대화를 가능하게 한 것도 바로 지시어를 그의 희곡에 본격적으로 적용시키면서였다.)

희곡의 지시어들은 실물을 구체적으로 제시하거나, 이미 구성된 문맥적 요소를 가리킨다. 지시어는 그 자체로서 '의미가 없는 기호', 즉 "전이사(shifter)"이기 때문에, 명백한 지시대상물을 가리키는 문맥을 필요로 한다. 그러므로 화자, 수신인, 시간과 장소와 같은 문맥적 요소들이 충분히 제공되어야 발화의 의미가 명백해진다. 만약 지시어의 의미가 모호하다면, 다시 되묻게 된다.

또한 특정한 지시어들은 동작과 제스처를 동반하게 되는데, 예를 들어, "여기서 이것을 떼어가라"는 말은 제스처가 뒤따를 때에만 그 의미가 명백해진다. 그러므로 희곡의 언어는 그 의미를 완성하기 위해서 반드시 배우의 몸을 필요로 한다. 이러한 신체성은 희곡에 있어서 선택적 여분이 아닌 필수적이다. 스타이안(Styan)의 말처럼, 발화된 말들은 그 말을 하는 배우의 동작과 분리될 수 없다.

희곡의 지시어 중에서 나와 너 사이의 대화 가운데에서 늘 말하는 나가 중요하며, 화자로서의 나가 현재 위치하고 있는 여기-지금이 중요하다. 또한 희곡에서는 공간적 지시(여기)가 시간적 지시(지금)보다 우선시되는데, 그러므로 희곡의 화자는 '나-여기'로 자신을 제시한다. 그중에서도 말하는 사람의 현재 문맥 혹은 상황과 관련된 근접 지시어가 원격 지시어보다 더 중요하다.

2장
극문학의 구조

드라마의 내용은 항상 주인공이 자기에게 대항하는 힘과 벌이는 싸움이며 여기에 강한 심적 움직임이 동반된다. 그리고 주인공이 어떤 식으로든 편협하고 뭔가 사로잡혀 있는 가운데 강한 삶을 살아야 하듯이 반대방향으로 움직이는 힘 역시 분명하게 인간의 속성을 대변하는 것이어야 한다.

1. 점층적 구조와 삽화적 구조, 그리고 상황적 구조

　동서고금을 막론하고 오랜 세월 동안 수많은 극작가들이 창작한 극작품은 엄청나게 많다. 이처럼 무수히 많은 희곡작품들은 모두가 다른 구조를 지니고 있을까? 아니면 조금이라도 유사한 구조를 지니고 있을까? 이와 같은 양식적 구조의 개념에 대한 논의가 본격화된 것은 20세기에 이르러서였다. 독일의 예술사가 하인리히 뵐플린은 『예술사적 기본 개념들』(1915)에서 두 개의 상반된 예술적 구성 원칙을 설정하였다. 그는 서양미술사를 통틀어 볼 때, 양식적 통일성의 원리로 '폐쇄 형식'과 '개방 형식'이 있다고 보았다. 이후 이와 같은 개념을 희곡 분야에 적용시킨 인물은 『희곡의 폐쇄 형식과 개방 형식』을 발표한 폴커 클로츠였다.

　클로츠는 서양연극사에 존재해 온 수많은 희곡작품들을 "폐쇄 희곡"(closed drama)"과 "개방 희곡(open drama)"으로 구분하면서, 사건 진행 · 시간 · 공간 · 인물 · 구성 · 언어의 측면에서 설명하였다. 그는 전자를 엄격성과 집중성을 특징으로 한 아리스토텔레스적인 구조적(정형적) 희곡으로 보았으며, 그에 대한 반대 입장에 선 후자를 다양성과 분산성을 특징으로 한 비아리스토텔레스적인 비구조적(비정형적) 희곡으로 보았다. 그는 목표지향적이며 통일성과 전체성을 요구하는 폐쇄 희곡에는 그리스 비극과 17세기 라신느의 비극, 18세기 괴테와 실러의 극작품이 해당된다고 보았다. 그리고 다수의 사건 진행을 통해 통일성과 완결성이 해체된 개방 희곡으로는, 16세기 셰익스피어의 작품과 19세기 뷔히너와 스트린드베리히의 희곡, 표현주의의 정거장식 드라마와 20세기 브레히트의 서사극 작품을 들었다. 또한 전자가 연속적인 시간 구성과 폐쇄적 내부 공간, 엄격한 상반론에 입각한 인물로 절정을 향해 나아가는 작품들이라면, 후자는 다수의 사건이 진행되며 다양한 시 · 공간 속에서 다양한 계층의 인물들의 이야기가 삽화적으로 전개되는 작품들이라고 설명하였다.

또한 개방 희곡을 설명함에 있어, "상호보완줄기 기법"(중심적인 줄거리와 부수적인 줄거리가 상호보완적 관계에 놓임), "은유적 연합"(전 작품을 관통하는 은유들을 연결함), "중심적 자아"(작품의 중심에 놓인 주인공이 분산적인 줄거리를 정리함) 등의 개념이 사용되기도 하였다. 대표적인 폐쇄 희곡인 라신느의 고전주의 비극 작품은 "인물사슬법칙"(한 막 안에서 장면이 바뀌어도 최소한 한 사람이 무대 위에 머물러 있으면서 이야기를 연결시킴)과 등장인물의 수적 제한, 엄격한 신분규칙 등을 지켰다. 대표적인 개방 희곡인 셰익스피어의 작품은 복합적인 줄거리를 유지하고, 시간과 공간 및 인물에 있어서 제한을 두지 않으며, 여러 계층을 혼합하고 그들의 언어도 혼합하는 등 엄격한 정형성을 거부하였다. 그러나 셰익스피어의 희곡들은 개방 형식 속에서도 어느 정도 정형적 특성을 지니고 있기도 하다. 이처럼 엄격하게 구분된 두 가지 유형 중에서 어느 한쪽을 반드시 따라야 한다는 법칙은 없다. 여러 가지 다양한 변종이 일어날 가능성은 어디에나 있으며, 그러한 형태를 분석한 논의 또한 다양하게 전개되었다.

클로츠의 폐쇄 희곡과 개방 희곡 구분 대신에 A. 페르거의 "붙박이극"/"이동극" 구분법이 사용되기도 하였으며, R. 그림의 "피라미드 형"/"회전목마 형" 구분이 사용되기도 하였다. 특히 후자의 개념은 S. 스밀리의 "직선형의 극"/"나선형의 극" 구분과 유사하다. 그러나 이와 같은 구분은 특정한 도식주의 및 체계에 대한 강박 관념에 빠지기 쉽다.

클로츠의 폐쇄 희곡과 개방 희곡 개념은 미국의 연극학자 B. 베커만을 통해 "집약 희곡"(intensive drama)과 "확산 희곡"(extensive drama)이라는 개념으로 발전되었다. 베커만은 그의 저서 *Dynamics of Drama ; Theory and method of Analysis*(1970)에서, "집약 희곡"과 "확산 희곡"이라는 개념은 아리스토텔레스의 『시학』에서 정의한 '극적 구성'과 '서사적 구성'의 이분법을 차용한 것이라고 하였다. 그는 집약 희곡과 확산 희곡이란 다음과 같이 각기 다른 전통 속에서 이어져 온 것이라고 설명하였다. 전자는 아리스토텔레스 시대의 그리스 비극에서 유래하여 17세기 신고전주의 희곡을 거쳐 19세기의 "잘 짜여진 극"으로 계승하였으며, 후자는 10세기 경 새롭게 부활한 중세 신비극을 시초로 하여 16세기 엘리자벳 시대의 셰익스피어극으로 발전되었으며 20세기 브레히트의 극으로 이어졌다고 하였다.

그는 또한 폐쇄 희곡/개방 희곡의 관계를 더욱 발전시켜, 집약 희곡/확산 희곡 사이의 서로 다른 대조적인 구성 기법을 지니고 있음을 밝혔다. 이를 정리하면 다음과 같다.

도표-1

집약 희곡	확산 희곡
인간의 행동을 집약된 시·공간과 압축된 사건 아래에서 묘사	인간의 행동을 광범위한 시·공간과 다수의 사건 아래에서 묘사
매끄러운 연속성을 위해 부분들을 논리적으로 결합	부분과 부분 사이의 논리적 비약, 비연속성을 형성
극적 구성, 연역적 구성	서사적 구성, 귀납적 구성
논리적 연결, 연속적 구성, 유기적 통일성	논리적 빈틈, 비연속적 구성, 다양함 속의 통일성
시공간적 연속성을 위해 한 사람 이상의 인물이 다음 장면을 위해 무대에 남음	시공간적 비약성을 형성하기 때문에 장면을 바꿀 때 인물을 전원 바꿈
장면(mise en scene) 미학	몽타쥬(montage) 미학
깊은 초점의 긴 장면을 이용하여	행동을 여러 단편으로 나누고

행동이 오랜 시간 동안 펼쳐짐	이 단편들을 특정한 효과를 위해 재조립함
늦은 발단, 절정 중시	이른 발단
조화로운 전체를 위해 부분들은 한 목표 아래 통합됨	시작 – 다양한 에피소드(사례) – 끝(문제의 결론)

베커만의 집약 희곡/확산 희곡 논의는 한국의 연극학자 김용수에 의해 더욱 확대되었다. 김용수는 베커만의 집약/확산 이분법을 더 발전시켜, 다양한 희곡의 구조를 설명할 수 있는 틀을 마련하였다. 그는 집약 희곡을 "단음적 집약 희곡"(mono intensive drama)과 "다음적 집약 희곡"(poly intensive drama)으로 구분하였다. 단음적 집약 희곡이란 단일한 행동의 직선적 진행으로 구성되며 여러 극적 요소들이 유기적 통일성 아래 단일한 음색을 추구하는 희곡으로, 대표적으로 입센의 〈유령〉과 같은 작품이 여기에 해당한다. 다음적 집약 희곡이란 중심 행동과 부수적 행동이 교대로 진행하는 행동의 곡선적 진행으로 구성되며 각각의 음색을 지닌 여러 극적 요소들이 다양함 속의 조화를 이루고 있는 희곡으로, 아이스킬로스의 〈아가멤논〉과 체홉의 〈갈매기〉를 예로 들 수 있다.

또한 확산 희곡은 "행동 양식 확산 희곡"(extensive action drama)과 "이벤트 양식 확산 희곡"(extensive event drama)으로 구분하였다. 행동 양식 확산 희곡은 상황의 변화를 시도하는 인간의 행동을 중심으로 하며, 그에 따라 시작 : 현재의 상황 – 중간 : 그것을 바꾸려는 시도 – 끝: 새로운 상황으로 구성되어 있다고 하였다. 셰익스피어의 〈리어 왕〉과 브레히트의 〈사천의 선인〉 등을 대표적인 작품으로 꼽았다. 이벤트 양식 확산 희곡은 상황의 변화를 꾀하려는 시도가 결여된 이벤트를 주로 다루며, 일련의 이벤트를 나열하기 때문에 '시작 – 중간 – 끝'의 틀이 없이 한 이미지에서 다른 이미지로 떠돌아다니는 경향이 있다. 따라서 전통적 의미의 스토리를 사용하지 않고 장면들 사이의 이미지 연상을 극도로 추구하는데, 이런 구성은 바이스의 〈마라/사드〉에서 찾아 볼 수 있다고 하였다.

　이를 도표화하면 다음과 같다.

도표-2
단음적 집약 – 다음적 집약 ── 행동 양식의 확산 ── 이벤트 양식의 확산
(입센의 [유령]) (체홉의 [갈매기]) (셰익스피어의 [리어 왕]) (바이스의 [마라/사드])

　희곡 작품의 양식적 구분은 미국의 M.S. 배랭거에게서 더욱 심화된 견해로 발전되었다. 배랭거는 희곡 구조에 대하여 "점층적 구조"(Climatic Structure), "삽화적 구조"(Episodic Structure), 그리고 "상황적 구조"(Situational Structure)로 구분하였다. 그의 설명에서 돋보이는 것은 구성적 원리의 특징을 내부적인 요인으로 설명하고 있다는 점과 상황적 구조라는 독립된 양식을 설정하였다는 점이다. 즉 폐쇄 희곡 = 집약 희곡 = 점층적 구조와 개방 희곡 = 확산 희곡 = 삽화적 구조로 이어지는 이원적 구분 이외에 독창적으로 제3의 양식을 주장했다는

점에 주목할 필요가 있다. 세 가지 극 구조에 대해 살펴보자.

먼저 점층적 구조는 인물이 불가항력적인 상황, 즉 절정(climax)에 이를 때까지 인물의 활동을 제한해 가며 압력을 강화시켜 가는 구성을 말한다. 여기서는 극적 행동이 진전될수록, 인물의 선택 범위는 좁아든다. 행동의 진행은 여러 가지 가능성을 줄여 가면서 행동의 가능성(possibility) 역시 줄어들고, 그에 따라 개연성(probability)은 더욱 증가하게 된다. 이를 두고 "가능성 감소의 법칙"(the law of diminishing possibilities)이라고 한다. 주인공의 선택은 상당히 제한되어 있으며, 그에 따라 극적 행동은 위기와 전환점을 향해 나아가고 있음을 알게 된다. 원인과 결과에 따라 사건을 배열하는 점층적 구성은 최종적으로 절정과 종결부로 끝맺음을 한다. 또한 이와 같은 구성은 극의 시작 이전에 많은 과거 이야기를 담고 있으며, 이야기의 후반부에서 극은 시작된다. 극의 시작 이전에 발생했던 이야기들을 특별히 "이전 사건" 혹은, "전사"(前史)라고 부르기도 하며, 이야기의 후반부에서 극적 사건이 발생한다는 것을 "늦은 발단"(late point of attack)이라고 부른다. 그에 따라 극적 사건의 시간은 제한되게 마련이다.

예를 들어 입센의 희곡 〈유령〉은 어떤 여인이 성적으로 문란한 알빙 대위와 결혼을 하여 많은 시련과 고초를 겪는 이야기이다. 당시 엄한 도덕율 때문에 이혼도 하지 못한 부인은 아들이 남편의 나쁜 점을 물려받지 못하게 하려고 멀리 유학을 보낸다. 그런데 알빙 부인은 남편의 사생아인지도 모른 채 레지나를 집의 하녀로 둔다. 이후 남편이 죽자 알빙 부인은 그의 나쁜 평판을 잠재우기 위해 남편이 남긴 재산으로 고아원을 세운다. 알빙 부인은 목사의 말을 듣고 보험을 들지 않은 상태에서, 고아원 낙성식을 앞두게 된다. 극은 고아원 낙성식 전날 밤, 장성한 아들 오스왈드를 비롯한 여러 관계자들이 집에 모이면서 시작된다. 이렇듯 희곡 〈유령〉은 오랜 세월 동안에 펼쳐진 수많은 '이전 사건'들을 지니고 있지만, 정작 극은 아들이 도착하는 저녁 무렵부터 그 다음날 새벽까지 펼쳐지는 사건을 집약해서 다루고 있다.

삽화적 구조는 인물이 일종의 여행 과정을 거쳐서 최종적인 행위에 도달하는 과정을 추적하게 되는데, 그 결과 여행의 의미를 깨닫게 되는 구성법을 이른다. 점층적 구조와는 달리 인물이 어쩔 수 없는 조건으로 내몰리지 않으며, 행동의 가능성은 늘 인물들에게 열려 있다. 이와 같은 구성법은 상당히 다양한 시간과 공간 속에서 펼쳐지기 때문에 사건은 인물을 한정짓지 않는다. 삽화적 구조는 이야기의 시초에서 극이 시작되며, 상당수의 인물과 사건을 포함한다. 그에 따라 다양한 시·공간에서 수많은 사건들이 펼쳐지기도 한다. 점층적 구조가 이야기의 후반에 시작되는 늦은 발단을 취하는 것과는 달리, 삽화적 구조는 이야기의 초기에 극이 시작되는 "이른 발단"(early point of attack)을 취한다. 이렇듯 제한적이지 않고 느슨한 구조에서는 인물들이 환경의 지배를 덜 받으며, 중요 인물들은 결국 극적 환경을 뚫고 나간다. 삽화적 구조에서는 이러한 플롯을 효율적으로 구성하기 위해 주로 "이중 구성"(double plot)을 취한다. 셰익스피어는 〈햄릿〉에서 "중심 플롯"(main plot)으로 햄릿 집안의 비극을 다루고, "부수적 플롯"(sub plot)으로 오필리아 집안의 비극을 함께 다루는 이중 구성을 취하고 있다.

삽화적 구조는 중세 종교극으로부터 시작하여 16세기 영국의 엘리자벳 시대의 연극(대표적으로 셰익스피어의 극), 동서양의 민속극이나 민중극, 그리고 현대의 브레히트가 주창한 서사극으로 이어져 왔다. 삽화적 구조의 대표적인 예로 브레히트의 극작품을 들어 보자. 브레히트의 〈코커사스의 백묵원〉은 시·공간의 확대와 여행의 구조, 이른 발단, 이중 구성을 다 충족시키고 있는 작품이다. 골짜기 소유권과 관련된 두 집단의 분쟁을 통해 극이 시작되며, 분쟁을 조정하기 위해 나온 해설자가 옛날 중국 이야기를 들려준다. 그 이야기가 극중극으로 진행된다. 한 나라에서 폭동이 일어나자, 총독과 총독 부인은 몸을 피한다. 그러나 그 부부의 아들은 버려지고, 하녀 그루샤가 엉겁결에 그 아이를 맡는다. 이후 하녀는 총독의 아들을 살리기 위해 여러 지역을 여행하며 온갖 수모와 고초를 겪는다. 그러나 결국 반군들에게 잡혀 도시로 끌려온다. 이어서 건달 아즈닥에 대한 이야기가 새롭게 전개되는데, 제멋대로 행동하는 아즈닥이 재판관이 된다. 2년간 재판관 노릇을 하던 아즈닥은 아이의 소유권에 대한 재판을 맡게 된다. (여기서 두 가지 이야기가 한데 결합된다.) 그는 총독 부인과 그루샤에게 아이를 양쪽에서 끌어내라는 백묵원 테스트를 시행한다. 아즈닥은 아이를 잡아당기지 못한 그루샤에게 아이의 양육권을 맡기면서 옛날 이야기가 끝난다. 해설자가 등장하여 이 극의 도덕관을 노래하며 극을 끝낸다.

상황적 구조는 구체적으로 1950년대 이후에 주로 발생한 "부조리극"과 관련된다. 상황적 구조는 점층적 구조처럼 플롯에 역점을 두지 않으며, 삽화적 구조처럼 사건의 배열에 중점을 두지도 않는다. 단지 특정한 상황이 극을 결정짓는다. 여기서 말하는 상황은 삶의 기본적인 리듬과 같다. 그 리듬은 아침 – 낮 – 저녁 – 밤, 봄 – 여름 – 가을 – 겨울, 그리고 유년 – 청년 – 장년 – 노년에 따라 주기적으로 순환하는 것이다. 베케트의 〈고도를 기다리며〉에서 두 떠돌이 블라디미르와 에스트라공은 아침이 되면 황량한 들판에 나와 고도라는 미지의 인물을 기다린다. 그들은 기다리면서, 지나가는 사람들을 지켜보기도 하고, 장난도 치고 한다. 한참을 기다려도 기다리던 고도는 오지 않자, 두 사람은 실망감에 감정을 폭발시킨다. 그때 아이가 와서 전하는 말 '고도가 오늘은 오지 않는다, 내일 온다'는 한마디에 그들은 발길을 돌려야 한다. 그러나 그들은 '그만 돌아가자'고 하면서도 여전히 움직이지 않는다. 두 떠돌이는 하루 종일 기다리지만, 고도는 언제나 오지 않는 상황이다. 이런 상황은 2막에도 거의 유사하게 반복되어, 2막의 끝도 1막과 유사한 방식으로 끝맺는다.

에스트라공 ; 자, 우리 갈까?
블라디미르 ; 그래, 가자구.

그들은 움직이지 않는다. 막이 내린다. (1막)

블라디미르 ; 자, 우리 갈까?
에스트라공 ; 그래, 가자구.

그들은 움직이지 않는다. 막이 내린다. (2막)

상황적 구조는 제2차 세계대전 전후에 발생한 "부조리극"과 관련이 있다. 베케트와 이오네스코를 비롯한 전후 극작가들은 부조리하고 불합리한 인간 조건들이 전혀 변하지 않았음을 보여 주기 위해 상황적 구조를 택하였다. 부조리극작가들은 더 이상 바람직한 전망이 보이지 않는 황폐하고 무의미한 삶을 보여 주기 위해, 확실한 플롯을 택하지 않고 기본적인 패턴을 지닌 상황을 극화하였다. 이러한 상황에서 결말은 최종적인 끝맺음이 아니라 새로운 출발이며, 그러한 순환은 반복된다는 리듬을 강조하였다. 그리하여 그들이 택한 상황적 구조 자체가 곧 그들이 전달하고자 하는 메시지 - "이 세상의 모든 것은 되풀이될 뿐이지, 더 나아지거나 진전되는 건 없다"였다. 이오네스코의 대표작 〈대머리 여가수〉에 나타난 상황은 다음과 같이 도식화할 수 있다.

도표-3

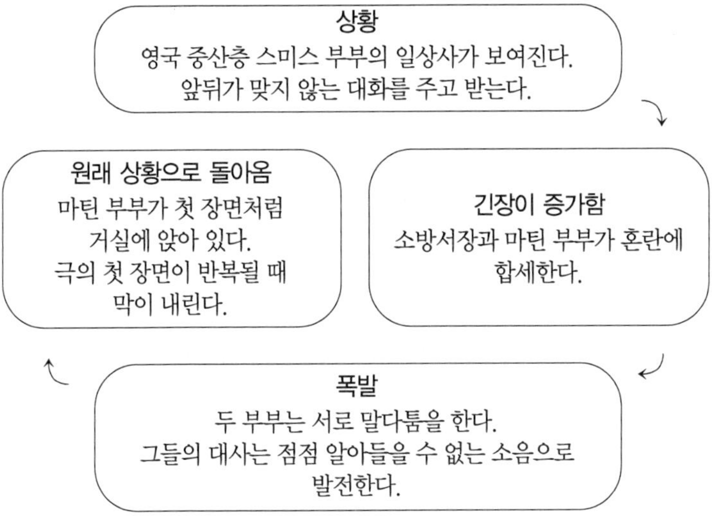

상황
영국 중산층 스미스 부부의 일상사가 보여진다.
앞뒤가 맞지 않는 대화를 주고 받는다.

원래 상황으로 돌아옴
마틴 부부가 첫 장면처럼
거실에 앉아 있다.
극의 첫 장면이 반복될 때
막이 내린다.

긴장이 증가함
소방서장과 마틴 부부가 혼란에
합세한다.

폭발
두 부부는 서로 말다툼을 한다.
그들의 대사는 점점 알아들을 수 없는 소음으로
발전한다.

그밖에 구조적 원리에 대한 설명으로는 S. 스밀리의 『Playwriting』에서 다룬 여러 방법론을 들 수 있다. 먼저 그는 "구심적"(centripetal) 구성과 "원심적"(centrifugal) 구성을 구분하였다. 구심적 구성이란 구조적인 힘이 중심축을 향해 내적으로 활동하도록 조직된 형식을 가리키며, 원심적 구성이란 부분들이 설득의 과정을 위해 응집하도록 구조적인 힘이 주요 부분을 중심에서 외부로 몰아내는 형식을 가리킨다. 전자는 비극과 희극, 멜로드라마처럼 인간의 삶을 모방적으로 그려낸 "모방극"(Mimetic Drama)에 해당하며, 후자는 서사극과 같은 "교훈극"(Didactic Drama)에 해당한다. 스밀리는 극의 조직적 이동에 대한 구분으로 '수평적으로 이동하는 극'과 '수직적으로 이동하는 극'을 구분하였다. 전자는 대체로 인과적인 구조를 지니는데, 사건의 연속성과 등장인물의 동기화가 중요한 요소로 보고 있다. 후자는 비인과적이거나 우발적인 구조적 특징을 가지는데, 줄거리가 없는 경우가 많으며 인물 내부의 긴장을 주로 유발시키는 것으로 보았다. 스밀리는 끝으로 도식적 배열에 의한 형식으로, '직선형의 극'과 '나선형의 극'을 구분하였다. 직선형의 극은 수평적으로 이동하는 극과 유사한 사실적인 극을 가리키며, 나선형의 극은 수직적으로 이동하는 극과 유사한 추상적인 극을 가리킨다.

2. 종합극과 분석극

  폐쇄 희곡(집약 희곡, 혹은 점층적 구조의 극)에는 필연적으
로 극도의 간결성과 고도의 농축성을 요구한다. 이러한 구조
속에서는 사건의 여러 단계들이 진행 과정에 맞추어 배열되기
때문에 후에 일어난 사건들은 각기 이전에 일어난 사건들을 전
제로 한다. 여기서 다시 두 가지 구조적 상대 개념을 이끌어낼
수 있는데, 그것은 바로 "종합극"(synthetic drama)과 "분석
극"(analytic drama)이다. 전자는 개개의 갈등 단계들을 항상
더 높은 단계로 끌어올리는 데 비해, 후자는 모든 결정적인 사
건들이 극적 사건이 시작되기 전에 이미 일어나 있으며 그 결
과 사건 진행 자체는 이미 일어난 사건을 단계적으로 노출시킨
다.
  종합극과 분석극에 대해 좀 더 자세한 설명을 해 보자. 종합
극은 결정적인 사건이 극적 줄거리가 진행되는 가운데 비로소

발생하며, 과거와의 연관성 대신에 미래와의 연관성이 행위를 규정한다. 종합극은 극적 줄거리의 주종을 이루며, 행위자들 스스로가 도출해내는 결말을 추구한다. 분석극은 종합극과는 달리, 결정적인 사건은 극이 시작되기 전에 이미 벌어져 있다. 여기서 줄거리 진행은 "전진하는 뒷걸음질"(극적 사건은 앞으로 전진하지만, 지나간 사건들이 남김없이 밝혀짐) 속에서 지나간 사건이 한 점도 남김없이 밝혀진다. 분석극에서 과거는 인물의 현재에 영향을 미치고 그들의 태도를 규정한다.

분석극의 줄거리가 추구하는 목표는 과거를 남김없이 그리고 순차적으로 밝혀내는 일이다. 즉, 분석극은 대부분의 사건이 과거로부터 전제되는 데 비해, 종합극은 과거의 사건에 의해 규정되는 일이 훨씬 덜하다.

종합극에서는 매우 복잡다단한 사건 진행이 가장 짧은 시간 안에 아주 좁은 공간에서 진행되어야 하나, 분석극에서는 몇 십 년간의 사건들이 짧은 시간 안에 규명되고 그 결과가 분명해질 수 있기에 그것은 신뢰할 만한 것이 된다. 그러나 분석극에서 인간적 행위는 자유롭게 전개되는 것이 아니라 결말을 예단할 수 있는 초인적 힘, 혹은 운명에 의해 예정된다.

분석적 형식은 자연주의적 관점과 유사한데, 인간은 결코 자유롭게 행동하는 존재가 아니라 유전과 같은 내적 요소들과 환경이나 사회적 관계와 같은 외적 요소들에 의해 결정된다는 입장을 표명한다. 이러한 자연주의적 입장에 따른 분석극으로 입센의 〈유령〉을 들 수 있다. 이와 같은 논의를 토대로 종합극은

"갈등극", "결정극", 혹은 "발전극"이라고 부르며, 분석극은
"노출극", 혹은 "발견극"이라고도 부른다.

도표-4

종합극	분석극
갈등극, 결정극, 발전극	노출극, 발견극
중요한 사건은 극이 진행되는 가운데 발생	중요한 사건은 극이 시작되기 전에 이미 발생
개개의 갈등을 항상 더 높은 단계로 끌어올림	이미 일어난 사건을 단계적으로 노출시킴
미래와의 연관성이 중요	과거와의 연관성이 중요
과거의 사건에 의해 규정되는 일이 훨씬 덜함	대부분의 사건이 과거로부터 전제됨

　우리 희곡 작품 가운데에서 차범석의 〈산불〉이 종합극에 해
당한다면, 오태석의 〈자전거〉는 분석극에 해당한다. 이 두 작품
은 모두 한국전쟁을 중요 모티프로 삼고 있다.
　〈산불〉은 한국전쟁 중에 남자들이라고는 노망난 노인네 밖에
남지 않은 지리산 자락 마을을 배경으로 전개된다. 마을의 젊
은 남자들은 좌우 이념에 휩쓸려 각각 남북의 군인으로 이미
나뉘었고, 마을에 남은 여자들도 그 여파로 서로 갈등·대립하
는 모습을 보여 준다. 산에서 내려온 공비의 출현으로 마을의
젊은 여자들 사이에 더욱 첨예한 갈등이 형성된다. 끝가는 줄
모르고 전개되던 기이한 애정 행각은 전쟁의 진행 과정에 따라

비극적 결말로 치닫게 되어, 한 여인의 자살과 공비의 죽음이라는 파국을 맞게 된다. 이 과정에서 사건이 꼬리에 꼬리를 물면서 전개되며, 극적 긴장감도 점층적으로 확대되면서 절정을 맞게 된다.

〈자전거〉는 한국전쟁이 끝난 지 이미 20년 이상이 지난 시점에서 극이 시작된다. 면서기는 늦은 밤 자전거를 타고 귀가하던 중, 기이한 체험을 하고 40일간 몸져 누웠다가 그 내용을 관객과 함께 되짚어간다. 그 과정 속에서 문둥이 어미와 그녀의 딸 이야기 등 다양한 에피소드가 전개된다. 핵심적인 내용은 한밤중 산길을 가던 면서기가 인공 당시 100여명이 불타 죽은 등기소 방화 사건을 회상하며 그 사건에 마음이 쏠려 있을 때, 문둥이 집에 난 화재와 그 어미의 안타까운 모정이 겹쳐진다. 이념 간의 갈등 끝에 100명이 타 죽은 한 마을의 비극과 그 사건에 대한 면서기 당숙의 참회를 통해 우리 삶 속에 깊숙이 파고들어 있는 한국전쟁의 비극을 되새기게 한다.

그리스 비극작가 소포클레스는 분석극과 종합극 두 양식에 정통한 작가였다. 〈안티고네〉가 종합극의 대표적인 작품이라면, 〈오이디푸스 왕〉은 분석극의 대표적인 작품으로 들 수 있다. 이 두 작품은 극적 줄거리 내용상 서로 연관된 작품이다. 먼저 두 작품의 극적 줄거리를 살펴보자. 〈오이디푸스 왕〉에서 주인공 오이디푸스는 자신이 과거에 저지른 죄를 알지 못한 채, 국가에 만연한 질병의 원인을 규명하고자 한다. 그 원인을 찾아본 결과 오래 전에 그가 부친을 살해했으며, 그 이후에 근친상

간의 죄를 범했음을 발견하게 된다. 진실이 밝혀진 이후 왕비
는 자살하고, 오이디푸스는 스스로 자신의 눈을 찔러 장님이
되어 유랑의 길을 떠난다. 오이디푸스 이후의 사건을 다룬 〈안
티고네〉에서 여주인공 안티고네는 죽은 오빠를 매장해야 한다
는 윤리적 계명과 그의 매장을 금지하는 크레온 왕의 명령 사
이에서 갈등한다. 그녀는 정치 권력의 지시를 거부하고 윤리적
규범을 따르기로 결정하는데, 그 결과 왕과의 대립이 불가피해
지며 마침내 몰락의 길로 치닫게 된다.

또한 근대극의 아버지 입센의 대표작 중의 하나인 〈유령〉 역
시 분석극에 속하는 작품이다. 사건이 많은 줄거리 대신 상황
묘사와 인물의 분석적 조명이 주를 이루는 현대극에서는 과거
를 밝히기 위한 분석적 기법이 자주 사용된다. 과거를 파헤치
는 작업이 극적 줄거리의 주종을 이루는 분석적 폭로 기법은
현대극 가운데에서 독일에서 유행했던 기록극이나 재판극에도
거의 그대로 적용되어 작품화되었다. 대표적인 작품으로는 독
일 극작가 페터 바이스의 〈심문〉과 롤프 호흐후트의 〈대리인〉
등을 들 수 있다. 이처럼 분석적 기법은 현대극에 더 많이 적용
되어 왔다.

그러나 종합극(혹은 갈등극)이 행동과 갈등에, 그리고 분석극
이 인식에 바탕을 두고 있다는 식의 이분법으로 희곡 작품들을
단순화해서 보는 것은 문제가 있다. 종합적 구성과 분석적 구
성은 배타적인 대립 개념이 아니라 양식이 복잡한 작품 속에서
혼용되어 함께 쓰일 수 있는 구성 원칙들로 보아야 한다. 오늘

날의 많은 희곡에는 두 유형의 묘사 기법이 조합을 이루고 있어, 갈등 줄거리와 드러내기 줄거리가 혼합되는 경우도 많다. 그 예로 괴테의 〈타우리스 섬의 이피게니에〉와 칼 추크마이어의 〈악마의 장군〉을 들 수 있는데, 후자는 태업의 진상 규명과 주인공의 내적 갈등, 즉 행동과 생각 사이의 갈등을 묘사하고 있다.

3. 폐쇄 희곡의 극 구성론 - 5부3점설

가. "드라마"에 대하여

근, 현대에 이르러 발표된 극작품들은 폐쇄 희곡(혹은 집약 희곡)에 해당하는 작품들이 주류를 이루고 있다. 이와 같은 점 층적 구조의 폐쇄 희곡에 대한 이론적 고찰 가운데에서 독일의 극작가 겸 이론가인 프라이탁(G. Freytag)의 『드라마의 기법』 이 잘 알려져 있다. 그의 책에서 제시한 구성법은 희곡 뿐만 아니라 소설 구성에도 널리 응용되고 있는 이론이다. 이제 구체적으로 프라이탁의 구성법, 소위 말하는 "5부 3점설"(혹은 "피라미드 설")에 대해 살펴보자.

여기서 먼저 유의할 점은 프라이탁이 말한 "드라마"란 용어가 무엇을 가리키는가 하는 것이다. 프라이탁이 지적한 드라마는 오늘날 우리가 흔히 말하는 희곡, 극문학 전반을 가리키는 용어가 아니란 점에 유의해야 한다. 여기서 말하고 있는 드라마는 넓은 뜻의 희곡문학, 혹은 극문학을 가리키는 말이 아니라, 좁은 뜻의 특정한 의미의 용어이다. 즉 문학의 3대 장르인 서정 장르로서의 시문학, 서사 장르로서의 소설문학, 그리고 극 장르로서의 희곡문학을 가리키는 말이 아니다. 그가 다루고자 한 드라마는 특정한 양식을 지칭한 말이다.

그렇다면 프라이탁이 말한 "드라마"란 무엇인가? 유럽에서는 고대 그리스 시대부터 17세기경까지 비극과 희극이 희곡 문학의 중요 장르로 존재해 왔다. 비극과 희극 이외의 극장르로는, 특정한 내용이나 경향을 다룬 희곡으로서 중세 시대의 종교극이나 셰익스피어 시대의 역사극이나 전원극 등이 있었을 뿐이다. 그러므로 오랜 세월 동안 비극과 희극이 희곡 장르에서 가장 중요한 두 양식으로 인식되어 왔다. 그러던 중 17, 8세기에 이르러 비극도 아니고 희극도 아닌 희곡 작품이 창작되기 시작하였다. 비극과 희극의 혼합으로서 흔히 말하는 "희비극"도 그런 양식 중의 하나이다. 17세기에 나타난 희비극(tragi-comedy)은 말 그대로 비극적으로 전개되다가 희극적인 결말을 맺는 극작품을 일컬었다. 그러나 이러한 작품 스타일은 비극과 희극만큼 널리 사랑받는 장르가 되지 못하고 말았다.

이후 18세기에 이르러 비극도 아니고 희극도 아닌 제3의 장르로서 "드라마"가 자리를 잡게 된다. 독일에서는 "샤우슈필"(Schauspiel)이 등장하였는데, Schau(보다)와 spiel(극)의 합성어로 이루어진 샤우슈필은 직역하여, "관극"(觀劇)이라 부르기도 한다. 샤우슈필은 18세기 독일에서 발생한 연극 장르의 명칭으로, 비극이 아닌 진지한 드라마를 칭하였다. 이것은 비극과 희극을 포괄하는 상위 개념이 아니라 비극과 희극 사이에 끼인 중간 개념으로 통용이 되어, "중간극"이라고 번역되기도 한다. 그렇지만 희극보다는 비극에 더 가까운 양식이었기 때문에, 프라이탁도 비극과 샤우슈필을 진지한 드라마로 보아, 이에 대한 구성 분석을 시도하였다. 또한 같은 시기에 프랑스에서는 비극도 아니고 희극도 아닌, 그렇지만 두 장르 사이의 어딘가에 있는 "심각한 극"(serious play)을 일컬어, "드람므"(drame)라 하였다. 프랑스 극작가 디드로는 자신의 작품을 통해 이와 같은 스타일에 대해 상세히 설명하기도 하였는데, 주로 중산층 가정 내의 문제를 다룬 심각한 극이라 하였다. 그러므로 샤우스필과 드람므, 그리고 "심각한 극"은 모두 비극도 아니고 희극도 아닌 제3의 유형을 일컫는 표현들이었다. 또한 이후에 나타난 멜로드라마와 "낭만적 극(romantic drama)"이라는 용어도 모두 비극이나 희극이 아닌 제3의 양식을 가리키는 것이다. 하지만 "드라마"의 위치는 비극과 희극의 중앙이 아닌 비극 쪽에 치우쳐 있다고 보아야 할 것이다. 그리하여 "드라마"에는 '비극이라는 언덕에 기대고 있는 장르' 라는 표현이 있기도 하다. 더 나아가 오늘날에는 19세기 이후 크게 유행했던 멜로드라마 양식과 "드라마"가 혼용되어 쓰이기도 한다.

그러므로 드라마라는 용어가 갖고 있는 혼란을 피하기 위해서 희곡 장르를 일컫는 말로는 희곡 문학, 혹은 극문학이라는 용어가 적합하다고 생각된다. 그리고 근대적인 희곡 양식으로서의 특정한 뜻을 지닌 드라마는 그냥 "드라마"로 지칭하는 것이 좋겠다.

나. 극적 대립

프라이탁의 『드라마의 기법』에서 말하고 있는 구성은 5 단계, 혹은 8 단계라 할 수 있다. 구성 단계에 대한 자세한 설명을 위해 이 책에서 말하고 있는 핵심적인 내용을 잠시 살펴보자.

"드라마의 내용은 항상 주인공이 자기에게 대항하는 힘과 벌이는 싸움이며 여기에 강한 심적 움직임이 동반된다. 그리고 주인공이 어떤 식으로든 편협하고 뭔가 사로잡혀 있는 가운데 강한 삶을 살아야 하듯이 반대방향으로 움직이는 힘 역시 분명하게 인간의 속성을 대변하는 것이어야 한다."

프라이탁은 "드라마"란 서로 대립하는 극적인 것들을 하나의 통일체로 결합하여 보여 주어야 한다고 말하고 있다. 여기서 드라마의 극적 갈등은 자아/타인, 개인/사회, 권리/의무, 의지의 분출/유입, 행위의 생성/행위의 생성을 방해하는 반작용, 변론/반론, 상승/하강, 구속/해방 등과 같이 둘로 나뉘어져 서로 대립하는 것들을 통해 형성된다.

18세기 이후 근대 사회는 이러한 대립·갈등적 요소가 산적해 있었다. 이 무렵에는 왕을 포함한 봉건 귀족 세력에 대항한 막강한 경제력을 기반으로 한 시민 계급, 혹은 부르조아 계급 사이의 갈등은 첨예할 수밖에 없었다. 이어서 시민 혁명 이후 사회의 주도층이 된 부르조아 계급에 맞서 노동자, 농민들과 같은 프롤레타리아 계급의 저항 역시 만만치 않았다. 그뿐만 아니라 신 중심의 권위적인 종교 규율과 사회 관습에 맞서 개인의 자율과 존엄성을 주장하는 인본주의적 정신 사이의 갈등 역시 치열할 수밖에 없었다.

〈봉산 탈춤〉을 비롯한 우리의 고전 가면극에서는 조선 사회를 지배하고 있던 양반 계급과 사회적으로 천대받던 천민 계급의 갈등이 양반 대 하인 말뚝이와 쇠뚝이의 대립으로 나타난다. 또한 우리의 고전 가면극에서는 당대의 종교적 지도자 주지 스님과 상좌승 사이의 갈등도 해학적으로 표현되어 있다. 판소리 〈춘향가〉는 양반과 기생 사이의 신분적 차별을 극복하는 내용을 통해 수많은 관객과 독자를 확보할 수 있었다. 20세기에 들어와 창작된 판소리 〈은세계〉(혹은 〈최병도 타령〉)는 부패한 봉건 세력에 맞선 선각적 시민 최병도의 장렬한 저항을 다루고 있었다.

20세기 이후의 근대극에서도 이러한 첨예한 갈등 양상을 다양하게 표현하고 있다. 그래서 연극은 많은 지식인들의 사상 표현 수단으로 각광을 받았으며, 그에 반하여 강압적으로 한반도의 근대화를 억제하려 했던 일제는 근대극에서 펼쳐진 첨예한 계급 갈등과 민족 갈등 등에 대해 날카롭게 검열의 칼날을 휘둘러 댔다. 그리하여 극문학 분야에서는 시문학이나 서사문학에서 찾아볼 수 없는 검열의 피해를 당했던 것이다.

다. 피라미드 구조

프라이탁은 두 세력 사이의 갈등, 대립을 전제로 극적 구조를 다음과 같이 도식화하였다.

"이같은 드라마의 두 주요 부분은 줄거리의 중앙에 놓여 있는 어느 한 점을 통해 견고하게 결합된다. 이 중앙 곧 드라마의 정점은 구조에서 가장 중요한 부분으로, 여기를 기점으로 하여 줄거리의 상승과 하강이 이루어진다. (중략)

줄거리의 두 부분은 어느 한 점에서 서로 연결되는데, 이들의 배열을 선으로 그릴 경우 피라미드 구조가 나타난다. 즉 줄거리의 진행을 자극하는 계기가 들어섬과 함께 도입이 시작되고, 여기서부터 정점에 도달할 때까지 상승하다가, 그 다음부터 하강하여 파국에 이르게 된다. 이 세 지점 사이에 상승 부분과 하강 부분이 있다. 이 다섯 부분들은 각자 장면 하나나 혹은 연속된 몇 개의 장면으로 이루어질 수 있는 반면, 정점만은 하나의 주요 장면 속에 압축된다. 그림의 a) 도입, b) 상승, c) 정점, d) 하강 혹은 반전, e) 파국 등 드라마의 모든 부분들은 각기 특수한 목적과 기능을 갖고 있다. 그리고 이들 사이에는 세 개의 중요한 장면 효과가 있는데, 이 효과를 통해 드라마의 각 부분이 나뉘어지기도 하고 결합되기도 한다. 이 세 개의 극적 계기 중 첫 번째는 줄거리의 움직임의 시작을 나타내는 것으로 도입과 상승 사이에 위치하며 두 번째는 반작용의 시작으로 정점과 반점 사이에, 그리고 세 번째는 파국이 들어서기 전 다시 한번 상승하는 것으로서 반전과 파국 사이에 위치한다. 이들을 순서대로 자극적 계기, 비극적 계기, 마지막 긴장의 계기라고 하자. 첫 번째 효과는 모든 드라마에서 꼭 필요한 것이며, 두 번째와 세 번째는 좋은 것이기는 하지만 반드시 있어야 하는 보조 수단은 아니다."

도표-5

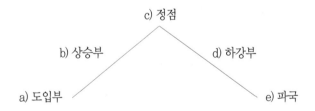

이어지는 프라이탁의 설명을 요약하면, 대체로 다음과 같은 8단계의 5부 3점으로 정리할 수 있다.

a) 도입부

드라마의 도입부에는 주인공이 살던 장소와 시간, 당시의 민족성, 그리고 생활 상황을 나타내고자 한다. 그러므로 작품의 주변 상황을 특징적으로 간단하게 그리는 경우가 많다. 또한 도입부에서 작가는 음악에서의 짤막한 서곡처럼 작품의 본래 분위기를 암시함과 아울러 줄거리가 열정적으로 진행될 것인가 아니면 차분하게 진행될 것인가 하는 작품의 속도를 암시할 수 있는 기회가 주어진다. 따라서 막이 열리고 나면 작품의 성격이 허락하는 한 음악에서의 첫 번째 화음처럼 그 분위기를 강하고 인상깊게 울리는 것이 좋다는 규범이 성립될 수 있을 것이다.

도입 장면을 가장 잘 만든 작가는 셰익스피어였다. 〈로미오와 줄리엣〉의 도입부에서는 대낮 한길에서 서로 적대적인 가문들 사이에 불상사가 벌어지고 칼들이 부딪힌다. 〈햄릿〉의 첫 장면은 한밤중 초병들의 긴장된 외침으로 시작되는데, 유령의 출현 때문에 불안과 의심이 가득찬 흥분 상태에서 이루어진다. 〈맥베드〉에서는 폭풍이 치고 천둥이 울리는 황량한 벌판에 섬뜩한 마녀들이 등장하여 도입부를 장식한다. 그리고 〈리차드 3세〉에서는 특별한 배경 묘사가 이루어지지 않은 가운데 작품 전체의 흐름을 좌우할 악한 한 사람만이 무대 위에 등장하여 직접 서곡을 낭독한다.

고대 그리스극에서는 이야기 줄거리의 사전 조건들을 "서문(prologue)"에서 전달하는 것이 관례였다. 그러나 셰익스피어 시대에 이르러서는 서문이 줄거리에서 완전히 분리되어, 작가의 간단한 인사말로서 예의적인 내용이나 용서를 구하는 말, 혹은 주목해 주십사 하는 부탁의 내용을 담고 있다. 근대 독일 연극에서는 조용히 해 달라든가 주목해달라는 부탁이 더 이상 필요없게 되자 의도적으로 이러한 서문을 버리고 공연을 기리는 인사말이나 작가의 즉흥적인 기분을 표명하는데 서문을 사용하였다.

• 자극적 계기

주인공의 마음 속에 어떤 감정이나 혹은 의지가 작용되면, 극적 줄거리는 비로소 움직이기 시작한다. 또한 주인공을 둘러싼 환경이나 인물이 어떤 수단을 동원해서라도 주인공을 움직이기로 결심할 때에도 극적 이야기가 움직이기 시작한다. 이처럼 극적 이야기를 움직일 수 있게 충동질하는 요인이 자극적 계기에서 마련되는데, 이러한 충동 요인은 줄거리의 중요한 계기가 된다. 〈로미오와 줄리엣〉에서는 로미오가 벤플리오와 대화를 나누는 동안 그의 마음 속에 가면 축제에 가보겠다는 결심이 생겨남으로써, 사건을 유발시키는 동기가 마련된다. 〈햄릿〉에서 햄릿은 선왕의 유령을 만나고 복수를 결심하면서 극적 줄거리가 움직인다. 〈오델로〉에서는 다소 긴 도입부의 마지막에서 이아고는 자신을 푸대접하는 무어인(흑인) 오델로와 그의 아름다운 부인 데스데모나 사이를 갈라놓겠다는 결심을 할 때 극의 줄거리는 상승하게 된다. 〈리차드 3세〉에서의 충동자는 주인공의 마음 속에서 발단이 이루어짐과 동시에 초반부에 이미 완료

된 계획을 가지고 상승해 간다.

극적 줄거리를 움직이는 계기는 아주 다양한 모습으로 나타난다. 자극적 계기는 한 장면으로 표현될 수도 있고, 아니면 단 몇 마디 말로 요약될 수도 있다. 또한 그와 같은 계기가 외부에서 주인공이나 반행위자의 영혼 속으로 밀고 들어와야 하는 것만은 아니다. 주인공이 일련의 사고를 통해 자기의 내면으로부터 직접 유도해낸 어떤 사상이나 희망 혹은 결심도 똑같이 계기가 될 수 있다. 이와 같은 자극적 계기는 반드시 극적 줄거리를 도입에서 상승으로 옮겨가게 하는 것이어야 한다. 자극적 계기는 도입이 이루어진 다음의 적당한 장면 속에서 바로 제시되어야 하며, 뒤를 따라 일어나는 상승은 그보다 크게 만들어져야 한다.

b) 상승부

상승 단계에 이르면 이미 극적 줄거리가 가동된 상태로, 중요 인물들의 본질이 드러나며 그에 따라 관객들의 관심이 고조되기 시작한다. 그리하여 어떤 쪽으로든 일단 방향이 주어진 것이며, 그 속에서 나름대로의 분위기와 열정과 갈등이 생겨난다. 상승에서 정점까지의 단계를 몇 장면으로 나눌 것인가는 작품의 소재와 그 소재를 다루는 방법에 따라 다르다. 〈로미오와 줄리엣〉에서는 상승에서 정점까지 4 단계를 거치게 된다. 첫 번째 단계는 가면 무도회에서 사랑이 싹트는 장면이고, 두 번째 단계는 서로의 사랑을 확인하고 나누는 발코니 장면으로 이어진다.

그 결과 세 번째 단계로 비밀리에 치르는 결혼식 장면이 이어지지만, 마지막 네 번째 단계에서는 우연히 이루어진 두 집안의 충돌에서 줄리엣의 사촌 오빠 티볼트가 결투 끝에 로미오의 칼에 찔려 죽는 장면에서 정점을 이루게 된다.

상승부에 속하는 장면들은 관객들에게 지속적으로 관심을 고조시켜야 한다. 따라서 상승부의 장면들은 내용상의 진전을 보여줄 뿐만 아니라, 분위기의 교체와 명암을 이용하여 형식과 기법에 있어서도 더 큰 진전이 이루어지고 있음을 보여 주어야 한다.

c) 정점

정점은 상승한 갈등이 결정적으로 강하게 밖으로 분출하는 지점이다. 정점은 작품의 첨단으로서 거의 언제나 거대하게 실행되는 장면이며, 상승과 하강의 많은 장면들이 이 점을 중심으로 설계된다.

〈리어 왕〉에서는 리어 왕을 포함한 미친 세 사람이 안이했던 생활에 대해 심판내리는 오두막 장면이 정점에 해당되며, 〈맥베드〉에서는 살인자 맥베드가 유령과 힘겨루기를 하고 자신의 양심과 처절한 싸움을 벌이는 향연 장면이 정점에 해당된다. 〈로미오와 줄리엣〉의 정점은 물론 로미오가 줄리엣의 사촌 티볼트를 결투 끝에 죽이는 장면인데, 두 집안의 청년들이 각각 한 사람씩 죽게 되면서 두 집안의 대립은 치열해 질 수밖에 없다. 그에 따라 행복한 결혼으로 이끌어지던 상승부가 이 장면

이후 급격하게 반전되어 새로운 국면을 맞이하게 된다.

극적 줄거리의 정점이 외부와의 싸움으로부터 유발된 것이든 내적 갈등의 결과이든 간에, 이는 앞서 일어난 일뿐만 아니라 그 뒤에 일어나는 일과도 단단하게 결속되어야 한다. 정점의 주요 장면들은 이 두 방향을 연결하면서 한편으로는 위로, 그리고 다른 한편으로는 아래로 극을 진행시키는 계기에서 구심점을 형성한다.

• 비극적 계기

극적 줄거리가 정점에서 하강의 길로 접어드는 것을 분명히 보여 주는 장면을 비극적 계기라 할 수 있다. 〈로미오와 줄리엣〉에서는 로미오의 추방 장면을 비극적 계기로 들 수 있다.

d) 하강부 혹은 반전

드라마에서 가장 어려운 부분은 하강부, 혹은 반전 장면이다. 정점에서 고조된 관객의 관심을 새롭게 자극하여 긴장시켜야 하기 때문이다. 그러므로 강하게 부각시키고 싸움에 중요한 의미를 부여함으로써 반전 장면의 효과를 강하게 만들 필요가 있다. 그러기 위해서는 등장 인물의 숫자를 줄이고 몇몇 커다란 장면 속에 압축 시킬 필요가 있다. 일반적으로 반전은 상승부의 줄거리보다 적은 수의 장면에서 이루어지는 것이 바람직하다. 반전의 효과를 더욱 강하게 일으키기 위해 파국이 들어서기 전에 독자적인 한 장면을 설정하여 주인공에게 강한 인상을 심어 주는 것이 좋다. 수면제를 마시기 전 줄리엣의 독백 장면과 맥베드 부인의 몽유병 장면을 그 예로 들 수 있다.

• 마지막 긴장의 계기

파국이 작품 전체의 필연적인 결과를 가리킨다면, 이러한 파국이 관객에게 갑자기 다가오는 것을 방지하기 위해 마련된 장면이 마지막 긴장의 계기이다. 파국에 앞서 적당한 시기에 마지막 긴장의 계기를 마련할 필요가 있는데, 이러한 새 긴장을 통해 가벼운 장애물이나 해결에 대한 막연한 가능성을 던져 주기도 한다. 〈로미오와 줄리엣〉에서 로미오는 줄리엣의 무덤 앞에서 패리스를 죽이는 장면을 설정함으로, 행복한 결말로 이끌어지지 않는다는 암시를 제시한다. 〈햄릿〉에서 클로디어스가 레이티스에게 검에 독을 묻혀 햄릿을 죽이도록 모의하는 것도 최종적인 파국을 준비하기 위한 장면이다. 이 장면에서 관객은 다시 한번 상승하리라는 가능성을 느끼는 동시에 극을 파국으로 재촉하는 힘이 있다는 것을 느껴야 한다.

e) 파국

줄거리의 결말을 의미하는 파국은 고대 그리스 연극에서는 "엑서더스(exodos)"라 불렀다. 파국에서는 어떤 강한 행위를 통해 주요 성격들이 뭔가에 사로잡힌 상태에서 벗어난다. 관객은 주인공의 종말을 슬퍼하는 한편 더욱 높은 차원에서는 그와 같은 몰락이 이성적이고 필연적이라는 것을 생생하게 느껴야 한다. 그리고 바로 이런 느낌이 관객으로 하여금 화해하게 하고 그에게 용기를 북돋아 주어야 한다. 이것은 현실에서 갈등을 일으키고 있는 여러 대립 요소들이 주인공의 운명을 통해 화해할 때만 가능하다.

〈로미오와 줄리엣〉에서 가사 상태에서 깨어난 줄리엣은 로미오의 죽음을 목격하고 그녀 역시 자살한다. 이들 남녀의 죽음 앞에서 두 원수 집안은 화해하게 된다. 〈햄릿〉에서는 원수를 물리친 햄릿마저 죽게 되고, 원정나갔던 포틴브라스가 등장하여 새 왕에 즉위하고 햄릿의 장중한 장례식을 명령하면서 극을 마감한다.

그런데 프라이탁의 8단계 구성법은 오늘날 여러 이론가들의 손을 거치면서, 여러 모습으로 변모하게 되었다. "과거의 작품이건 최근의 작품이건 간에 에술성이 있는 드라마는 위에서 상술한 구성 부분 전부 혹은 필요한 몇 개로 짜여져야 한다."는 프라이탁의 언급에서 확인할 수 있듯이, 그의 구성론은 엄격한 법칙이라기보다는 유연한 제안으로 받아들이게 되었다. 그리하여 그의 원래 의도와는 달리 4단계, 5단계, 6단계, 7단계 등의 다양한 구성단계와 상이한 용어들이 사용되었다. 5단계설이든 6단계설이든 그 이상의 단계를 주장하든 여러 논자들의 설명을 압축하면 대체로 다음과 같다.

> 1단계 – 제시부(exposition), 도입부(introduction), 발단 (point of attack), 자극적 순간(inciting moment)

2단계 – 전개부(ascent), 상승부(rising action), 복잡화 (complication)

3단계 – 정점(peak), 위기(crisis), 전환점(turning point), 절정(climax)

4단계 – 하강부(falling action), 반전(anticlimax), 귀환 (return), 해결(resolution)

5단계 – 파국(catastrophe), 대단원(denoument), 결말 (conclusion)

이와 같은 논의를 필자는 도입 – 상승 – 위기 – 하강 – 대단원의 5단계 구성으로 요약하고자 한다. 그리고 5단계 사이에 필요할 경우 3점이 놓일 수 있다고 본다면, 도입과 상승 중간에 발단을, 위기 안에 전환점을, 그리고 하강과 대단원 중간에 절정이 위치한다고 여겨진다. 그러므로 5가지 단계에다가 중요한 계기가 되는 3점을 포함한다면, "도입과 발단 – 상승 – 위기와 전환점 – 하강 – 절정과 대단원"이라는 구성단계를 제시할 수 있겠다.

이러한 구성 단계를 논의하는 과정에서 3번째 단계를 이르는 용어와 함께 "절정(climax)"의 용법에 대한 혼란을 정리할 필요가 있다. 많은 논의 가운데에는 3번째 단계를 "정점(peak)", "위기(crisis)", "전환점(turning point)", 혹은 "절정(climax)"이라고 부르고 있다. 프라이탁이 언급한 중앙부의 꼭대기, 즉 정점을 절정이라고 부르게 된 데에는 아마도 다음 사전적 설명 가운데에서 그 원인을 찾을 수 있겠다.

climax :

　　1. 정확히

　　　1) 수사학 용어로서 점층법

　　　2) 전반적인 의미로서 상승하는 연속물, 혹은 단계

　　2. 대중적으로

　　　1) 수사학적 단계의 마지막, 혹은 최고도

　　　　a. 일반적으로 단계적 상승으로 도달하는 가장 높은 지점, 정점

　　　　b. 생태학적으로

　　　　c. 생리학적으로 오르가즘

　　　　여기서 대중적으로 사용되는 3), 4)는 학술적 단어를 잘못 사용하였거나 대중적인 무지함으로 연유한 것이다. …

　　　　The Oxford English Dictionary on C.D.

위 설명은 옥스포드 영어 사전의 climax를 번역한 글이다. 위의 언급에서 확인할 수 있듯이, climax의 대중적인 의미 가운데 "수사학적 단계의 마지막, 혹은 최고도"라는 의미가 오해의 빌미를 제공한 것으로 생각된다. 그러므로 논자에 따라서는 극 구성의 중간 단계의 꼭대기를 climax로 보거나, 구성의 마지막 중요 순간을 climax로 보기도 하였다. 그러면 가운데 꼭대기를 climax로 보아야할 것인가, 아니면 마지막을 climax로 보아야

할 것인가. 필자를 포함한 여러 논자들은 구성의 마지막 단계에 climax가 놓인다고 보고 있다. 절정은 극적 갈등의 최종 결과를 보여 주는 장면이라고 보기 때문이다. 절정에 대한 설명은 3단계에 해당하는 위기(crisis), 혹은 전환점(turning point)과 함께 설명하는 게 더 유용할 수 있다. 즉 전환점이 원인이라면 절정은 그에 따른 필연적 결과로 보아, 그 둘의 관계를 인과관계로 설명하는 것이 설득력이 있다고 생각된다. 〈로미오와 줄리엣〉에서 로미오가 결투 끝에 줄리엣의 사촌 티볼트를 죽이게 되면서, 비극적인 결말을 암시한다.(전환점) 이 사건 이후 극은 두 연인이 원치 않았던 비극적 파국으로 치닫게 된다. 거의 마지막 순간 안타깝게도 로미오와 줄리엣은 영원한 사랑을 꿈꾸며 죽음을 맞이한다.(절정) 〈오셀로〉에서는 오셀로가 순결한 부인 데스데모나를 죽일 때 구조상 전환점을 지나며, 오셀로 자신마저 자살할 때 극은 절정을 맞는다. 한국영화 〈광복절 특사〉에서는 탈옥에 성공한 두 죄수가 사실은 광복절 특사로 풀려날 예정이라는 내용의 기사를 확인하는 지점이 전환점에 해당한다. 우여곡절 끝에 자신들이 빠져 나온 교도소로 되돌아간 두 죄수는 교도소 내의 폭동을 평정하고 정식 광복절 특사가 되는 지점이 절정이다.

이처럼 주인공의 목표가 완성되는 최종 순간이 절정이며, 가장 흥분되고 긴장된 장면이 절정이다. 또한 절정은 작가가 주제로서 제기한 모든 문제들이 해결되는 지점이기도 하다. 그 결과 절정은 문제가 해결되는 "강렬함의 최고점"(the highest point of intensity)이 되고, 그에 따라 관객 흥미 역시 최고점에 이르게 된다. 이 장면에서 관객들은 가슴이 후련해지게 되고, 카타르시스를 느끼게 된다. 그러므로 희곡 전편에 흐르는 다양한 사건과 갈등 장면들은 단 한 곳, 즉 절정으로 집약되고 통일된다. 다른 말로 하면, 극적 구성은 희곡의 각 장면과 사건이 절정을 향해 쌓여가는 과정이며, 절정은 최종적인 불가항력적 장면이라고 할 수 있다.

이와 같은 논의를 받아들인다면, 다음과 같은 논의에는 몇 가지 문제점이 있음을 알게 된다.

"희곡의 구성을 살펴보면, 대체로 발단, 전개, 절정, 하강, 대단원의 5단계로 짜여져 있음을 알 수 있다. 발단은 사건이 시작되면서 갈등이 일어나는 단계이며, 전개는 사건이 복잡하게 얽히면서 긴장과 흥분을 더해 주는 단계이다. 절정은 대립과 갈등이 최고조의 긴장 상태를 이루는 단계이며, 하강은 반전되어 갈등이 해결되어 가는 단계이다. 대단원은 갈등과 대립이 해소되어 사건이 마무리되는 단계이다."

위의 내용은 중학교 국어 교과서 2학년 1학기 교재 제14단원 "희곡의 구성"에 대한 설명 부분이다. 여기서 문제가 되는 것은 2번째 단계인 전개와 3번째 단계 절정이다. '가운데 점'을 중심으로 2번째 단계는 4번째 단계와 짝을 이루고 있다는 식의 프라이탁의 견해를 빌리자면, 2단계 : 전개 / 4단계 : 하강이 아니라, 2 단계 : 상승 / 4 단계 : 하강이 더 적절하다. 그래야 상승 (부)이라는 용어 역시 "사건이 복잡하게 얽히면서 긴장과 흥분을 더해 주는 단계"라는 설명과 부합된다. 그러므로 2번째 단계는 상승(부)이 더 적절하다. 또한 3번째 단계는 앞서 논의하였듯이, 절정이 아닌 위기(부), 혹은 전환점이라는 용어가 더 적절하다. 위의 설명 가운데에서 절정은 결국 대단원 속에 포함되어 있다고 볼 수 있다.

3장
극문학의 인물

희곡은 근본적으로 인물의 행동으로 구성되어 있다. 희곡의 인물은 자신의 행동을 통해 그 존재를 드러낸다. 또한 희곡은 개별적인 인물이 다른 인물과 관계를 맺으면서 다양한 행위와 말을 주고받는 가운데 구현된다. 그 개별적인 인물은 극중에서 자신이 어떤 존재인지에 대한 신원 확인이 가능해야 하며, 다른 인물과도 구별될 수 있어야 한다.

1. 유형(type)과 성격(character)

희곡은 근본적으로 인물의 행동으로 구성되어 있다. 희곡의 인물은 자신의 행동을 통해 그 존재를 드러낸다. 또한 희곡은 개별적인 인물이 다른 인물과 관계를 맺으면서 다양한 행위와 말을 주고받는 가운데 구현된다. 그 개별적인 인물은 극중에서 자신이 어떤 존재인지에 대한 신원 확인이 가능해야 하며, 다른 인물과도 구별될 수 있어야 한다.

극중의 인물은 극작가가 창조한 가공의 인물, 즉 허구적인 인물이다. 극중 인물은 극작가가 선택하고 구조화한 인물이다. 극중 인물의 행동은 인간의 삶과 관련 있는 것이긴 하지만, 그렇다고 그것이 실제 인간의 삶과 동일한 것은 아니다. 극중 인물이 실제 사람과 여러 모로 닮았을 수 있다 하더라도, 극중 인물이 실제 인간 자체는 아니다. 생활 속의 실제 인간과 극중 인물은 다음과 같은 차이가 난다. 실제 인간은 그 자체로 존재하지만, 극중 인물은 배우라는 인격체와 결합해야만 비로소 현존할 수 있다. 전자는 무한한 환경 속에서 살아 나가는 반면, 후자는 제한된 환경 속에서 정해진 틀에 따라 움직이는 행위자에 불과하다. 또한 전자는 미결정적인 인격을 가지고 있는 반면, 후자는 특정한 성격을 지닌 결정적인 인격을 지니고 있다. 즉, 후자는 극작가가 지정해준 성격만을 지녔으므로, 변하지 않는 일관성을 지니고 있다. 따라서 극중 인물은 실재하는 사람이 아닌 허구적인 인물이다.

허구적인 인물을 극중에 형상화하는 것을 "성격화"(characterization)라고 한다면, 가장 오래된 성격화의 방법으로 "유형"(type)을 들 수 있다. 여기서 유형이란 다수의 개인들이 일반적으로 지니고 있는 특성들을 보유하고 있으며, 확인 가능한 집단으로서 그들을 구별시켜 주는 질적 요소들을 보유하고 있음을 의미한다.

일단 여기서 유형과 성격을 구분해 보자. 유형은 인물의 두드러진 특징을 일반화하여 그리는 경향을 뜻한다. 동서고금을 막론하고, 마치 전통처럼 유지되어 오면서 수많은 독자와 관객들에게 친숙해진 유형들이 존재해 왔다. 즉, 놀부와 같은 욕심쟁이, 스크루우지와 같은 인색한 노인, 거드름 피우는 양반(이나 귀족), 잘난 척하는 학자, 허풍쟁이 군인이 있어 왔다. 또한 콩쥐처럼 착한 소녀와 팥쥐처럼 악한 소녀, 전처 소생을 괴롭히는 계모, 며느리를 구박하는 시어머니, 가정 일을 등한시하고 주색잡기에 빠진 건달, 자녀를 위해 모든 일을 희생하는 어머니 등의 유형은 성공적으로 새로운 사건에 참여해 왔다. 세계 연극사에서 유형적 인물을 성공적으로 활용한 대표적인 예로는 16세기 이후 전 유럽에 걸쳐 막강한 영향력을 행사했던 희극전문극단 "코메디아 델아르테"를 들 수 있다. 이들은 미리 정해진 일정한 스토리나 간단한 플롯 안에서 즉흥적으로 대화를 짜 맞추어 가면서 희극을 공연하였는데, 그것이 가능했던 근본적인 바탕에는 이와 같은 유형의 불변성이 존재하기 때문이었다.

나아가 이러한 유형에는 의도적으로 축약시키기와 일그러트리기, 즉 희화화하려는 경향이 자리 잡고 있다. 그리하여 유형은 일반적으로 희극적 인물로 활용되는 경우가 많았다. 노드롭 프라이는 희극을 이루는 대표적인 인물 유형으로 "알라존"(alazon)과 "에이런"(eiron), "보몰로초스"(bomolochos)와 "아그로이코스"(agroikos) 두 쌍을 제시한 바 있다. 이중에서 희극적 갈등은 자기 기만적인 인물 "알라존"과 자기를 비하하는 인물 "에이런" 사이에서 발생한다. 알라존은 새로운 사회로의 진전을 가로막는 봉건적인 인물을 가리키는데, 송영의 〈호신술〉의 주인공 김상룡이 대표적이다. 대자본가 김상룡은 노동자들의 임금을 깎으며 그들의 생존권을 위협하는 인색한 노인네이면서, 시대적 흐름에 무지한 인물로 나온다. 이러한 부정적인 인물은 더 나은 사회로 나아가기 위해 낡은 구습을 개선하려는 젊은 세대의 의지를 막는 "훼방꾼"(blocking character)과 같은 존재다.

이와 같은 알라존/에이런의 갈등 양상은 우리의 전통 탈춤과 인형극에서 얼마든지 찾아 볼 수 있다. 알라존으로는 잘 속아 넘어가는 양반과 근엄한 척하지만 여색에 빠지고 마는 주지 스님, 그리고 허세를 부리는 평양감사를 들 수 있다. 에이런으로는 재치있게 양반을 골려 먹는 하인 말뚝이와 쇠뚝이, 주지 스님의 위선을 까발리는 상좌승, 그리고 알몸 상태로 평양감사의 상여를 매는 행동을 통해서 탐관오리들을 골탕 먹이는 홍동지를 들 수 있다. 이처럼 우리의 전통극에서도 이탈리아의 꼬메디아 델아르테처럼 이들 유형적 인물들이 정해진 상황에 맞추어 즉흥적으로 연기하는 특징을 지니고 있다. (이런 유사성에 대한 비교연극학적인 연구도 우리 연극학계의 관심사 중의 하나다.)

그밖에 희극적 분위기를 조성하는 유형으로 어릿광대 "보몰로초스"와 촌뜨기 "아그로이코스"를 들 수 있다. 이들은 대립을 벌이는 두 축이라기보다는 주연급 인물 주변에서 희극적 분위기를 자아내는 조연급 유형이라 할 수 있다. 하회별신굿 탈놀이에서 방정맞은 하인 초랭이가 보몰로초스에 해당한다면, 바보스런 하인 이매는 아그로이코스에 해당한다.

유형에 비해 "성격"(character)은 개인적 인상과 그의 모순된 성향 등을 실제적으로 폭넓게 재현하려는 욕구에서 기인한 것이다. 18세기 계몽주의 시대에만 해도 개인의 특별한 요소들은 관심의 대상이 되지 못했고 초개인적인 요인만이 중요했다. 즉, 18세기 이전에는 보편적인 인간상을 선호했기 때문에 유형화에 대한 견해가 중심을 이루었다. 그러나 비합리주의와 주관주의적 경향이 대두하게 됨에 따라 인물은 보편적·도덕적 요소로서가 아니라 흥미롭고 혼합적인 개인적 성격으로 부각되게 되었다. 이후로부터 유형과 성격은 서로 대립적인 개념이 되었는데, "만약에 어떤 한 인물의 내면에 여러 성향들이 뒤섞여 있고, 그래서 그 인물이 (동일한 상황에서 다른 사람들이 결코 그렇게 행동하지는 않으리라는 식의) 별스런 행동을 한다면, 그런 인물은 성격을 지니고 있다고 말한다"(프리드리히 니콜라이의 「비극론」)는 식의 견해가 표출되었다.

또한 디드로는 "희극은 유형이 드러나는 극이고, 비극은 성격이 드러나는 극"이라고 말한 바 있다. 일반적으로 비극에서는 유형을 사용하지 않으려고 하는데, 왜냐하면 비극에서는 인간에게 부과된 숭고한 도덕적 요구가 이에 상응하는 인간적 본질과 근엄성을 요구하기 때문이다. 그러므로 유형화와 같은 축소된 인물 묘사로는 비극적 인물을 그리기에 부적절하다고 볼 수 있다. 그에 비해 희극에서는 성격과 유형 두 가지를 마음대로 사용할 수 있지만, 그리스 시대 이래로 유형을 더 잘 사용해 왔다. 유형적 인물들이 일으킬 수 있는 행동 양식이 특정한 유형적 반응을 유발시킬 때, 필연적으로 관객은 그런 것들을 진지하게 받아들이지 않는다. 즉 이미 제목만으로도 어떤 특정한 인간적 실수나 결함을 묘사하려는 의향이 비친 "유형 희극"(type comedy)의 전통은 고대 그리스와 로마를 거쳐 현대에까지 전승되어 왔다. 즉, 로마 희극작가 플라우투스의 〈허풍쟁이 군인〉이나, 몰리에르의 〈수전노〉, 코르네이유의 〈사기꾼〉, 그리고 라신느의 〈소송꾼들〉 등은 바로 유형적인 인물을 활용한 희극작품의 좋은 예이다.

이처럼 등장인물의 유형화 경향은 희곡 장르에서 두드러진 현상이 되어 왔다. 제한된 시·공간 안에서 펼쳐지는 극작품에서는 극중인물의 이름만으로도 이미 그가 어떤 품성을 지니고 있는지 암시되거나, 혹은 오히려 명백히 드러날 필요가 있다. 이처럼 근대적인 성격을 드러내지 않은 채 인물의 유형성만을 강조하기 위한 수법을 독일 표현주의극에서는 "별명식 작명법"(der sprechende name)이라 한다. 이것 역시 주로 희극에서 흔히 나타나는 형태인데, 극중인물의 이름 자체가 그의 특징적인 외형이나 행동 양식과 관련된다. 예를 들어 카멜레온 백작, 볼프 부인(늑대 부인) 등은 고정된 성격을 드러낸다.

그런데 일부 논의에서는 유형적 인물의 활용에 대하여 부정적인 견해를 펴기도 한다. 유형에 대한 이러한 부정적 시각은 아마도 E. M. 포스터의 『소설의 양상들』(Aspects of the Novel)에서 평면적 인물과 입체적 인물의 구분으로부터 연유한 듯하다. 포스터는 "평면적 인물"(flat character) 혹은 이차원적 인물과 "입체적 인물"(round character)을 구분하였다. 여기서 전자는 단일한 생각이나 특성을 중심으로 이루어져 있으며, 개별성을 나타내는 세부사항이 제시되지 않은 인물이라 한 구절이나 한 문장으로도 그럴듯하게 묘사할 수 있다고 보았다. 그러면서 이를 유형(type)이라고 단언하였다. 그는 추리소설이나 소극의 인물들이 이차원적인 인물, 혹은 유형적인 인물로 그려지는 것은 큰 문제가 아니라고 보았다. 이러한 논의를 받아들여 일반적으로 현대 소설에서는 평면적 인물이 아닌 입체적 인물의 창조를 목표로 하고 있다고 주장하였다. 이 과정에서 당연히 격하된 것이 바로 유형이다. 그러나 이 논의는 장르적 측면에서 볼 때 현대 소설과 관련된 논의로 보아야지, 일반적인 희곡의 인물 창조론과 결부시킬 수는 없다.

2. 등장 인물의 분류

가. 주요 인물, 주역

1) 주동인물

희곡 속의 인물은 자신의 말과 행동을 통해 자신의 의지와 목표를 관철시켜 나가는 과정을 보여주기도 하고, 다른 인물들과 관계를 맺는 양상을 보여주기도 한다. 결과적으로 극작가는 극 중 인물의 형상화를 통해 의미 있는 사상과 관념, 정서를 전개해 낸다. 그러므로 극작가는 자연스럽게 지배적인 인물의 수를 1 - 2 명 정도의 소수로 제한하려 애쓰게 되는데, 실제로 대부분의 극작가는 기본적으로 한 인물에게 초점을 맞추려 한다.

이처럼 한 인물에게 초점이 맞추어져 있다면, 대부분의 연극 소재는 더욱 간결하게 완성된 극작품으로 나아갈 가능성이 높다. 극중에서 초점이 맞추어진 인물을 "주동인물"이라고 한다.

주동인물이란 용어는 영어 protagonist를 번역한 말이다. 이 말은 proto(최초의, 주요한) - agon(투쟁, 갈등) - ist(사람을 의미하는 접미사)의 합성어로, 그 뜻은 '갈등을 일으키는 중요한 (첫) 인물'이다. 고대 그리스극에서부터 주동인물은 첫 번째 배우, 또는 중요 배우라는 의미로 사용되어 온 이래, 관객들로부터 가장 주목받는 인물을 의미하게 되었다. 전통적으로 희곡은 특정한 인물, 즉 주동인물에 대한 이야기였기 때문에, 그 주동인물의 이름이 곧 극의 제목이 되었다.

주동인물은 극의 전체 구조상 중심부에 있으면서 극중 이야기를 앞으로 이끌어가는 책임을 지닌다. 그는 극중에서 가장 중요한 문제를 발견하고, 그에 대응한 결정을 지속적으로 내린다. 주동인물은 무대 위에 가장 오래 머물면서 말을 많이 하거나 길게 하며, 극중의 중요한 사건과 연관된다. 아니면 그를 둘러싸고 많은 사건들이 일어난다. 그는 자유 의지를 행사하여 극중 사건에 개입하며, 상대방 인물과 갈등을 일으켜 분규를 지속시킨다. 그리하여 그에게는 관객들의 감정이입이 일어나고, 나아가 그에 대한 동정심이나 연민을 불러일으킨다.

주동인물을 뜻하는 다른 용어로, "중심 인물", "초점이 맞추어진 인물"이 사용되기도 한다. "중심 인물"(central character)은 극의 중심부에 놓인 인물을 뜻하는 것이긴 하지만, 상대적으로 비활동적인 인물을 가리킨다. 즉, 중심 인물은 의지적으로 투쟁하는 인물이 아니라 단지 극의 중심에 놓여 있을 뿐인 경우를 말한다. 이는 근대 이후의 희곡에서 거대한 조직, 세력 등에 둘러싸인 힘없는 소수를 가리킨다. "초점이 맞추어진 인물"(focal figure) 역시 중심 인물과 유사한 의미를 지니는데, 그에게 극적 사건의 초점이 맞추어져 있을 뿐이지 스스로는 어떤 상황도 능동적으로 헤쳐 나가지 못하는 힘없는 계층을 일컫는다.

특별히 초점이 맞추어진 인물은 "희생자"라는 어감을 많이 준다. 그 대표적인 예를 독일 극작가 뷔히너가 창조한 주인공에서 들 수 있다. 그의 희곡 〈보이체크〉의 중심 인물 보이체크는 희곡적 세계를 주도하는 인물인지가 의심스러울 정도로 그 영향력이 미약한데, 그는 사건 진행의 주도자라기보다는 오히려 희생자에 가깝다. 우리 근대 희곡에서도 이처럼 주체적으로 문제를 해결할 수 없는 희생자형 인물들이 많이 형상화되었다. 1920년대 근대극 개념을 제대로 이해하고 있었던 극작가 김우진의 〈이영녀〉의 여주인공 이영녀는 그 시대의 대표적인 희생자이다. 토월회 소속 극작가 홍사용의 〈제석〉, 그리고 극예술연구회에서 주도적으로 창작극을 공연했던 유치진의 대표작 〈토막〉과 〈소〉 등의 주동 인물들 대부분 역시 그들을 둘러싸고 있는 환경에 힘없이 굴복하고 마는 인물들이었다. 이처럼 힘없는 무산 계층들이 그들을 압박하는 자본주의적 체제에 제대로 맞서지 못하고 희생당하는 내용의 희곡적 경향을 독일 근대극에서는 "환경극"이라 부른다. 즉, 환경극의 주동인물들은 대부분 중심 인물이거나 초점이 맞추어진 인물이다.

주동인물은 일반적으로 한 명인 경우가 많지만, 두 명일 경우도 있다. 주동인물의 이름을 따서 극작품의 제목을 붙이던 관습을 고려해 보면, 〈햄릿〉은 햄릿 한 사람이 주동인물이지만 〈로미오와 줄리엣〉에서는 로미오와 줄리엣 두 사람이 주동인물이라고 할 수 있다. (보는 시각에 따라서는 로미오가 주동인물이고, 줄리엣은 그의 상대역으로 볼 수도 있다.) 또한 "투 캅스"식의 영화에서도 성격이 대조적인 두 명의 파트너를 모두 주동인물로 취급하기도 한다. 그런데 경우에 따라서 그 이상의 인물이 주동인물의 역할을 할 때도 간혹 있다. 이러한 경우를 "집단적 주인공"(group protagonist)이라 하는데, 19세기 말 독일 극작가 하우프트만의 희곡 〈직조공들〉에서 새로 정립된 개념이다. 이 작품에서는 한 개인이 사건의 중심에 위치하지 않고 그 대신 고통당하다가 반발하는 운명공동체로서의 직조공 다수가 주동인물의 역할을 맡았다. 그밖에 집단적 주인공은 러시아 극작가 막심 고리키의 〈밑바닥〉(우리 나라에서는 〈밤주막〉으로 부르기도 함)과 미국 극작가 클리포드 오데트의 〈레프티를 기다리며〉 등에서 효율적으로 활용되었다.

주동인물의 형상은 장르마다 다르게 나타났고, 또 시대마다 다르게 나타났다. 주동인물의 개념이 장르적 특성 및 시대적 특성에 따라 어떻게 달라졌는지를 살펴보자. 그리스 비극에서 주동인물은 일반인들보다 더 고상한 인물이나 영웅이었다. 또한 비극의 주동인물은 대개는 선한 인물이며, 신분상 상당히 지체 높은 인물이다. 그리스 비극 작가 소포클레스가 지은 〈오이디푸스 왕〉의 주동인물 오이디푸스는 신화 속의 스핑크스를 제거한

후 테베의 왕이 되고, 선정을 베푼 인물이었다. 그러나 오이디푸스는 결국 신탁에 의한 자신의 운명을 거역할 수 없었던 나약한 인간에 불과했다. 〈햄릿〉의 주동인물 햄릿은 덴마크의 왕자로서 사악한 현왕을 제거하고 정의로운 나라를 세워야할 책임을 짊어져야 했다. 레싱의 〈에밀리아 갈로티〉의 여주인공 에밀리아는 시민 계급의 딸로서, 타락한 봉건 영주와 도덕적으로 깨끗한 시민 계급 사이의 갈등에서 희생당하는 인물이었다.

현대 비극의 주인공은 예전의 그리스 비극이나 르네상스 비극, 혹은 근대 비극과는 크게 다른 모습을 지니고 있다. 일단 현대에 들어 와서는 비극 장르가 크게 위축되어 그 숫자가 현저하게 줄어들었다. 대표적인 현대 비극으로 미국 극작가 아서 밀러의 〈세일즈맨의 죽음〉을 들 수 있겠다. 수많은 하층 계급중의 하나인 외판원들이 꾸는 허황된 아메리칸 드림을 형상화한 이 작품에서, 주인공 윌리 로우만은 이전 비극과 같은 지체 높은 신분이 절대 아니다. 이름 로우만(Loman ← Low + Man)이 뜻하고 있는 것처럼 그는 하층민이다. 하지만 그는 대다수 서민 계층을 대표하는 인물로서, 그의 자살은 수많은 서민들의 공감을 불러 일으키기에 충분하였다.

희극의 주동인물은 크게 두 종류로 나눌 수 있다. 하나는 극중에서 지극히 정상적인 인물, 혹은 비정상적인 상황의 희생자(에이런형 인물)인 경우이다. 다른 하나는 대표적인 비정상인이거나 희극적 상황을 만드는 인물, 혹은 조롱거리가 되는 인물(알라존형 인물)인 경우이다. 이것은 희극의 유형에 따라 나뉘어진 것인데, 전자는 일반적으로 정상적인 인물들과 비정상적인 인물 사이의 화해가 이루어진 "낭만 희극"(romantic comedy)의 주동인물을 가리킨다. 후자는 비정상적인 인물이 자신의 성격적 결함을 끝내 버리지 않아 결말에 가서도 화해가 이루어지지 않는 "풍자 희극"(satiric comedy)의 주동인물을 가리킨다. 그러나 그와 같은 구분을 도식적으로 적용시키기에는 한계가 있을 수 있다.

전자의 예로 셰익스피어의 〈한여름밤의 꿈〉에서 청춘남녀 두 쌍은 완고한 부모의 반대에도 불구하고, 결국 결혼을 성사시킨다. 송영의 〈황금산〉에서 막내딸 경순은 결혼을 강요하는 아버지의 고집을 물리치고 가족간의 화해를 이끌어낸다. 후자의 예로 몰리에르의 〈따르튜프〉에서 따르튜프는 오르공의 전 재산을 빼앗고 오르공의 부인과 딸까지 넘보다가 결국 감옥으로 끌려가고, 오르공 일가는 화해를 이루고 그의 딸은 원하던 약혼자와 결혼을 하게 된다. 오영진의 〈살아있는 이중생 각하〉에서 이중생은 자녀들을 희생시켜 가면서 자신의 권익을 지키려 하지만, 결국 자신이 판 계략에 스스로 넘어가 자살하고 만다.

멜로 드라마의 주동인물은 대개 처음에는 고통을 받지만 나중에는 구원받는 선한 인물로 그려진다. 멜로 드라마의 남녀 주동인물을 보통 "주인공"(hero)과 "여주인공"(heroine)이라고 지칭하기도 하는데, 관객의 동정심을 유발시키는 인물을 뜻한다. 어떤 인물이 관객의 동정심을 유발시키는가? 그것은 특별한 상황 속에 처해 있는 경우를 가리키는데, 악의 유혹에 빠진

적이 있으나 새롭게 갱생하려고 애쓰는 인물, 경제적으로 곤경에 처해 있으나 착하게 살려고 노력하는 인물, 가정적 어려움 속에서 자녀의 행복을 지키려는 어머니(혹은 아버지) 등등이다.

임선규의 대중극 〈사랑에 속고 돈에 울고〉에서 여주인공 홍도는 오빠 학비를 벌기 위해 술집 여급이 되었다가 오빠의 친구 영호의 신부가 된다. 그러나 그녀를 모함하는 주변 인물들 때문에 홍도는 모진 시련과 고통을 겪게 되며, 그 과정에서 많은 여성 관객들로부터 동정심을 유발시키기에 충분하다.

2) 반동인물

대부분의 희곡에서 주동인물 다음으로 중요한 인물은 반동인물이다. 주동인물과 함께 극적 갈등의 한 축을 담당하는 반동인물은, 그러므로 극의 "주요 인물"(major character)에 해당된다. "반동인물"(antagonist)은 ant(반대) - agon(갈등, 투쟁) - ist(사람)의 합성어로, '주동인물과 의지적으로 대립하는 인물'을 말한다. 반동인물 없이도 훌륭한 희곡으로 인정받는 경우도 있겠지만, 반동인물은 극적 구조에 선명함과 힘을 더해 준다. 반동인물의 일차적 기능은 주동인물의 반대편에 서는 것으로, 대개 주동인물이 목표를 추구해 가는 과정의 장애물로 표현된다. 반동인물은 대사의 양이나 무대에 머무는 시간, 활동의 정도에서 주동인물과 비슷하거나, 혹은 더 많거나 클 수도 있다. 반동인물이 주동인물과 상반되는 욕망이나 목표를 추구하면서 극적 세계 안에서의 위치가 주동인물과 비슷하거나 더 높다면, 이 둘 사이에는 반드시 긴장이 조성된다. 이와 같은 반동인물의 역할 때문에 다양한 작품들에서 반동인물은 주동인물만큼 중요하게 취급된다. 갈등을 일으키는 요인으로서 반동인물은 특정한 인물일 수도 있지만, 특정 집단이나 세력, 혹은 눈에 보이지 않는 존재일 수도 있다. 또한 주동인물의 또 다른 자아가 반동인물의 역할을 하기도 한다.

비극에서 주동인물은 선한 사람으로 설정되기 때문에, 반동인물은 상대적으로 악인인 경우가 많다. 〈햄릿〉의 클로디어스는 선왕인 형을 살해하고 왕위에 오른 뒤, 형수 거트루드와 혼인한 인물이다. 햄릿은 삼촌이자 현왕인 클로디어스가 자신의 원수임을 확인하고 복수에 대한 계획을 세우고 그 기회를 엿볼 때, 클로디어스는 그에 맞서서 오히려 햄릿을 제거할 계획을 지속적으로 세워 나간다. 클로디어스는 현왕으로서 극적 세계를 지배하며, 햄릿보다 더 우월한 위치에서 다양한 부류의 인물로부터 도움을 얻는다. 햄릿은 오직 호레이쇼로부터 도움을 얻을 뿐 고립무원의 상태에 처해 있으므로, 도저히 클로디어스를 능가할 수 없어 보인다. 이처럼 주동인물이 반동인물보다 지위나 능력이 열등한 것은 극구성의 추동력이 된다. 세력이 약한 주동인물이 더 강한 상대를 극복하기 위해서는 당연히 긴장감이 조성되고, 혈혈단신의 주인공이 다양한 장애물을 뛰어 넘어 뜻한 바 목표를 어떻게 달성할 것인가에 대한 기대감을 걸게 만든다.

희극에서 반동인물은 선/악 여부와 정상/비정상 여부에 관계치 않는다. 차라리 희극의 반동인물은 구조상 주동인물과 대척

점에 있는 인물로, 주동인물과 갈등을 일으키는 인물이거나 주동인물을 혼란스럽게 만드는 인물인 경우가 대부분이다. 아리스토파네스의 〈리시스트라타〉에서 여주인공 리시스트라타가 맞서는 것은, 오랜 세월 동안 전쟁을 그치지 않는 그리스 도시 국가들의 모든 남자들이다. 리시스트라타의 반동인물은 남자들의 호전적인 성격 그 자체이다.

셰익스피어의 〈한여름밤의 꿈〉에서는 젊은 청춘 남녀 두 쌍의 결합을 방해하는 완고한 부모 세대가 반동인물이다. 김정진의 〈십오분간〉의 석사란(石似卵)의 위선을 폭로하는 인물은 그의 친구이자 비평가인 김진언(金眞言)이다. 오영진의 〈살아있는 이중생 각하〉에서 이중생의 탐욕을 무화시키는 것은 그의 자식 세대인 하식과 하주, 그리고 사위 송달지이다.

멜로 드라마의 반동인물 역시 비극에서처럼 악인에 속한다. 선한 주인공이 처음에는 시련을 겪지만 나중에 가서는 구원을 받는 데에 비해, 멜로 드라마의 악한 반동인물은 주동인물을 괴롭히다가 최종적으로 징벌을 받는다. 중심 인물 혹은 초점이 맞추어진 인물과 대립하는 반동인물은 대개 힘없는 약자들을 둘러싼 거대한 조직, 세력, 환경 등인 경우가 대부분이다. 1920년대 우리 근대 극작품에서 눈에 잘 띄지 않는 반동인물은 힘없는 노동자 농민 계급을 압박하던 일본 제국주의 세력과 그들이 억압적으로 끌어들인 자본주의적 체계라 할 수 있다. 유치진의 〈토막〉이나 〈소〉에서처럼 농민들을 괴롭히는 반동 인물, 즉 일제와 그가 앞세운 자본주의 세력은 극중에서 잘 드러나 있지 않고 은폐되어 있다. 이처럼 어두운 악의 세력은 그 실체를 드러내지 않은 채, 힘없는 프롤레타리아 계층을 그림자처럼 뒤덮고 있는 형상으로 나타나기도 한다.

주동인물과 같이 반동인물의 특성에 대한 일반적인 원칙이란 있을 수 없지만, 반동인물을 잘 설정하면 그를 통해 주동인물의 상태를 고조시킬 수 있으며 전체 극 구도에 생동감을 던져 줄 수 있다.

나. 주변 인물, 조역

희곡 작품 가운데에는 주동인물과 반동인물과 같은 한두 명의 주요 인물로 이루어진 경우도 있지만, 극적 사건의 규모가 크거나 다양한 사건들을 반영하는 경우에는 더 많은 수의 부수적인 인물, 즉 "주변 인물"(minor character), 혹은 (주요 인물에게) "도움을 주는 인물"(supporting character)을 필요로 한다. 서로 갈등을 일으키는 주요 인물들을 극의 주역이라 한다면, 이들과 관련된 주변 인물들을 조역이라 할 수 있다. 즉 조역들은 중심인물 주변에서 동료, 혹은 선후배로서, 가족이나 친척으로서, 주로 그의 말상대가 된다. 이처럼 주요 인물을 도와주는 역할을 "포일"(foil)이라 하는데, 이는 '상대방을 돋보이게 하는 인물'이란 뜻이다. 원래 포일은 보석 반지 중에서 화려하고 큰 중요 보석을 더 돋보이게 하기 위해 주변에 배치한 작은 보석이나 장식을 뜻하는 표현으로, 희곡의 인물을 가리킬 때에는 주역을 돋보이게 하는 조역을 일컫는다.

포일은 자신보다 월등한 능력을 지닌 주동인물과 비교하여 강한 대조의 효과를 나타내거나, 부분적으로 보충적인 역할을 하는 등 다양한 기능을 담당한다. 그리하여 주동인물이 똑똑하고 심각한 성향이라면, 그의 친구 포일은 약간 멍청하고 쾌활한 편인 경우가 많다. 또한 포일은 극중의 다른 인물들에게 주동인물에 대해 동정적으로 말함으로써 그의 능력을 확보하는 데에 도움을 주거나, 그에 대한 다양한 정보를 제공하는 데에 일익을 담당한다. 경우에 따라서 그는 주요 인물이 하기에 부적절한 행동이나 말을 대신 수행하는 기능을 맡기도 한다.

포일은 주요 인물과 어떤 문제를 상의하고 그것에 대한 계획을 같이 세우고 함께 실행할 만큼 친밀한 관계를 유지한다. '신뢰할 만한 친밀한 동료'라는 의미에서 "콘피당트"(confidant)라는 용어를 사용하기도 한다. 주동인물과 파트너 관계에 있는 인물 역시 콘피당트에 해당한다. 극작가는 주요 인물이 심사숙고하는 장면을 무대 위에서 외부적으로 펼쳐 보이기 위해서는, 독백으로 내면의 생각을 밖으로 드러내는 방법이 아닐 때에는 주로 절친한 친구와 대화하는 방법을 이용한다.

포일은 주동인물이나 반동인물, 긍정적인 인물이나 부정적인 인물 모두에게 유용하게 이용될 수 있다. 그러니까 한 작품 안에서 포일의 기능은 여러 명이 맡을 수도 있다. 〈햄릿〉에서 주동인물 햄릿에게 그의 친구 호레이쇼가 있다면, 반동인물 클로디어스에게는 신하 폴로니어스가 있다. 레싱의 〈에밀리아 갈로티〉에서 곤짜가 영주의 시종장 마리넬리 역시 포일에 해당한다.

조역 중에서 중요한 인물로는 "촉매적 인물"(catalyst character)을 들 수 있다. 그는 주동인물이 행동하게 만드는 결정적인 정보나 원인을 제공하는 역할을 맡는다. 어떤 인물이 살인 사건을 목격하고서 그 사실을 형사에게 알리고, 그 결과 주인공 형사가 사건 해결에 뛰어들게 된다면, 그 인물이 바로 촉매적 인물에 해당한다. 또한 촉매적 인물은 주동인물로 하여금 변화하게 만들기도 한다. 이럴 경우에 그는 주동인물과 맞선 친구나 동료, 부모 등으로서 주동인물을 변화하게 이끈다. 주동인물 혼자서 변화를 이끌 수도 있지만, 대개는 혼자서 그 일을 감당하지 못하는 경우가 많다. 이럴 때 촉매적 인물은 주동인물이 특정한 행동에 관여하고 적극적으로 사건에 개입하는 것을 도와, 결과적으로 주동인물을 변화시킨다. 1944년에 공연된 박영호의 희곡 〈물새〉에서 전통적인 어로 방식을 고집하던 노어부 강영감과 바다를 버리고 뭍에서 돈벌이하겠다며 고향을 떠난 그의 아들 용운이를 변화시킨 인물은 용운의 친구 칠성이다. 친일 희곡인 이 작품에서 칠성이가 구시대적인 돛단배대신 능률적인 발동선이 필요하며 조선의 젊은이들은 해군지원병이 되어 미영 제국을 격멸해야 한다는 주장을 하는데, 그의 주장에 주요 인물들은 깨달음을 얻고 변화한다.

심각한 비극 작품 가운데에서 간간히 웃음을 제공해 주는 특정한 역할을 맡은 조역이 있는데, 그를 "분위기를 희극적으로 살려 주는 인물"(comic-relief character)이라고 한다. 이와 같은 희극적인 조역은 주동인물 주변에서 그를 도와주는 인물로, 특별히 심각한 분위기를 띄워 주거나 분위기를 밝게 해 주어 관객들로 하여금 긴장감을 풀 수 있는 기회를 제공해 준다. 셰익스피어의 희곡에서 많이 찾아 볼 수 있는 이러한 유형의 대표적인 예로, 〈헨리 4세〉의 폴스타프, 〈리어 왕〉의 어릿광대, 〈맥베드〉의 수다스러운 집사, 그리고 〈로미오와 줄리엣〉의 유모를 들 수 있다. 영화 〈스타 워즈〉에서는 깜찍한 로봇 R2D2와 만사에 투덜대는 C3PO, 그리고 털북숭이 체와바카가 등장하는 장면마다 늘 웃음을 선사한다.

　조역 가운데에서 작가를 대신하여 주제나 중심 사상을 전하는 인물이 존재하기도 하는데, 이를 "작가를 대신하는 인물"(raissoneur), 혹은 "주제적 인물"(thematic character)이라고 한다. 일반적으로 극작품의 모든 말과 행동은 다 극작가로부터 나오는 것이지만, 그렇다고 해서 주동인물이 자신의 말로 직접 극작가의 생각을 옮기지는 않는다. 즉, 극작가는 극적 세계를 창조하고, 그 안에 여러 인물들을 배치하고, 그들 사이의 관계를 설정한 후, 그들에게 피치 못할 특정한 사건을 던져 넣을 뿐이다. 극작가는 전체를 지휘하고 조정할 뿐이지 직접 나서지 않는다. 이렇듯 극작가가 작품으로부터 뒤로 물러나 앉아 있는 형국을 가리켜, 희곡의 "객관성"이라 한다.

　극작가는 전체 작품을 통해서 극의 주제를 나타내기도 하지만, 경우에 따라서 자신의 사상이나 감정을 대신 전달해 주는 기능을 하는 특별한 인물을 활용하기도 한다. 이와 같은 기능은 눈에 잘 띄는 중심적인 인물이 아니라 눈에 잘 안 띄는 부수적인 인물이 주로 맡는다. 이들은 주요 인물들 사이의 사건과 관계 및 그들을 둘러싸고 있는 세계와 거리를 두고 있으며, 갈등의 핵심에 휘말려 있는 인물보다 객관적 시각을 지닐 수 있기 때문이다. 이와 같은 특성을 강조할 때에는 "작가적 관점의 인물"(writer's point-of-view character)이라고도 한다.

작가를 대신하는 인물 레조네를 긍정적으로 활용한 예로, 유치진의 대표작 〈소〉에서 국서의 동생 국진을 들 수 있다. 그는 국서네 소와 관련된 사건에 직접적으로 개입하지 않은 상태에서 극적 세계 전반을 객관적인 시선으로 바라본다. 그는 일제 치하의 농촌 현실에 대해 냉소적인 풍자가의 입장에서 가시 돋힌 말을 내뱉곤 한다. 현대 이탈리아 극작가 루이지 피란델로의 〈작가를 찾는 6명의 등장인물〉의 아버지 역시 이와 같은 레조네의 기능을 맡는다. 그렇지만 어떤 생각과 말이 작가의 것이고, 어떤 것이 극중 인물의 것인지에 대해서는 면밀한 분석을 필요로 한다. 또한 레조네의 활용은 극작가의 고유 권한이므로, 모든 극작품 속에 레조네가 있다고 할 수는 없다.

레조네와 달리, 작가를 대신하여 극작품 전체에 직접 관여하는 인물이 간혹 극작품에 등장하기도 하는데, 이 인물이 바로 "해설자"(narrator)이다. 희곡의 세계가 시공간상으로 방대하게 펼쳐지는 대규모의 야외극이나 극 구조상 삽화적 성격을 지닌 극작품에는 이를 체계적으로 정리해 줄 해설자 역할이 필요하다. 또한 브레히트의 서사극 이전부터 있어 왔던 교훈극 작품에서도 해설자는 유용하게 쓰였다. 일부 심리극에서도 극작가를 대신하는 해설자의 직접적인 설명이나 해설, 훈계가 유용하게 쓰인다. 해설자는 기능상 순수하게 해설만 하는 경우도 있지만, 특정한 역을 맡은 인물이 해설자의 기능을 겸하는 경우도 있다.

대다수의 극작가는 자신의 극적 재료들을 설명하는 대리인을 고용하려 하지 않는 경향이 많다. 그것이 바로 서사장르가 아닌 극장르의 특성으로 여겨 왔기 때문이다. 일부 극작가들이 해설자를 사용하는 이유는 관객에게 직접 대놓고 말하고 싶은 충동을 느끼기 때문이거나, 제한된 시공간상의 사건 전개에 미숙하기 때문이다. "해설자를 사용해서는 안 된다면, 사용하지 마라. 만약 해설자를 꼭 사용해야 한다면, 아예 극을 포기하라"는 말은 극작가들 사이에서 오래 전부터 전해 내려 온 격언이다.

브레히트의 서사극에서는 해설자의 사용이 중요한 극적 기법의 하나였으므로, 〈코커서스의 백묵원〉, 〈세츄안의 선인〉 등의 여러 작품에서 긍정적으로 활용되었다. 서사극이 아닌 경우로서 해설자가 효과적으로 사용된 작품으로는, 손튼 와일더의 〈우리 읍내〉와 테네시 윌리엄스의 〈유리 동물원〉을 들 수 있다. 남미 민중극을 현대화한 아우그스토 보왈이 활용한 조커(joker)도 해설자의 좋은 예이다. 우리 전통극의 하나인 꼭두각

시 놀음의 연극세계를 이끌어 가는 박첨지 역시 해설자에 속한다. 그밖에 1980년대 이후 유행했던 민족극 계열에서 해설자의 활용이 두드러졌으며, 소설의 각색이나 서사적 경향의 작품에서 특히 두드러졌다. 또한 창작 뮤지컬 〈블루 사이공〉에서 고엽제 후유증으로 사경을 헤매는 주인공 김상사의 과거와 현재를 연결시켜 주는 가수도 해설자의 변형이라 할 수 있다.

3. 인물 분석 방법론

극중인물을 어떻게 창조할 것인가는 고대 그리스 시대 이래로 극창작 과정의 중요 관심사항이었다. 이는 희곡 분석에 있어서 등장인물을 어떻게 분석할 것인가와도 맞물려 있는 중요 사항이다. 인물, 혹은 성격을 다음과 같은 3가지 기준으로 구분하는 것은 플라톤과 아리스토텔레스 이후부터 계속되었는데, 첫째로는 정신적·성격적 측면, 둘째로는 육체적 측면, 그리고 마지막으로 사회적 관계에 의해 개성을 구분하였다. 첫째, 정신적·성격적 특성은 플라톤이 말한 주요 덕목인 현명함과 용기와 절제, 그리고 공정함을 갖추었느냐 여부를 기준으로 인물의 특성을 부여하기 위한 것이다. 둘째, 육체적 개성은 아름다움과 강함과 건강함 등의 여부에 따라 여러 인물들을 구분하는 기준으로 삼아 왔다. 셋째, 인물의 사회적 관계는 아리스토텔레스가 비극과 희극의 인물 기준으로 사용하였는데, 이는 사회적 신분이나 출신 배경, 재산의 많고 적음, 친구 관계와 같은 외적 정황에 따라 인물의 성격을 부여하는 경향을 일컫는다.

본고에서는 이를 1) 육체적 특성, 2) 기질 및 정신적 특성, 3) 사회적 특성 및 대인 관계로 나누어 상술하고자 한다.

1) 육체적 특성

먼저 등장인물의 육체적 특성에 대해 살펴보자. 육체적 특성을 부여하는 것은 식별이 가능한 존재로서의 성격을 형성하는 일로서, 여기서 우선 고려할 사항으로는 생물학적 특성과 신체적 특성이 있다. 생물학적 특성은 일단 인간/비인간, 남자/여자의 구분에 의해 부여된다. 등장인물의 생물학적 특성으로서 인간/비인간의 구분은 너무도 당연한 것처럼 보이지만, 특정한 극작품에서는 인간이 아닌 존재로서 동물이나 곤충이 등장하기도 하고, 신이나 귀신, 유령, 요정 등이 등장하기도 한다. 특별히 신화나 설화적 세계에서는 인간 이외에 신과 반신반인, 동물, 반인반수 등이 공존하는데, 이런 세계를 다룬 극에서 등장인물을 당연히 인간/비인간으로 구분하는 것은 필수적이다. 아이스킬로스의 〈오레스테스〉 3부 〈유메니데스〉에서처럼, 그리스극에서는 신이 강림하여 인간의 문제를 판단하는 장면이 비일비재하다. 이처럼 그리스극에서는 신이 하늘에서 내려오는 장면을 연출하기 위해 기계 장치를 사용하였다. "기계 장치를 타고 내려온 신"은 인간들로서는 풀기 힘든 갈등을 해결해 주었는데, 이와 같은 초자연적인 힘이나 존재를 통한 우연적 결말을 문학 용어로 "데우스 엑스 마키나"(deus ex machina, God from machine)"라고 한다. 일부 신적 존재를 제외한 비인간적 존재는 대부분 인간 성격의 특정한 경향을 상징적으로 확대하거나 의인화한 경우로 볼 수 있다. 〈오즈의 마법사〉에서 허수아비와 사자, 깡통 인형 역시 인간의 한 가지 특성을 대유법적으로 확대한 것이다.

셰익스피어의 극작품에서는 특별히 비인간적인 존재의 등장이 많은 편이다. 〈햄릿〉에서는 유령이 도입부에 등장하여 햄릿에게 복수를 명령하며, 〈맥베드〉에서는 마녀가 등장하여 맥베드를 비롯한 주요 인물들의 운명을 전해주는 결정적인 역할을 맡는다. 환상적인 희극 〈한여름밤의 꿈〉에서는 밤의 왕, 밤의 여왕, 퍽과 같은 요정 등이 숲 속 밤의 세계를 지배하고 있으며, 〈태풍〉에서도 마법사와 요정 등이 신비의 섬에서 살고 있다. 대표적인 중세 도덕극 〈에브리맨〉에서는 다양한 인간의 덕목 및 추상적 존재가 등장하는데, 하나님, 죽음, 선행, 지식, 아름다움, 힘 등이 의인화되어 등장한다. 대표적인 상징주의극인 메테르링크의 〈파랑새〉에서 치르치르와 미치르는 파랑새를 찾아 먼 여행을 떠나는데, 여기에는 빛의 요정, 밤의 요정, 시간의 요정 등과 같은 수많은 요정과 정령들이 등장한다. 그뿐만 아니라 개(치로)와 고양이(치레트)가 포일로서 주인공과 동행하며 토끼, 말, 당나귀와 같은 동물이나 떡갈나무, 느릅나무, 버드나무 같은 식물도 등장하여 환상적인 무대를 만들어 낸다.

우리 전통 탈춤에도 영노, 비비새, 주지(사자)와 같은 영물(靈

物)들이 나와 못된 양반들을 잡아먹으러 내려 왔다고 한다. 창작극 가운데에서 비인간적 존재를 등장시킨 작품은 1920년대부터 창작되었다. 승응순의 〈황금광 소곡〉에서 '황금의 정(精)'을 등장시켰으며, 김동환의 〈바지 저고리〉에서 하느님과 월정공주를 등장시켰다. 김우진의 표현주의극 〈난파〉에서는 노래 제목인 "까로 노메"(그리운 이름)가 의인화되어 있으며, 오학영의 희곡 〈꽃과 십자가〉에서는 사형당하기 직전의 인물을 지(知), 정(情), 의(意) 셋으로 분신 처리하였다.

또한 현대에 들어와서는 공상과학작품(S.F.)에 등장하는 로봇이나 외계인 등도 생물학적 관점에서 등장인물의 특성을 구분한 특수한 예로 들 수 있다. 1920년대 초에 체코 극작가 차펙은 〈R.U.R.〉이라는 극을 창작하였는데, 이 작품에서 처음으로 인조인간 로봇이 등장하여 실제 인간과 갈등을 벌였다. 이 작품은 유럽에서 공연되어 큰 성공을 거둔 후 일본 동경에서도 공연되었는데, 이광수를 비롯한 당대 지식인들도 이 작품을 관람하고 그 내용을 요약하여 소개한 바 있다. 미래 세계를 다룬 조광화의 1998년작 〈철안 붓다〉에서는 다양한 복제 인간과 순수 혈통의 순종 인간과의 갈등을 다루고 있다.

인간/비인간 구분과 함께 필수적인 생물학적 특성으로는 남자/여자의 구분을 들 수 있다. 아리스토파네스의 〈리시스트라타〉에서는 남성 대 여성이라는 생물학적 특성이 극의 중심 갈등을 제공하고 있다. 일부 부수적인 인물에게는 가장 간단하면서 필수적인 항목인 생물학적 특성만을 제공해도 무방한 경우가 많다.

생물학적 특성에 이어 신체적 특성에 대해 살펴보자. 신체적 특성 역시 성격화에서 필수적인 요소로, 나이·몸집·몸무게·피부색·목소리 등과 같은 신체적 특징이 여기에 해당된다. 더 나아가 얼굴을 비롯한 외모의 아름다움 여부, 그리고 건강 상태와 정상/비정상 상태 역시 신체적 특성에 속한다. 또한 의상이나 소유물까지도 신체적 특성에 따라 차이를 보이게 된다. 이러한 신체적 특성은 극중인물에게 시각적 차별성을 부여하는 필수적인 항목이다.

일반적으로 희극에서는 나이의 많고 적음이 중요한 갈등 요소가 되는데, 젊은 청춘 남녀와 이들의 사랑을 방해하는 노년 세대 사이의 갈등이 주로 다루어진다. 송영의 희극 〈황금산〉에서는 딸의 정략 결혼을 통해 자신의 이익을 노리는 아버지와 자신의 뜻에 따라 혼인을 하고자 하는 딸 사이의 대립을 다루고 있다. 그밖에 신체적 특성이 중요하게 취급되는 경우로는 멜로 드라마 주인공들의 병약함을 들 수 있다. 멜로 드라마의 주인공(특히 여주인공)은 문둥병, 폐결핵, 암, 백혈병, 에이즈 감염과 같은 불치의 병을 앓는 경우가 많은데, 이러한 신체적 결함은 관객의 동정심을 쉽게 유발하기 때문이다. 아주 특별한 경우에 해당되겠지만, 일부 부조리극에서는 파편화된 신체의 일부가 인물을 대신하기도 한다.

2) 기질 및 정신적 특성

• 기질적 요소와 동기적 요소

등장인물의 기질 및 정신적 특성은 크게 기질적 요소 및 동기적 요소, 사색적 요소 및 판단적 요소로 나누어 살펴 볼 수 있다. 기질적 요소는 한 인물의 생활 태도와 습관적인 분위기를 통해 드러나는데, 이를 통해 한 인물의 개성적인 분위기가 잘 나타날 수 있다. 우선적으로 지배적/종속적, 명랑/우울, 적극적/소극적 등은 인물의 대표적인 기질 성향이라 볼 수 있다. 일반적으로 잘 알려진 햄릿 형과 돈키호테 형 역시 기질적 요소에 의한 구분이다.

영국 엘리자벳 여왕 시대에는 "유머 희극(comedy of humours)"이 유행했다. 그런데 그 당시 "유머"란 말은 기질이라는 뜻을 지니고 있었으므로, 그와 같은 희극작품은 "기질 희극"이라 불러야 옳다. 당시에는 인간의 속성을 인간 내부에 있는 액체의 과다에 따라 '다혈질', '담즙질', '점액질', '우울질'로 구분하였는데, 바로 그와 같은 속성을 희극적으로 나타낸 것이다. 앞서 예를 든 햄릿은 우울질에 속하며, 돈키호테는 다혈질에 속한다고 볼 수 있다. 이처럼 기질 희극에서는 중심 인물의 기질적 특성을 중점적으로 성격화하였다. 현대극에서 영국 극작가 해롤드 핀터는 기질적 요소를 성격화에서 가장 중요한 요소로 활용하였다.

기질적 특성은 개성적인 조역의 성격화 수단으로 자주 활용되는데, 메테를링크의 〈파랑새〉의 개와 고양이는 '어떤 상황에도 충직한 인물'과 '상황에 따라 변할 수 있는 변덕스러운 인물'로 구분된다. 〈백설공주와 일곱 난장이〉의 일곱 난장이의 이름 – '행복이', '투덜이', '잠꾸러기' 등은 그들의 기질을 그대로 드러내 준다. 김정진의 〈십오분간〉의 중심인물 석사란과 김진언은 기질상 성미 급한 인물과 차분한 인물로 특징지을 수 있다.

등장인물의 기질적 요소가 태도로 나타난다면, 인물의 동기적 요소는 욕망이나 욕구로 표출된다. 수동적인 태도에 비해, 욕망은 인물을 행동하게끔 충동질한다. 욕망은 본능적 차원에서의 무의식적 필요, 감정적 차원에서의 반의식적 욕구, 그리고 정서적 차원에서의 의식적인 목적으로 나타난다. 인물의 근본적 욕구와 관련된 본능으로는 식욕, 성욕, 수면욕, 배설에 대한 욕망, 고통 제거에 대한 욕망 등으로 모두 생존에 필수적인 것들이다. 또한 본능적 욕망과 반의식적 욕구로는 호감/반감, 지배욕/종속욕, 도피욕/추구욕, 파괴욕/건설욕, 과시욕/은폐욕, 그리고 호기심/혐오감 등이 있다. 이러한 본능적 욕망 및 반의식적 욕구가 추구하는 것은 생명의 유지, 건강, 영생, 안락함, 행복, 권력, 명예, 돈 등이다. 그리고 인간의 의식적인 목적은 견해와 가치, 규범, 신념, 의무, 이상 등과 관련된다.

그리스 고전극에서의 인물들은 강한 목적의식에 사로잡혀 있는 경우가 많다. 소포클레스의 〈안티고네〉의 안티고네는 죽은 오빠를 매장해 주어야 한다는 가족 간의 의무감 때문에 크레온 왕의 강한 정치적 신념과 대립한다. 현대극의 경우 테네시 윌리암스의 〈욕망이라는 이름의 전차〉에서 블랑쉬는 그녀를 편안히 쉬게 해 줄 곳을 찾고자 하는 욕망을 지녔지만, 스탠리는 자신의 영역을 잘 지켜 내고자 하는 욕망을 지니고 있어 둘 사이에는 갈등이 형성된다. 〈살아있는 이중생 각하〉에서 이중생은 아들과 딸을 희생시켜 가면서까지 자신의 지위와 부를 지키려는 욕망을 고수하다가 패망하는 인물로 그려져 있다.

• 사색적 요소와 판단적 요소

등장인물의 사색적 요소는 인물이 생각하는 양과 질에 대한 부분이다. 각 인물이 생각하는 내용들을 한데 모아 보면, 그 희곡 작품의 사상적 측면의 중요한 부분을 파악할 수 있게 된다. 그러므로 생각하기는 적극적인 과정이며, 그 자체가 극적인 행동을 낳는다. 생각에 젖어 있는 동안 인물은 계획을 세우고, 신중히 고려하고, 기억하고, 고안하고, 상상하고, 추측하고, 묵상하고, 추론한다. 이중에서 가장 높은 단계의 사고는 의견을 만들거나 결정을 내리기 전에 취하는 신중하게 심사숙고하는 것이다. 햄릿은 클로디어스가 자신의 아버지를 죽이고 왕위에 올랐다는 사실을 인지하기까지 오랜 시간 동안 번민에 사로잡혀 있었다. 그리고는 클로디어스를 죽일 것인가 말 것인가에 대해 여러 번 심사숙고하는데, 그 대표적인 예가 기도 중인 클로디어스를 발견한 햄릿이 이 순간 그를 죽일 것인가 말 것인가를 고민하는 장면이다.

인물의 사색적 요소는 크게 세 가지 방법으로 드러나는데, 햄릿의 경우처럼 긴 독백을 통해 그의 생각을 드러낼 수 있다. 다음 방법으로는 한 인물이 그의 절친한 가족이나 친구, 즉 포일형 인물과 대화를 나누는 과정에서 그의 생각을 나타낼 수 있다. 앞서 설명한 독백이란 것도 사실은 변형된 대화의 하나로 볼 수 있다. 즉 한 인물과 그의 또 다른 자아 사이의 내면의 대화를 입 밖으로 형상화시킨 것이 바로 독백이다. 마지막 방법은 대립하는 두 인물 사이의 토론을 통해서 드러나는 것이다.

〈욕망이라는 이름의 전차〉에서 블랑쉬는 동생 스텔라와 대화하면서 자신의 생각을 밝히며, 다른 장면에서 블랑쉬는 스탠리와 격렬한 논쟁을 벌이며 그녀의 의견을 드러낸다.

앞서 설명한 기질 및 정신적 요소들은 결국 등장인물이 어떻게 느끼고, 바라고, 생각하는지를 보여 준다. 마지막으로 판단적 요소란 그가 어떻게 판단하고 결정을 내리는지에 대한 것으로, 등장인물의 성격화에서 중요한 요소에 속한다. 한 인물이 어떤 판단을 내리기 위해서는, 또한 그 판단이 신뢰성을 갖기 위해서는, 앞서 설명한 기질적·욕망적·사색적 요소들과 밀접하게 관련이 있어야 한다. 다시 말해 선행하는 요소들이 토대가 되어 판단을 내리게 된다는 말이다.

판단적 요소가 중요한 이유는 다른 인물과의 차별성을 잘 드러내 주기 때문이다. 윤리적 판단이나 도덕적 선택은 한 인물을 다른 인물과 구별하는 가장 중요한 요인이 된다. 한 인물이 하나의 결정을 내리는 순간, 그는 한 단계에서 다음 단계로 변화한다. 그리하여 다음 단계에 이르러 내린 결정에 의해, 계속해서 그 다음 결정과 행동으로 이어져 나타난다. 그래서 인간이란 자신이 내린 윤리적 선택의 축약판이라 할 수 있다.

또한 인물의 판단적 요소는 플롯과 직접 관련을 맺고 있다. 한 인물이 특정한 이유를 내세워서 무엇을 선택하거나 선택하지 않은 판단은 곧 행동이다. 이처럼 판단은 변화를 몰고 와서, 한 인물이 결정을 내리는 순간 그의 관계는 변하고 그 결정에 따라 새로운 행동의 방향을 따르게 된다. 즉 결정이나 선택은 하나의 행동이며 다시 새로운 행동을 이끈다. 인물은 선택하고 결정하는 행동 속에서 플롯과 전적으로 뒤섞이게 된다. 그러므로 인물을 플롯으로부터 분리해 낼 수 없다. 따라서 인물과 플롯 사이는 필수 불가결한 관계가 된다.

햄릿은 끊임없이 판단과 결정을 내리면서 살아간다. 그의 판단은 또한 반동인물 클로디어스의 판단과 서로 충돌·대립하면서 극적 세계를 이루게 된다. 〈살아있는 이중생 각하〉에서 이중생은 일제 강점기에 권세를 누리기 위해 하나 밖에 없는 아들을 자진해서 징용을 보내기로 결정했으며, 이어 미군정기에도 계속해서 권세를 누리기 위해서 미군정 관계자로 믿은 외국인에게 둘째 딸을 성 상납하였다. 그는 친일 모리배, 사기범으로 몰리게 되자, 자신이 자살하였다는 가사(假死) 계획을 꾸며 위기를 넘기려 하였다. 이러한 그의 판단은 결국 예상되었던 것으로, 그의 진짜 죽음을 불러 오게 만들었다.

3) 대인 관계 및 사회적 관계

• 대인 관계

극중인물들은 그 자체의 됨됨이로만 이루어지는 것은 아니다. 한 인물의 개성은 모든 인물들의 상호 관계에 의해 정해지기도 하는데, 이를 인물의 대인 관계 및 사회적 관계로 나누어 살펴보고자 한다. 등장인물의 외향적 양상을 분석하기 위해서 우선 그의 대인 관계를 살펴볼 필요가 있다. 가장 기본적인 대인 관계는 가족 관계 혹은 친족 관계라 할 수 있다. '나'를 중심으로 부부, 부모와 자녀, 조부모와 손자 손녀, 형제 자매, 삼촌과 조카, 그밖에 사촌 형제 등으로 이어지는 혈족 관계는 사회의 가장 기초적인 구성 단위를 이룬다. 극중인물들이 겪는 많은 갈등은 일차적으로 가족 안에서 이루어지는 경우가 대부분이다. 성격 차이를 보이고 있는 부부, 완고한 부모를 둔 자녀, 제멋대로 행동하는 자녀를 둔 부모, 자녀 양육 문제로 갈등하는 이혼한 부부, 자녀를 축재나 신분상승의 수단으로 이용하려는 부모, 유산 상속 때문에 다투는 형제 자매 등의 관계는 많은 극작품에서 쉽게 확인할 수 있는 갈등 양상이다.

가족 관계에 있어서 복잡한 양상을 보인 극작품으로 고대 그리스 비극작가 아이스킬로스의 〈오레스테스〉 3부작을 들 수 있다. 그리스의 왕 아가멤논은 트로이 전쟁의 승리를 기원하기 위해 딸 이피게니아를 제물로 희생시킨다. 트로이와의 전쟁에서 이기고 돌아온 아가멤논을 부인 클류템네스트라가 살해하고, 아들 오레스테스는 어머니 클류템네스트라를 살해한다. 이후 오레스테스에게 복수하려는 늙은 여신들 푸리아와 오레스테스의 정당성을 인정하려는 아폴로 신 사이의 대립이 이어지는데, 이러한 갈등을 지혜의 여신 아테네가 최고 법정 아레오파그에서 해결해 준다. 이처럼 아이스킬로스는 딸을 죽인 남편을 아내가 살해하고, 다시 그 아버지를 죽인 어머니를 아들이 살해하는 참상을 극화하였다. 물론 이 3부작은 오레스테스 가계의 비극을 통해 모권 사회와 부권 사회의 갈등 양상을 보여 주고 있으며, 그에 따른 새로운 법 체계와 사회 질서의 확립을 그리고 있다.

등장인물의 대인 관계를 살펴보기 위해서는 가족 관계 다음으로 친구 관계에 주목해야 한다. 한 인물이 가족의 울타리를 벗어나 사귀게 되는 대상이 바로 친구이기 때문이다. 한 인물은 대부분 이들과 관계를 맺고 교류하는 가운데 자신의 문제를 해결기도 하며, 또 갈등을 벌이기도 한다. 직장이나 학교 등에서의 동료나 동문, 동기, 선·후배 등도 광의의 친구에 속한다. 이들은 극중인물과 일반적인 친구 관계를 맺기도 하지만, 특별히 더 우호적이거나 적대적인 관계를 형성하기도 한다.

조명희의 〈김영일의 사〉에 등장하는 인물들은 모두 다 비슷한 나이 또래의 일본 유학생들이다. 이들은 김영일을 중심으로 한 동료 집단이긴 하지만, 가난한 고학생과 부유한 유학생으로 대별되어 김영일과의 우호/적대 관계를 맺고 있다. 이들은 불도 때지 못하는 김영일의 추운 하숙방과 서양 요리와 위스키를 즐기는 전석원의 여유로운 하숙집에 각각 기거하면서, 그들만의 동료애를 발휘한다. 예외적으로 전석원의 집에 와 있던 마해송만이 어려운 처지의 김영일을 동정하고 있다. 〈김영일의 사〉는 같은 조선인 유학생 집단이면서도 그 내부에는 유산 계급/무산 계급 간의 갈등이 존재하며 재산의 유무에 따라 민족적 차별을 겪게 되는 형국을 효과적으로 극화하였다. 그럼으로써 1920년 대 뜻있는 청년들의 열띤 호응을 얻을 수 있었으며, 이 작품을 통해 연극을 통한 개화 계몽 운동이 요원의 불길처럼 타오를 수 있었다.

등장인물들 간의 관계는 등장인물들로 이루어지는 구도로 축약될 수 있다. 중요 인물의 관계를 쉽게 일별할 수 있게 하기 위해 등장인물의 구도를 하나의 도표로 나타내기도 한다. 레싱의 〈에밀리아 갈롯티〉에 등장하는 7명의 인물들의 관계는 다음과 같은 도표로 표시될 수 있다. 대체로 다음과 같은 선을 사용한다.

도표-6

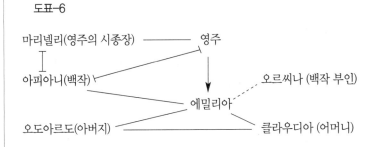

보통의 빗금 – 혼란스럽지 않은 분명한 상호적 관계

화살표 – 일방적인 구애의 관계

쌍방에 닿아 있는 선 (l–l) – 혼란스러운 관계, 혹은 적대적 관계

점선 – 상반된 관계, 대조적 관계

여기서 여주인공 에밀리아를 중심으로 인물의 관계를 살펴보면, 그녀의 아버지와 어머니, 그리고 그 부부 사이의 상호적 관계를 먼저 확인해 볼 수 있다. 또한 영주가 일방적으로 에밀리아에게 구애하는 관계를 확인할 수 있으며, 에밀리아는 그 영주를 일방적으로 구애하는 백작 부인 오르씨나와 상반된 입장에 놓여 있음도 확인할 수 있다. 백작 아피아니는 자신의 부인이 영주의 정부로 있음으로 해서 영주와 적대적인 관계에 놓여 있으며, 영주의 시종장 마리넬리와도 적대적인 관계에 놓여 있음을 알 수 있다.

• 사회적 관계

극중인물의 대인관계는 자연스럽게 그의 사회적 관계와 연결된다. 인물의 사회적 관계를 판단하는 기준으로 먼저 신분 및 계급을 들 수 있다. 한 인물이 어떤 신분, 계급에 속하느냐는 모든 인류가 평등한 현대 사회에서는 큰 문제가 되지 않겠지만, 현대 이전 사회에서는 신분이나 계급이 사회적 관계의 핵심 사항이었다. 조선 시대에 한 인물이 양반이냐 상민이냐, 혹은 천

민이냐는 사회생활에서 아주 중요한 요소가 아닐 수 없었다. 더 나아가 왕이나 왕족, 고관대작과 같은 소수 지배 계층과 상민, 천민, 노비 등의 대다수 피지배 계층 간에는 끝없는 갈등 요인이 존재해 왔다. 이렇듯 한 인물이 태어날 때부터 자동적으로 부여된 신분 제도는 동서양을 막론하고 현대 이전에는 존재해 왔다. 특별히 교황 - 왕 (혹은 영주) - 귀족 - 기사 - 평민 - 노예로 이어지는 중세 봉건 시대의 신분 규정은 거의 천년이 넘게 유럽 사회를 억눌러 왔다. 이와 같은 "위계 질서"(heirarchy)의 맨 꼭대기에는 신이 군림하고 있어, 신의 뜻에 따라 교황의 명령이나 왕의 명령은 절대적인 권위를 지닐 수 있게 되었다.

그러므로 이와 같은 신분 제도의 수립이나 붕괴는 한 시대를 가름하는 중요한 기준이 되어 왔다. 신라의 골품 제도는 신라의 패망으로 사라졌으며, 조선의 양반 사회는 임진왜란과 병자호란을 겪으면서 급격히 무너지기 시작했다. 유럽에서도 프랑스 혁명 이후 절대 왕권과 봉건 귀족들의 위세가 꺾이게 되고 새로운 계층으로서 부르조아, 즉 시민 계급이 부상하게 되었다. 또한 부유한 시민들이 막대한 경제력을 소유하게 되면서는 프롤레타리아, 즉 가난한 노동자 계급과 갈등을 벌이게 되었다. 그에 따라 프롤레타리아 해방을 위한 혁명이 전세계적으로 몰아닥치게 되었는데, 이와 같은 신분상의 갈등·대립과 새로운 신분 제도의 도입은 극중인물을 통해서도 극명히 드러나게 된다.

특별히 신분 문제가 극의 중요한 기준이 된 장르는 비극이었다. 그리스 비극에서는 '높은 사회적 신분을 가진 위대하고 의미심장한 인물'을 전제로 하였는데, 이를 아리스토텔레스의 『시학』에서 연유한 "계급 규칙"이라 부른다. 즉 그리스 비극에서는 특정한 계급이나 신분, 주로 국가를 대표하는 왕이 비극의 주인공이 될 수 있다는 것을 의미한다. 이와 같은 규칙은 물론 중세 이후 새로운 연극이 교회를 통해 재탄생한 이후에 많이 완화되기도 했다. 왕과 왕족이 주로 주인공의 자리를 차지했지만, 시대가 바뀜에 따라 귀족이나 시민 계급이 주인공으로 등장하였다. 그리고 근대에 접어들면서는 프롤레타리아 계급도 극작품의 주인공으로 나서게 되었다.

고대 그리스 비극에서는 오이디푸스나 아가멤논과 같은 왕이나, 오레스테스나 안티고네와 같은 왕자와 공주가 주인공이었다. 16세기 셰익스피어의 극작품에는 리어 왕이나 햄릿 왕자와 같은 신분도 주인공으로 나오지만, 로미오나 줄리엣처럼 귀족 신분의 자제도 주인공으로 등장한다. 그뿐만 아니라 셰익스피어의 비극 작품에는 특별히 비천한 신분의 광대도 그 비중이 적지 않았다. 그리하여 필립 시드니와 같은 당대 평론가는 셰익스피어의 비극 작품이 신분 규칙을 파괴하여, 왕과 광대가 함께 어울리는 작품이라고 비난하였다. 17세기 프랑스의 희극작가 몰리에르는 당시 프랑스의 지배층이었던 귀족과 종교 지도자들의 허위와 위선을 풍자하는 데에 주력하였다. 18세기 독일의 시민비극은 신흥 시민 계급과 기존 봉건 세력 사이의 갈등을 그리고 있는데, 레싱의 〈에밀리아 갈롯티〉가 대표적인 극작품에 해당된다. 그에 비해, 19세기 말 하우프트만의 〈직조공〉에서는 다수의 노동자 집단이 극의 전면에 나서서 부유한 시민 계급과 맞서는 상황을 극화하였다.

우리 전통 탈춤에서도 인물들 간의 사회적 신분은 극적 갈등의 주요 요인으로 자리잡고 있다. 양반과 하인 말뚝이의 대립 및 주지 스님과 상좌승 사이의 대립은 거의 모든 탈춤에서 다루는 중심 사건이다. 박승희의 〈이 대감 망할 대감〉은 조선 말기 매관매직이 성행하며 신분 제도가 크게 흔들리던 시기를 배경으로 하고 있는데, 양반으로 신분 상승을 꾀하는 평민과 이들로부터 돈을 받고 벼슬을 파는 부패한 대감이 극의 중심 인물이다. 또한 1920, 30년대 우리 극작품에서는 가난한 농민과 노동자와 같은 억압받는 민중들의 곤궁한 삶을 주로 다루었는데, 이들을 내세워 당대의 사회적 계급 문제를 전면적으로 다루고자 하였다.

등장인물의 계급과 신분 문제는 넓게는 주/종 관계나 상/하 관계로 나타나기도 하는데, 이는 경제적 빈/부 관계와도 관련이 있다. 또한 거주 지역상 도/농의 문제로 나타나기도 한다. 그밖에 직업 문제나, 정치적 파당에 의한 구분으로서의 보수/진보 문제, 그리고 인종 간의 문제나 국적 문제 등도 넓은 의미에서 사회적 관계로 고려할 중요 사항에 속한다.

4) 인물의 이름

마지막으로 등장인물의 성격을 분석함에 있어서 고려해야 할 사항으로는 등장인물의 이름이 있다. 등장인물의 이름을 짓는 것을 특별히 "작명법"(appellation)이라고 한다. 한 등장인물의 이름은 다른 인물과 구별시켜 주는 기능을 할 뿐만 아니라, 그의 이미지를 효과적으로 포착할 수 있게 해 준다. 또한 성을 포함한 이름은 한 인물의 사회적 관계와 문화적 관계를 나타내 주는데, 그 인물의 특성이나 취향, 종교와 국적, 사회적 직위와 직업을 나타낸다. 또한 이름이 발음될 때의 청각적 효과는 그 이름의 정서적 측면과도 관련된다.

등장인물의 이름은 실제 생활에서 사용되는 이름처럼 짓거나, 실제 이름 중에서 골라 사용하는 경우가 많다. 그러나 인물의 유형성을 강조할 때에는 의도적으로 고안된 이름을 사용하기도 하며, 유명인과의 동명이인을 설정하기도 한다. 클레오파트라라는 이름이 이집트를 비롯한 유럽 사람들에게 익숙한 이름이듯이, 춘향이라는 이름은 우리들에게 특정한 의미로 다가온다. 또한 특정한 의미를 연상시키는 이름을 사용하기도 하는데, 앞서 설명했듯이 이를 "별명식 작명법"이라고 한다. 물론 희극적 특성을 드러내는 명명법이긴 하지만, 극중인물의 이름 자체가 그의 특징적인 외형이나 행동 양식을 효과적으로 드러내는 수법이다.

베케트의 〈고도를 기다리며〉에서 두 떠돌이의 이름은 블라디미르와 에스트라공인데, 블라디미르가 북유럽 계통의 이름이고

116

에스트라공이 남유럽 계통의 이름인 것 역시 의도적인 것으로 볼 수 있다. 즉 그들은 전 유럽을 대표하는 인물이다. 윤백남의 1910년대 희곡 〈운명〉에서 여주인공의 이름이 메리인 것은, 그녀가 서양(미국)을 동경하는 여성이라는 사실을 쉽게 증명해 준다. 유치진의 〈조국〉에서 주인공 정도는 "바른 길"(正道)을 뜻하는 이름이고, 그의 친구는 과격하고 급한 성격의 소유자임을 그의 이름 혁(赫)을 통해 드러내 준다. 여기서 혁(赫)은 '붉다, 빛나다, 왕성하다, 위세가 당당하다' 등의 의미를 지니고 있다. 그밖에 특정한 유형의 극작품에서는 익명성을 강조하기 위해, 제로 씨, K, 그, 그녀 등을 사용하기도 한다.

4. 인물 구조론

　다양한 희곡작품들을 분석해 보면, 유사한 인물의 유형이나 역할을 찾아볼 수 있다. 서로 사랑하는 남녀 주인공과 그들을 막는 악한, 주인공들을 도와주는 조역 등은 어느 작품에서나 공통적으로 확인가능한 인물형들이다. 19세기말 러시아 형식주의자 블라디미르 프로프는 러시아 민간설화의 구조를 분석하면서, 이야기의 구조를 이루는 하나의 기본적인 문법을 찾으려 하였다. 그 결과 그는 민간설화에 공통적으로 나타나는 일곱 가지 극중인물을 분류해냈다. 예를 들면 다음과 같다.

　"한 나라의 공주가 용에게 잡혀가자 왕은 공주를 구해오는 사람에게 그 나라의 절반을 주겠다고 한다. 여러 인물들이 나서지만 다 실패하고, 어느 집의 영리한 셋째 아들이 공주를 구하러 길을 떠난다. 충직한 개와 함께 떠난 여행길에서 주인공은 마법의 물건을 건네주는 할아버지를 만난다. 주인공은 용과의 사투 끝에 공주를 찾아오게 되고, 그 결과 모두가 기뻐하는 행복한 결말을 맺게 된다."

이와 같은 극중인물, 혹은 행동주를 각각 "주인공"(셋째 아들)과 "가짜 주인공"(공주를 구해오는데 실패한 다른 인물들), 그리고 "공주"(용에게 잡혀간 인질), "위임자"(공주의 아버지, 왕), "악당"(혹은 용), "증여자"(마법의 능력을 전해준 할아버지), "보조자"(여행을 함께 한 개)로 구별하였다. 이러한 일곱 가지 인물은 대부분의 설화나 희곡에서 두루 확인할 수 있으며, 대중적인 헐리웃 영화에서도 이러한 인물형들을 확인할 수 있다.

프로프에 이어 에띠엔느 수리오는 모든 연극 구조 안에서 작용하는 기본 기능 여섯 가지를 제시하였다. 수리오가 제시한 기본 기능 6가지는 다음과 같다.

- ♌ "사자" – 희곡을 구체화시킨 '주제적 힘.' 이 인물의 사랑, 야망, 명예, 질투를 통해 긴장을 재현한다.
- ☉ "태양" – "♌"가 추구하는 선(善)과 가치 – 왕관, 자유, 성배 등을 대표하는 것.
- ♀ "대지" – "♌"가 추구하는 가치의 수혜자(선의 취득자). 주동인물은 자기 자신보다는 다른 인물 또는 공동체를 위해 선을 추구하게 된다.

♂ "화성" - "♌"의 적수.

♎ "저울" - 상황의 중재자. 선을 "♌"나 "♂"에게 부
여한다.

☾ "달" - 협력자. 위의 다섯 가지 기능 중의 하나를 보조
한다.

수리오의 기능을 프로프의 행동주와 비교해 보면, 영웅 대신
에 "사자", 공주 대신에 "태양", 악당 대신에 "화성"을 설정하였
다. 또한 그는 주인공이 임무를 완수함으로써 덕을 볼 수혜자로
서 "대지", 상황의 중재자로서 "저울", 그리고 조력자로서 "달"
을 제시하였다. 수리오는 이러한 점성술적 용어를 동원하여, 자
신만의 희곡적 계산법에 따라 20만 가지 연극적 상황을 구성할
수 있다고 하였다. 또한 그는 6가지 기능은 한 인물 이상이 동
시에 담당할 수 있으며, 아울러 중요한 인물들은 6가지 기능 중
하나 이상을 담당할 수 있다고 하였다. 그리하여 주어진 희곡에
서 기능의 배열은 일정하게 유지되지 않는다.

셰익스피어의 희곡 〈맥베드〉 도입부의 기능 배치를 나타내면
다음과 같다.

♌ 사자 : 맥베드 자신은 야망이라는 주제적 힘을 구현한
다.

☉ 태양 : 추구된 선은 스코틀랜드의 왕위이다.

♁ 대지 : 이 선의 잠재적 수혜자는 맥베드 자신이다.

120

♂ 화성 : 맥베드의 진로를 던컨 왕이 가로막는다.

♎ 저울 : 바라던 선이 마녀들의 예언으로 재현되는 운명
 에 따라 맥베드에게 돌아간다.

☾ 달 : 맥베드가 추구하는 것을 맥베드 부인이 돕는다.

 다시 그레마스는 『구조의미론』에서 6가지 기능을 행동주라
는 개념으로 재정립히여, 새로운 이야기 모델을 제시하고자 하
였다. 그는 주체/대상, 발신자/수신자, 협력자/반대자라는 대립
항으로 다음과 같은 도식을 마련하였다. 여기서 화살표는 힘
(갈망)이 지향하는 방향을 가리킨다.

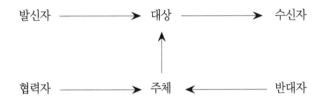

 이와 같은 모델을 통해 그레마스는 이야기의 문법을 제시하
고자 하였다. 그는 사회주의 이념을 다음과 같은 방식으로 풀
이하였다.

"인간이 계급 없는 사회를 지향하는 사명은 인간의 역사가 말해 주며, 그 혜택은 인류에게 주어질 것이다. 계급 없는 사회로 나아가는 데에 무산 계급은 협력을 아끼지 않겠지만, 유산 계급은 철저히 반대할 것이다."

그레마스의 행위소 모델은 연극기호학자 위베르스펠트에 의해 다소 수정되었는데, 주체는 발신자와 수신자의 영향 아래에서 작용하며, 협력자와 반대자의 기능은 주체 뿐만 아니라 대상과도 관계를 맺는다는 점을 강조하였다. 그리하여 위베르스펠트는 다음과 같이 행위소 모델을 수정하였다.

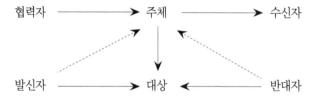

4장

극문학의 언어

연극의 네 가지 요소 가운데에서 오랜 세월 동안 보존될 수
있는 것은 유일하게 문자로 기록된 희곡뿐이다. 무대 위에서
펼쳐지는 다양한 요소들은 다음 장면이 겹쳐지면서 사라지
고 마는 순간성이 있는 반면, 희곡은 활자로 인쇄되어 전해
지기 때문에 영구성이 보장된다.

1. 희곡 텍스트에 대하여

가. 희곡 텍스트의 위상

 연극의 네 가지 요소 가운데에서 오랜 세월 동안 보존될 수 있는 것은 유일하게 문자로 기록된 희곡뿐이다. 무대 위에서 펼쳐지는 다양한 요소들은 다음 장면이 겹쳐지면서 사라지고 마는 순간성이 있는 반면, 희곡은 활자로 인쇄되어 전해지기 때문에 영구성이 보장된다. 그래서 아리스토텔레스를 비롯한 수많은 연극론자들은 공연이 끝남과 동시에 덧없이 사라지고 마는 무대적 요소(opsis)에 큰 의미를 두지 않았다. 그것보다는 오랫동안 되풀이해서 새로운 독자에게 읽힐 수 있으며 색다른 시대와 환경 속의 다양한 무대에서 새롭게 다시 태어날 수 있는 희곡 텍스트를 더 중요하게 여겨 왔다. 그렇기 때문에 희곡이 공연적 요소들보다 우위에 있다거나, 희곡과 연극을 동일한 것으로 보는 경향이 있어 왔다. 그리하여 문자 텍스트인 희곡은 공연 텍스트에 대한 '플라톤적 이데아'와 유사한 것으로 간주되기도 했다. 즉, 희곡은 변치 않는 '이데아'적인 것이라면, 수많은 공연은 그것의 모방, 혹은 그림자에 불과하다는 것이다.

이러한 견해는 특히 문학 연구자적인 입장에서 꾸준히 견지되어 왔다. 그러나 희곡과 공연의 관계에 대해 논할 때에는 근본적으로 희곡 자체가 문학으로 읽히기 보다는 무대 공연을 위해 창작된 것이라는 본질적인 측면을 고려하지 않을 수 없다. 공연을 위해 창작된 희곡이 공연보다 우선한다는 주장은 논리적으로 앞뒤가 맞지 않는 모순이다. 또한 동서양의 연극사를 통해 볼 때 수없이 다양한 연극의 종류 중에는 희곡 텍스트에 크게 의존하는 유형도 있었지만, 무언극이나 즉흥극과 같이 그렇지 않은 유형들도 많았다. 희곡에 크게 의존하지 않았던 대표적인 유형으로는 16세기 이탈리아를 중심으로 전 유럽에 큰 영향을 미친 '코메디아 델아르테'를 들 수 있다. 이들 '희극전문집단'은 희곡이라고 하기에는 너무도 간략한 이야기 줄거리만 가지고도 훌륭하게 공연을 치러 냈으며, 그들은 몰리에르와 같은 위대한 극작가들에게도 큰 영향을 끼친 바 있다.

또한 20세기에 들어서 즉흥극적 요소를 강조하는 '해프닝'을 비롯한 다양한 현대극 실험은 대부분 무게 중심을 희곡에서 공연으로 옮기려는 시도에서 비롯된 것이다. 그리하여 20세기 이후 현대연극의 다양한 변화 과정 속에서 지나치게 문학 편중적인 입장은 퇴조하게 되고, 그에 따라 자연스럽게 희곡이 곧 연극이라는 인식도 점차 사라지게 되었다.

나. 희곡 텍스트의 구분

일반적으로 볼 때 희곡 텍스트는 극중인물들이 주고받는 대사 부분과 그들의 등·퇴장이나 표정, 행동, 분위기 등을 지시하는 지문으로 이루어져 있다. 이렇듯 뚜렷이 구별되는 두 가지 언어 형태를 로만 잉가든은 "주텍스트"와 "부텍스트"로 구분하였다. 그는 주텍스트란 극중인물들이 배우를 통해서 무대 위에서 말하는 대사를 의미하고, 부텍스트는 대사 이외에 무대 지문 등을 의미한다고 주장하였다. 그는 관객들이 의미를 산출해내는 유일한 부분이 대사이며, 그밖의 비언어적인 부분은 의미 산출에 크게 기여하지 못한다고 보았다. 그리하여 잉가든은 희곡 텍스트 내에는 주텍스트와 부텍스트 사이에 엄연한 위계가 존재한다고 보았다.

그러나 이러한 주장은 근대 이후의 희곡을 기록하는 관습에 따른 표기상의 문제로 보아야 한다. 고대 그리스 비극작품에 부텍스트란 없었으며, 셰익스피어 시대의 희곡에도 지문이란 거의 없었다. 예를 들어, "저기 누가 오는구나, 그럼 나는 잠시 몸을 숨겨야겠다." 라는 대사 속에는 다른 인물의 등장과 화자의 퇴장을 가리키는 행동을 지시하고 있다. 즉 지문이 대사 속에 녹아 있었다. 이는 셰익스피어 당시에는 무대지문이라는 형식

126

적 요소가 존재하지 않았거나, 별로 중요하지 않았다는 말이 된다. 만약 셰익스피어의 희곡 속에서 무대지문을 보았다면, 그것은 현대적으로 재구성한 텍스트일 가능성이 높다. 그러므로 부텍스트, 즉 지문이 있고 없고, 혹은 많고 적고는 시대적 경향이나 작가적 특성에 크게 의존한다. 그리하여 자연주의 희곡에는 지문이 늘어나게 되었다는 지적을 백분 신뢰하기는 어렵다.

무대 공연을 준비하는 연출가와 배우, 무대 디자이너 등은 특별히 극작가가 지정한 무대 지문 이외에 더 많은 부텍스트— 연출 대본, 혹은 연출 콘티를 개인적으로 만들어내기도 하는데, 이는 극작가의 창작물만이 연극 공연에서 절대적이라는 사실을 부인하는 현상으로 볼 수도 있다. 특별히 시각적 요소가 더 강한 영화 시나리오에는 주텍스트와 부텍스트의 구별이 쉽지 않다는 점도 고려해 볼만하다. 그러므로 극중인물들의 말, 즉 대사가 곧 극의 전부라는 생각은 그릇된 것임을 확인해 볼 수 있겠다.

2. 희곡 언어의 유형

가. 언어적 요소와 비언어적 요소

인간의 언어는 사회를 이룬 인간들 사이의 의사소통을 위해서 약속된 것이다. 그런데 인류는 말과 글을 의사소통의 도구로 사용하기 이전부터 다양한 표현수단을 오래 전부터 사용해 왔다. 오래 전부터 인류는 얼굴 표정, 손짓, 발짓 등과 같은 몸짓 언어(body language)로 의사소통해 왔다. 사람들은 말과 글이 정착된 이후에도 실제 의사소통 과정 안에서 말이나 글과 같은 '언어적 요소'와 함께 표정이나 제스추어와 같은 '비언어적 요소'를 함께 사용해 왔다. 대표적인 예를 찾아보자. 이제 막 사회에 등장한 어린 아기는 울음을 통해 자신의 상태와 감정을 주변 사람들에게 알리려 한다. 최근 유럽에서는 어린 아기의 울음소리 100가지의 의미를 구별해 내는 울음 분석기를 만들어냈다고 하는데, 그 기계가 발명되기 전에도 대부분의 아기 엄마는 자신의 아기가 무엇을 원하는지를 잘 안다. 즉 어린 아기는 울음으로 부모와 소통한다. 또한 아직 특정한 말을 배우지 않은 외국인이라면, 그는 몸짓이나 손짓, 발짓 등을 사용하여 의사소통을 하려 들 것이다.

일반적으로 사람들은 일일이 말로 전달하기 힘든 상황에서 더욱 효과적이고 경제적인 방법으로 비언어적인 표현수단을 즐겨 사용해 왔다. 만약 덕수궁 앞에서 시청이 어디 있냐고 묻는다면, 그냥 간단히 손가락으로 시청 쪽을 가리키면 그만이다. 더 나아가 상대편의 감정 상태가 어떤지는 말로 묻지 않고도 그의 표정을 살펴보면 쉽게 알아차릴 수도 있다. 그리고 사람과 자동차가 많이 통행하는 큰 길에서는 신호등의 빨간불, 파란불, 노란불, 혹은 ←를 통해 '직진', '멈춤', '대기', '좌회전'을 알려준다. 또한 여객기를 타면 다양한 국적의 사람들이 쉽게 알아차릴 수 있는 그림문자표로 중요한 의사소통을 하고 있음도 알 수 있다. 예를 들어 '화장실', '좌석 벨트를 매시오', '금연', '식사' 등등을 간략한 그림문자로 설명하고 있다. 이와 유사한 그림문자로는 지도나 기상도 등에서 표현되는 다양한 기호를 들 수 있는데, ♨, ☎, 👤, 🚒, y, x 등을 보고 그것이 무엇을 의미하는지 금방 알 수 있다. 이와 같은 언어에 대한 다양한 분류와 설명은 '기호학'의 전문 분야인데, 그 내용을 간단히 살펴보면 대체로 다음과 같다.

나. 도상, 지표, 그리고 상징

20세기의 대표적인 언어학자 퍼스는 기호를 크게 "도상", "지표", "상징"으로 구분하였다. 그는 기호와 의미 사이의 유사성을 근간으로 한 "도상"(icon), 나타내고자 하는 대상들과의 근접성을 통해서 관계를 맺는 "지표"(index), 그리고 매체와 의미 사이의 관계가 관습적인 "상징"(symbol)으로 구분하였다. 구체적으로 도상 기호란 남녀 화장실 표시와 같은 그림문자(y, x)처럼 간단한 그림으로 보여지는 기호를 말하는데, 일반적으로 생각을 오래 하지 않고도 '척 보면 아는' 기호라 할 수 있다. 연극에서의 배우는 극중인물을 표현한다는 점에서 가장 기본적인 도상 기호에 해당한다.

지표 기호는 거리 표지판의 화살표와 가리키는 손가락(☞), 그리고 '나'와 '너', '이것'과 '그것'과 같이 그 무엇인가를 가리키는 기호를 말한다. '비틀거리는 걸음'은 술 취했음을 가리키며, '노크 소리'는 누군가 문 밖에 왔음을 가리킨다. 이처럼 불이 났음을 알려주는 '연기'나 질병을 일깨워 주는 다양한 '증상' 등도 지표 기호에 해당한다. 도상 기호는 은유와 관련 있다면, 지표 기호는 환유(부분으로 전체를 가리키는 비유, 예를 들어, 중절모와 우산은 영국 신사를 가리킴)와 관련 있다.

끝으로 상징 기호란 각 나라의 일상적인 언어들과 운동 경기에서 코치와 선수 간의 신호처럼 사용자들 간의 약속에 의해 이

해되는 인위적인 기호를 가리킨다. 지구상의 인류는 이러한 세 가지 기호들을 사용하면서 살아간다. 물론 그중에서 상징이라는 언어적 기호를 통해서 그 무엇인가를 주고받으며 살아가고 있다. 우리가 하루라도 말이나 글을 사용하지 않고 산다면 얼마나 불편할 것인가를 상상해 보라. 이처럼 우리의 일상생활은 전달하는 사람과 받는 사람 사이에서 메시지를 인위적으로 주고받으며 이루어진다.

그밖에 메시지를 전달하고자 하는 사람이나 무엇인가를 전달하려는 의도가 없었다 하더라도, 특정한 개인이 그 메시지의 의미를 받아들이는 경우도 있다. 즉 상호소통의 의도가 없었지만 무엇인가를 의미하는 것으로 해석되는 현상들이 존재한다는 것이다. 움트는 '새싹'을 보고 겨울이 지나 봄이 오고 있음을 알 수 있듯이, 떨어지는 '낙엽'을 보고 계절이 바뀌어 겨울이 오고 있음을 알 수 있다. 더 나아가 전자는 '새 생명의 탄생'과 '삶의 희망'으로 읽힐 수 있으며, 후자는 '생명의 상실'과 '삶의 덧없음'으로 해석될 수 있다. 이러한 경우를 "비의도적 기호", 혹은 "자연 기호"라고 부른다. 이러한 자연 기호는 그것의 의미를 지각한 특정한 개인에게만 전달된다. 이렇게 본다면, 이 세계 안에 있는 모든 사건이나 대상, 현상은 그것을 지각하는 개인에게는 모두 다 기호가 될 수 있다. 시인이나 작가, 예술가들은 바로 그런 자연기호의 의미를 심미적으로 파악하는 능력이 뛰어난 사람들로 볼 수 있다.

3. 연극 언어의 체계

　연극 언어 역시 우리의 실제 의사소통처럼 다양한 기호들로 이루어져 있다. 극작가는 삶을 모방하는 스타일로 희곡을 창작하기 때문에, 희곡 속의 세계는 실제 삶의 현장처럼 다양한 기호들로 가득 차게 된다. 등장인물들이 주고받는 대사가 의사소통의 주요 매체가 되겠지만, 그밖에 그들의 표정, 몸짓이나 행동을 통해서도 그 무언가가 전달된다. 또한 조명의 변화나 음악과 음향의 변화와 같은 무대적 환경의 변화를 통해서도 특정한 의도가 전달될 수 있다. 일반적으로 연극 언어는 배우들의 입을 빌어 표현되는 언어적 표현과 배우의 표정, 동작과 같은 신체적 표현, 그리고 무대를 통해 표현되는 시청각적 표현으로 이루어져 있다.

　이에 대하여 기호학에서는 소통 과정에서 화자와 청자가 주고받는 모든 언어를 "토텍스트"라고 하고, 그 밑에 글로써 쓰여진 말, 즉 구어적 표현으로서의 "텍스트"와 음성, 표정, 자세, 몸짓 등의 비구어적 표현으로서의 "코텍스트"를 설정한다. (이는 언어적 텍스트/ 비언어적 텍스트, 혹은 구어적 언어/비구어적 언어로도 구분될 수 있다.) 이와 함께 정보의 역할은 하고 있으나, 비언어적이며 커뮤니케이션이 일어나는 상황과 관련된 부분을 "컨텍스트"라 지칭하기도 한다.

기호학자 코프잔은 연극의 기호 체계를 다음과 같은 13가지로 구분하여 설명하고 있다. 코프잔은 (1) 희곡적 요소로서 ①언어와 ②대사 전달을 들었으며, (2) 배우의 신체적 표현으로 ③얼굴 표정과 ④몸짓, ⑤배우의 동작을 들었고, (3) 배우의 외양으로 ⑥분장과 ⑦머리 치장, ⑧의상을 들었다. 또한 (4) 무대의 시각적 요소로 ⑨대·소도구, ⑩장치, ⑪조명을 들었고, 끝으로 (5) 무대의 청각적 요소로 ⑫음악과 ⑬음향효과를 들었다.

또한 연극학자 M. S. 배랭거는 연극 언어를 "구어적 언어"(verbal language)와 "비구어적 언어"(non-verbal language)로 구분 짓고 있는데, 이를 더욱 자세히 구분하기 위해 16가지 연극 언어를 제시하고 있다. 배랭거가 제시한 16가지 연극 언어는 다음과 같다. ①등장인물(혹은 배우)이라는 존재, ②말, ③노래, ④음악, ⑤음향, ⑥침묵, ⑦제스추어, ⑧움직임, ⑨활동, ⑩관계, ⑪분장, ⑫의상, ⑬소품, ⑭시각적 대상물, ⑮조명, 그리고 끝으로 ⑯이미지를 들었다. 그밖에 영국의 연극학자 마틴 에슬린은 극의 기호를 (1) 틀, (2) 배우, (3) 시각적 요소와 디자인, (4) 언어, 그리고 (5) 음악과 음향이라는 5가지 영역으로 설명하였다.

여기서 말하는 연극 언어란 무대 위에서 사용할 수 있는 모든 표현 수단을 일컫는다. 그러므로 연극 언어는 극작가뿐만 아니라 연출가, 배우, 무대 디자이너 등의 수단 모두를 가리키는 것이라고 볼 수 있다. 그런데 무대 위에서 펼쳐지는 모든 상황들과 장면들은 극작가가 설정한 상상의 무대 위에서 이미 펼쳐진 것들이다. 경우에 따라서는 극작가가 창조한 세계를 연출가와 배우 등의 무대 예술가들이 새롭게 해석하기도 하지만, 극작가가 창조한 극작품이 어쨌든 공연의 토대와 근거를 마련해 주는 것은 사실이다. 이런 관점에서 볼 때, 앞에서 열거한 다양한 연극 언어는 곧 극작품 안에 내재되어 있다고 볼 수 있다. 연극 언어와 희곡 언어를 굳이 구분하자면, 전자는 무대를 통해 관객에게 전달되는 표현 수단들이라 할 수 있고 후자는 무대 위의 등장인물들끼리 소통하는 표현 수단들이라 할 만하다.

세 학자들의 연극 언어 체계를 비교해 보면 서로 간에 공통된 내용이나 유사한 내용이 많다는 점이 눈에 띈다. 그러나 배랭거와 에슬린의 견해에서 주목할 만한 사항은 중요한 연극 언어 중의 하나로 등장인물(혹은 배우)이라는 존재를 들었다는 사실이다. 실제로 극작가는 그가 창조한 인물을 통해서 사건을 만들고 그 사건과 관련된 의미를 독자에게 전달하고자 한다면, 극작가에게 가장 중요한 표현 수단은 바로 등장인물이라는 존재임은 분명하다. 그와 마찬가지로 연극은 무대 위의 배우를 중심 매체로 사용하는 예술이라는 점을 상기시켜 보더라도, 연극 언어로서 일차적인 것은 배우라 할 수 있다. 무대 위에 등장한 배우들은 곧 작가가 표현하고자 하는 인물 자체를 형상화하기 위한 표현 수단이 아닐 수 없다. 또한 희곡 텍스트를 읽을 때에도 독자는 우선적으로 어떤 인물이 창조되었는가를 먼저 파악해야만 전체 내용 파악에 어려움이 없을 것이다. 그러므로 배우(혹은 등장인물)이란 존재가 연극(과 희곡)에서 일차적으로 가장 중요한 표현 수단, 즉 언어가 아닐 수 없다.

4. 말과 행동

　극작품 속의 등장인물(혹은 배우)이 다른 인물과 소통하는 방식은 일상생활 속에서 우리들이 소통하는 것과 거의 유사하다. 즉, 우리는 주요 소통수단으로 말과 제스추어를 포함한 행동을 사용하듯이, 등장인물도 말과 제스추어, 행동 등을 사용할 것이다. 만약 여기서 말과 (제스추어를 포함한) 행동 중에서 더 중요한 것을 고르라면, 어떻게 할까? 이러한 질문을 쓸데없는 우문이라고 치부할 수도 있겠지만, 그래도 굳이 답을 하라고 한다면 어떻게 할까? 우리의 일상생활의 모습을 돌아보면서 사람들이 어떤 것에 더 크게 의존하는지를 따져 보면 그 대답을 알 수 있게 될 것이다. 우리는 어떤 사물을 말할 때, 그 사물의 이름을 댄다. 예를 들어, "손에 든 게 뭐야?"라고 물을 때, "응, 오늘 산 책이야."라고 답할 수 있다. 일단 책이라는 사물을 한번 지적하고 난 다음에는 그 사물을 계속해서 책이라는 이름을 대지 않고, 대신 "그것"이라는 대명사를 간편하게 사용한다. 그 책을 가리키면서 말을 계속하는 상황을 고려해 보자. 만약 손가락으로 그 책을 가리키면서 "그거 얼마 주고 샀어?"라는 말을 한다면, 가리키는 동작이 우선할까, 아니면 '그것'이라는 말을 먼저할까? 아마도 대부분의 사람들은 '그것'이라는 말보다 손가락으로 먼저 그 책을 가리킬 것이다. 즉, 손가락으로 먼저 가리키면서 '그것'이라고 말하지, '그것'이라는 말을 먼저 하고 나중에 손가락으로 가리키지는 않는다는 말이다. 이것의 의미는 말보다 행동이 조금 앞선다는 것을 보여준다.

또 다시 극중에서 (아니면 일상생활 중에서) 이런 장면을 생각해 보자. '갑'이라는 인물이 마음에 상처를 입고서 울고 있다. 그래서 '을'이라는 사람이 '갑'을 위로해 준다. '갑'은 "됐어. 고마워."라고 말하지만, 계속 울고 있다. 이때 '갑'의 말과 행동은 서로 일치하지 않는다. 즉, '갑'은 됐다고 말은 하지만, 실제는 아직 충분한 위로가 이루어지지 못했으므로 계속 우는 것이다. 그러므로 '갑'의 "됐어"라는 말은 신뢰성이 떨어진다. 그대신 우리는 '갑'이 울고 있는 행동에 더 주목해야 한다. 그래서 '을'은 더 큰 위로의 말이나 행동을 취하지 않고는 '갑'의 울음을 멈추게 할 수 없을 것이다. 우리는 이처럼 말과 행동이 일치하지 않을 때에는 대개 말보다는 행동을 더 신뢰한다.

그렇다면 독자는 다음과 같은 상황을 어떻게 받아들일까?

에스트라공 ; 자, 우리 갈까?

블라디미르 ; 응, 가자구.

그들은 움직이지 않는다. 막이 내린다.

위의 장면은 베케트의 〈고도를 기다리며〉에서 1막 마지막 부분인데,(2막 마지막 부분에도 똑같은 상황이 전개되기도 하지만) 여기서 두 인물은 이제 그만 가자고 합의를 했으므로 그 다음에 이어지는 행동은 밖으로 나가는 행동이 이어져야 할 것이다. 그런데도 그들은 가질 않는다. 말로는 간다고 했지만, 행동은 그렇게 하지 않았다. 그리고는 막이 내려 1막의 행동이 최종적으로 마무리되는데, 독자는 이 부분을 어떻게 받아들여야 할까? 역시 말보다는 행동을 더 신뢰할 것이다. 왜냐 하면 말도 행동의 한 부분이기 때문이다. 그러므로 말없이 간단한 행동으로 의사소통이 충분히 이루어질 수 수 있다면, 말은 불필요하다. 이를 연극 대사의 "경제성"이라 하는데, 이 원리는 말없이 표현할 수 있으면 말을 사용하지 말아야 한다는 것이다. 영화와 연극을 비교해 보면, 영화에서는 연극보다 대사가 많지 않은 편이다. 이는 배우들의 말을 통해서 선달되는 것보다 카메라를 통해서 꼭 보여주어야 할 것을 더 정확히 보여줄 수 있기 때문이다.

우리는 일상생활 중에서 말만 많이 하고 실천을 못하는 사람을 일컬어 "말은 앵무새"라는 속담을 드는데, 이는 사람들은 말보다 행동(실천)을 더 중시여긴다는 것을 말해준다. 또한 사람들은 말과 행동이 일치하지 않을 때, 행동을 기준으로 해서 말이 행동에 미치지 못함을 나무란다. 그것 역시 말보다 행동이 더 중요하다는 뜻이다. 그래서 미국에는 "Actions speaks louder than words"(행동은 말보다 더 크게 말한다)라는 속담이 있는데, 이 역시 말보다 행동이 더 중요하다는 의미로 받아들일 수 있다.

앞에서 열거한 사례들을 미루어 볼 때, 언어라고 해서 자동적으로 말만을 떠올리거나 희곡 언어 중에서 말이 제일 중요하다는 식의 생각은 문제가 있다. 행동이 말보다 더 중요한 의미를 지닐 수도 있고, 다른 어떤 요소가 말보다 중요한 의미를 지닐 수도 있다. 피터 브룩과 같은 20세기 최고의 연출가는 연극에서 말이란 "보이지 않는 거대한 조직 중에서 눈에 보이는 극히 작은 부분"이라고 주장한 바 있는데, 이는 우리가 중요하게 여기는 말이 연극에서는 실상 그리 중요한 도구는 아니므로 말에만 너무 의존하지 말라는 의미일 것이다.

5. 말의 기능

가. 일반적 기능

우리는 일반적으로 희곡 안의 인물들(혹은 무대 위의 배우들)이 구어적 표현인 말로서 다른 인물(혹은 배우)과 의사소통하는 것을 지켜 볼 수 있다. 또한 그와 같은 소통은 독자(혹은 관객)에게도 동시에 이루어지기도 한다. 이제 인물들 사이에서 가장 일반적인 소통 매체인 구어적 언어, 즉 '말'에 대해 살펴보자.

희곡은 구체화된 인물 및 그들의 대화와 행동으로 이루어져 있다. 그래서 희곡 작품을 펼쳐들면, 맨 먼저 등장인물에 대한 소개가 있고 시 · 공간에 대한 설명이 있고, 이어서 등장인물들이 다른 인물들과 말로서 교류하고 있음을 확인할 수 있다. 이때 인물들이 사용하는 말은 일차적으로 인물 구현의 도구로서 말하는 사람 자신을 드러내 준다. 희곡 속의 인물들은 그의 말을 통해 그가 어떤 상태인지, 어떤 욕망을 가지고 있는지, 무엇을 하려고 하는지, 왜 해야 하는지 등을 알려준다. 〈햄릿〉 4막 4장에서 햄릿은 군대를 이끌고 원정을 떠나는 노르웨이 왕자 포틴브라스의 용맹스런 모습을 지켜보면서, 35행의 긴 독백을 한다.

> **햄릿** : 이 모든 일들이 다 나를 고발하고,
>
> 내 둔한 복수심에 채찍을 가하는구나. 인간이란 무엇인가?
>
> 일생 동안 먹고 자고 그것밖에 할 일이 없다면,
>
> 짐승과 다를 게 무어냐.
>
> 조물주께서 만들어 준 이 영특한 능력,
>
> 앞뒤를 살펴보고 분별할 수 있는 이성,
>
> 이런 걸 곰팡이가 슬도록 놔두라는 건 아닐텐데.
>
> 그런데 이 무슨 짐승같은 망각인지,
>
> 혹은 결과를 너무 많이 생각하는 비겁한 망설임인지.
>
> 그 생각이란 게 반에 반은 지혜이고,
>
> 나머지는 비겁이라던가. 아, 나는 모르겠다.
>
> (중략)
>
> 아, 지금부터
>
> 내 생각은 핏빛이 아니면, 아무 소용없다.

이 긴 독백에서 햄릿은 복수를 늦추고 있는 자신을 책망하면서, 인간된 도리와 앞으로 할 일에 대해 말하고 있다. 그는 마지

막 대사("내 생각은 핏빛이 아니면, 아무 소용없다.") 다음부터는 더 이상 이처럼 긴 독백을 하지 않으며, 오직 복수를 실행하기 위한 행동에 몰두하게 된다. 여기서 그의 말을 통해 자신의 속마음과 감정 상태, 앞으로 일어날 일 등을 보여주고 있음을 확인할 수 있다.

다음으로 의사소통의 도구로서 인물의 말은, 다른 인물들과 대화를 나누는 가운데 그 상대방에게 영향을 끼친다. 한 인물은 말로서 다른 인물을 설득하거나, 권유하거나, 지시하면서 그와 관계를 맺어간다. 그런데 만약 다른 인물이 그와 같은 설득·권유·지시를 받아들이지 않는다면, 두 인물 사이에는 갈등이 자연스럽게 형성될 것이다. 또한 그와 같은 설득·권유·지시가 받아들여진다면, 이후의 사건은 계속해서 진전될 것이다.

끝으로 인물들이 주고받는 말은 플롯 구현의 수단이 되어, 사건을 만들고, 사건을 복잡하게 발전시키고, 나아가 사건을 해결시켜 준다. 그러므로 인물의 말은 그 자체보다는 인물과 주제, 플롯 등을 위해 존재한다고 볼 수 있다.

이처럼 말의 기능들에서 주목해야 할 것은, 말이 단순히 의사소통의 도구로서 사용된다는 사실보다는 말을 통해서 극적 사건이 전개된다는 점이다. 극적 사건을 이끌어간다는 것은 행동, 움직임, 변화 등을 통해 최종적인 종결부를 향해 나아감을 의미한다. 드라마의 어원이 '행동하다' 라는 의미에서 왔다는 점을 상기해 볼 때, 희곡 언어의 특징은 바로 행동으로서의 말이다. 이제 행동으로서의 말, 즉 말의 실행적 기능에 대해 살펴보자.

나. 실행적 기능

희곡의 말은 소설의 말과 다르다. 외형적으로 볼 때, 희곡은 주로 대화체로 이루어져 있으며, 소설은 서술과 대화를 함께 쓰고 있지만 아무래도 서술이 더 중요한 비중을 차지한다. 이와 관련하여 언어학자 방브니스트는 두 가지 발화 방식에 대해 다음과 같은 구분을 한 바 있다. 그는 객관성이 강한 양식으로서 "역사(histoire)"와 현재에 예속된 주관적 양식으로서 "담화(discours)"를 구분하였다. 소설은 과거의 사건에 대한 서술로 이루어진 객관적 양식이다. 여기서는 대화의 화자와 청자, 그리고 직시적 지시어들을 서술에서 제외시키거나, 별로 중요하게 여기지 않는다. 소설은 생성된 발화(즉, 언표)를 문맥으로부터 추출한다. 그에 비해 희곡에서는 사건의 시점과 지점으로서 "현재"와 "지금", 대화를 나누는 대화자들인 "화자"와 "청자", 그리고 그들의 "대화 상황"이 중요하다. 희곡 언어는 대화 참가자들이 대화를 나누는 구체적 상황에 의존한다. 그러므로 '나는 너를 사랑해'란 말은 일반적으로 사랑의 감정을 표현하는 것이지만, 상황에 따라서는 '나는 너를 증오해'라는 의미가 될 수도 있다. 그리고 희곡은 상황 예속에 따른 직시성이 강조된다. 이러한 점 때문에 희곡은 주어진 문맥에서 발화를 생성하는 행위(즉, 언표 현상)에 절대적인 우위를 부여한다. 즉, 희곡은 추출된 발화들의 연속이라기보다는 실용적인 발화들의 네

트워크이다. (소설 연구자들이 희곡을 연구할 때 범하기 쉬운 잘못은, 희곡을 마치 소설처럼 추출된 언표들의 집합으로 보는 것이다.)

실제적으로 발화를 생성하는 희곡의 말은 "말해진 행동" (spoken action)이라 할 수 있다. '입으로 표현된 행동'으로서 말은 "스피치 행위"(speech acts)와 "구어적 보고"(verbal reportage)로 이루어져 있다. 후자는 말로 표현된 행동 묘사를 가리키며, 전자는 무엇을 말하는 행위나 무엇을 말함으로써 이루어진 행위를 말한다.

물론 희곡에서 중요한 것은 바로 스피치 행위로서의 말이다. 이는 말의 행위적 기능을 강조하기 위해 '행동으로서의 말'을 중시여기는 입장을 가리킨다. 말은 어떤 진술이나 옳고 그름을 나타내는 제의를 드러내는 매체일 뿐만 아니라, 더 나아가 실행적 기능을 수행한다. 즉 우리는 말을 함으로써 임명, 결혼, 약속 등의 사회적 행위를 수행한다.

말의 실행적인 행위를 살펴보기 위해 다음과 같은 예를 들어보자. '갑'이 '을'에게 "서에게 1만원을 주십시오."라는 말을 했다. 여기에는 먼저 '저, 에게, 1만, 원, 을, 주십시오'라는 단어를 사용하여 문법적으로 바른 문장을 만든 '갑'의 "발화 행위가" 있다. 다음으로 이 말의 내용에는 '갑'이 '을'에게 '1만원을 요청하는' 행위가 들어 있다. 끝으로 '갑'의 요청 행위를 받아들인 '을'이 '1만원을 내주는' 행위가 있을 수 있다.

언어의 실행적 기능에 주목한 사람은 존 오스틴인데, 그는 말

144

의 실행적 행위 세 가지 유형을 "언표적 행위"(locutionary act), "언표내적 행위"(illocutionary act), 그리고 "언표도달적 행위"(perlocutionary act)로 구분하였다. 먼저 "저에게 1만원을 주십시오." 라는 발화 행위를 언표적 행위, 즉 말을 하는 행위라 한다. 다음으로 요청하기, 질문하기, 약속하기, 주장하기, 일을 시키기 등과 같이 무엇을 말하는 행위 안에서 수행되는 행위를 언표내적 행위라 한다. 마지막으로 상대방에게 무엇을 하도록 만든다든지, 상대방을 설득한다든지, 혹은 상대방을 화나게 만든다든지 간에, 화자가 청자에게 말을 함으로써 어떤 행동을 수행하도록 영향을 주는 행위를 언표도달적 행위라 한다.

말의 실행적 행위 중에서는 언표적 행위 즉, 정확한 단어를 사용하여 문법적으로 올바른 문장을 만드는 행위가 다른 두 행위에 비해 더 기본적이다. 정확한 단어와 문장으로 표현된 행위를 수행하지 않고는, 화자가 뜻한 바를 전혀 이룰 수 없기 때문이다. '1만원' 대신에 '물'이란 단어를 썼다면, 그래서 "저에게 물을 주십시오."라고 말했다면, 화자가 원래 원하던 1만원은 도저히 얻을 수 없다. 다음으로 주목할 사실은, 언표내적 행위들이 항상 언표도달적 효과를 거두는 것은 아니지만, 그렇다고 언표내적 행위가 선행되지 않고는 언표도달적 행위를 성공적으로 수행할 수는 없다는 점이다. 화자가 청자에게 1만원을 달라고 했을 때, 화자가 늘 1만원을 얻을 수 있는 것은 아니다. 하지만 화자가 청자에게 1만원을 달라는 말을 하지 않았다면(즉,

언표내적 행위 자체가 없었다면), 1만원을 얻는 일 자체는 아예 불가능하다. 이처럼 화자가 그 무엇인가를 주장하고 요구하고 시키는 언표내적 행위는 실제적으로 말을 통해 무엇인가를 수행함으로써, 대인 관계와 사회 활동에 있어서 영향력을 발휘하게 해 준다.

희곡은 이와 같은 언표내적 행위들의 연속으로 이루어져 있다. 즉, 희곡은 실제적인 행동의 가능성을 지닌 말들로 가득 차 있다. 그리하여 극중인물들의 움직임이나 다른 사람들과의 관계 변화 역시 그들이 구사하는 말 – 언표내적 행위를 지닌 – 속에 내재되어 있다. 일반적으로 희곡은 등장인물 사이의 목적과 의도가 상충하는 가운데 그들의 언표내적 행위 역시 상호모순적인 양상으로 드러난다. 그러므로 그들이 주고받는 대화는 행동에 대한 지시나 재현이라기보다는, 직접적으로 "말해진 행동"이다. 그러므로 희곡의 말은 언표내적 행위로서, 극적 사건을 앞으로 진행시키는 특징을 갖는다.

6. 희곡 텍스트의 대화

　희곡의 대화와 일상적인 일반 대화 사이에는 유사성도 있고, 차이점도 있게 마련이다. 먼저 일반 대화에서 지켜야 할 규칙과 예법에 대해 살펴보자.

　1. 양에 대한 규칙 : 의사소통의 목적에 합당할 만큼의 정보를 제공해야 하며, 필요 이상의 정보를 제공해서는 안 된다.
　2. 질에 대한 규칙 : 진실된 말만 해야 한다. 그러므로 자신이 그릇된 것이라고 알고 있는 것을 말해서는 안 되며, 충분히 증명되지 않은 사항에 대해서도 말해서는 안 된다.
　3. 관계에 대한 규칙 : 관련 있는 사항만 말해야 한다.
　4. 태도에 대한 규칙 : 알기 쉽고 질서정연하게 말해야 한다. 난해한 말이나 모호한 말을 피해야 하고, 불필요한 장광설을 피해야 한다.

이와 같은 대화상의 에티켓을 희곡의 등장인물도 대체로 지키리라 예상된다. 그리하여 희곡의 화자들은 진실된 정보가 든 발언들을 만들어내며, 쉽게 알아들을 수 있게 말하며, 주어진 상황과 적절히 연관된 발언을 행한다고 기대된다. 이와 같은 기대를 토대로 희곡의 화자는 청자와의 대화를 이어간다.

그러나 대화 참여자들로부터 거리를 두고 있는 희곡의 독자(와 관객)는 대화 당사자들이 이러한 예법들을 의도적으로 위반하거나 무시함으로써 발생하는 상황에 주목할 필요가 있다. 희곡의 독자는 등장인물들이 필요 이상의 수다를 떨거나, 거짓말을 늘어놓거나, 엉뚱한 말을 해대거나, 의도적으로 모호하게 말을 하는 등의 특수한 경우를 주목해야 한다. 물론 이때에도 희곡의 대화 참여자들은 그런 상황을 거의 의식하지 못하는 경우가 더 많을 것이다. 대부분의 희곡 작품에서는 독자는 알고 있지만 대화의 참여자들은 모르고 있는 특수한 상황이 중요하게 다루어진다. 그와 같은 특수한 상황 가운데에는 앞에서 지적했듯이, 일반 대화의 예법을 무시한 경우들도 포함된다. 이제 희곡상의 특수한 상황에 대해 살펴보자.

희곡의 대화자들은 자신의 견해나 감정 상태를 직설적으로 말하지 않을 수도 있다. 또는 그들이 행한 말은 그 말의 사전적 의미와는 달리 다른 뜻을 내포한 경우도 있다. 이처럼 등장인물의 말 이면에 담긴 무언의 생각이나 감정이 나중에 밝혀지는 경우를 "서브텍스트"(subtext)라 한다.

인물이 구체적인 말로 표현한 것을 "텍스트(text)"라고 한다면, 말로 표현하지 않은 속뜻을 "서브텍스트"라 한다. 이러한 대사 기법은 체홉의 근대극 이후에 자주 발견되는데, 현실 생활 속의 인물들이 자신의 감정이나 사고를 직설적으로 표현하려 하지 않는다는 현상과도 관련되어 있다. 이러한 기법이 극적으로 주목받게 된 것은, 러시아의 연출가 스타니슬랍스키가 '배우는 자신이 맡은 인물을 분석하는 과정에서 이와 같은 "숨겨진 문맥"을 세밀하게 표현할 줄 알아야 된다'고 주장하면서부터였다. (이를 다른 말로는 "행간 읽기"라고도 한다.) 예를 들어 '나는 너를 사랑해'라는 말은, 이런 고백을 하게 된 이유와 배경이 제시되지 않는다면 그 의미가 무엇인지 알기 어렵다. 이 말은 상황에 따라, '나는 너를 믿어', '나는 너에게 성욕을 느껴', '나는 너를 보호해 주고 싶어', 심지어 '나는 너를 증오해'라는 의미를 띨 수도 있다.

서브텍스트와 유사한 것으로 "완곡어법"(euphemism)을 들 수 있는데, 이것 역시 직설적으로 표현하기 어려운 말을 좀 더 완곡한 표현으로 둘러대는 경우를 가리킨다. '죽다' 대신에 '돌아가시다'라는 부드러운 말을 쓰는 경우나, 입에 담기 부적절한 성적 표현을 돌려 말하는 경우를 가리킨다.

모호한 발언이나, 관련 없는 엉뚱한 발언을 하는 것도 대화의 예법을 어긴 것인데, 이런 경우는 극중에서 웃음이나 긴장을 불러일으킨다. 〈햄릿〉 3막에서 햄릿과 폴로니우스는 다음과 같은 엉뚱한 대화를 나눈다.

폴로니우스 : 왕자님, 왕비님께서 하실 말씀이 있으시답니다.
　　　　　지금 말입니다.
햄릿 : 저기 낙타 모양을 한 구름이 보이느냐?
폴로니우스 : 아이구, 저럴 수가, 꼭 낙타 같습니다.
햄릿 : 내 생각엔 쪽제비 같은데.
폴로니우스 : 등이 쪽제비처럼 생겼군요.
햄릿 : 아니면 고랜가.
폴로니우스 : 영락없는 고랩니다.

　햄릿은 폴로니우스에게 왕비가 만나자는 말과는 아무런 관련이 없는 엉뚱한 말을 느닷없이 꺼낸다. 햄릿이 미쳤다고 여기는 폴로니우스로서는 그의 말에 장단을 맞추느라 앞뒤가 맞지 않는 말을 해대면서, 희극적인 장면을 연출하고 있다.

　대화 참여자들은 모르고 있지만 희곡 독자들은 이미 알고 있는 상황을 일컬어, "극적 아이러니"(dramatic irony)라 한다. 〈햄릿〉의 마지막 5막 결투 장면에서 햄릿은 레어티스의 칼날에 독약이 묻어 있음을 모르지만 독자들은 그런 사실을 다 알고 있기 때문에 긴장하게 된다.

　〈아가멤논〉에서 왕비 클류템네스트라는 트로이를 무찌르고 돌아온 개선장군 아가멤논을 환영한다. 그러나 아가멤논 왕은 그녀가 자신을 안심시키기 위해 거짓말을 늘어놓고 있다는 사실을 전혀 알지 못하고 있다. 그러므로 그녀가 왕을 진홍빛 카펫으로 이끌 때, 독자들은 왕의 죽음이 임박했음을 눈치 채고 긴장할 것이다. 이와 같은 극적 아이러니는 고대 그리스 시대 이래로 사용된 중요한 대화 기법 중의 하나이다. 이처럼 희곡 상의 등장인물 간의 대화에는 대화 예법을 위반하는 사례들이 문학적으로 더 중요하게 여겨질 수 있다.

희곡의 대화는 일반 대화와 달리 다음과 같은 특징을 지니고 있다. 먼저 희곡의 대화는 일반 대화와는 달리 통사적 논리정 연성을 지니고 있다.

희곡의 언어에는 주술 관계의 불일치나, 파편적 문장, 비논리적 문장 등의 문법적으로 문제가 있는 표현은 거의 없다. 다음으로 희곡의 대화는 일반 대화보다 정보적 강도가 센 편이다. 즉, 일반인들 사이의 대화가 친교와 같은 사회적 기능이 강한 반면, 희곡의 대화는 정보를 드러내고 표현하는 기능이 강하다. 세 번째로, 희곡의 대화는 화자의 의도를 잘 반영하는 대사로 가득 차있다. 즉, 희곡의 대화는 언표내적으로 순수성을 띄고 있어서, 행동의 발전에 필수적인 역할을 한다. 그에 비해 일반 대화에서는 요청과 질문, 약속, 그리고 주장과 같이 무엇을 말하는 행위 안에서 수행되는 행위만을 대화의 목적으로 삼지 않는다.

일반 대화에서는 그날그날의 대화가 계속해서 그 다음날로 이어지고, 또 최종적인 특정한 행동으로 발전하는 경우가 많지 않을 것이다. 끝으로 희곡의 대화는 일반 대화와 달리 발언권의 배당 문제가 생기지 않는다. 누가 먼저 말할지, 누가 더 오래 말할지 등의 문제는 극작가 고유의 권한이므로, 등장인물들 사이에서 누가 먼저 말할 건지를 놓고 다투는 일은 거의 없다. 대개는 주동인물과 반동인물과 같은 주역들이 더 많은 양의 말을 할 것이고, 필요한 만큼의 발언 기회가 충분히 주어질 것이라고 예상할 수 있다.

7. 독백과 방백, 침묵

희곡의 말에서 가장 특수한 형태 중의 하나는 "독백" (soliloquy)이다. 이 말은 라틴어 solus(혼자) + loqui(말하다)에서 온 말로, '혼자서 하는 말'이란 뜻을 가지고 있다.

흔히 "모노로그"(monologue)라는 표현도 쓰는데, 이 표현은 좀 더 광의의 뜻으로 쓰여서 "모노 드라마"와 동의어로 쓰이거나 서정시의 "극적 독백"(가상의 화자가 역시 가상의 청자에게 말하는 형식으로 된 시)에도 쓰인다.

독백은 등장인물의 내면세계를 표현하는 수단으로, 화자가 대화의 상대방인 청자를 상정치 않고 혼자서 내뱉는 '혼잣말'을 가리킨다. 대개 독백은 중요 인물이 무대 위에 혼자 나와서 자신의 내밀한 생각이나 느낌, 의도나 감정 상태 등을 관객에게 직접 전달하는 것으로, 중요한 연극적 약속 중의 하나이다. 이와 같은 독백은 특정한 인물에 대한 중요한 정보를 관객에게 직접 전달할 수 있는 도구란 점에서, 셰익스피어 이래로 유용하게 사용되어 왔다. 특별히 셰익스피어는 〈햄릿〉, 〈맥베드〉, 〈오델로〉 등의 작품에서 독백을 효과적으로 잘 활용하였다.

그런데 이 독백은 연극적인 약속의 일환으로 설정된 것이기 때문에, 실제 생활에서는 그 효력이 발휘될 수 없다. 어떤 사람이 실생활에서 혼자 중얼중얼 거리고 있다면, 주위 사람들은 그 사람을 이상하게 쳐다 볼 것이다. 설령 그 사람이 자신의 내면세계를 다른 사람들에게 알리고 싶었다고 하더라도, 주위 사람들은 그 말을 귀 기울여 듣지 않을 것이다. 왜냐 하면, 그 사람은 정신이상자로 취급될 것이기 때문이다. 하지만 햄릿이 행하는 독백을 들으면서 햄릿이 미쳤다고 하지 않는 이유는, '그가 지금 속마음을 털어 놓고 있다' 고 연극적으로 약속되었기 때문이다.

주로 중심인물이 무대 위에 혼자 나와서 자신의 내면세계를 털어 놓는 이 독백은 크게 3가지 기능을 담당한다. 첫째, 독백은 앞서 언급했듯이, 등장인물의 내면세계를 표현하는 기능을 한다. 〈햄릿〉 4막 4장에서 햄릿은 긴 독백을 통해, 자신의 비겁함과 포틴브라스의 용맹함을 비교하면서 복수를 결심하는 속마음을 드러낸다. 이러한 "내면의 독백"은 그리스 비극의 한탄조의 독창에서 유래하였다. 둘째, 화자의 부재 상태를 보충해 주는 기능의 "서사적 독백"을 들 수 있다. 이 서사적 독백은 고대극의 프롤로그와 관련이 있는데, 이는 혼잣말이라기보다는 관객에게 행하는 말의 형태이기도 하다. 셋째, "연결 독백"으로,

등장인물의 등퇴장과 관련하여 장면 연결을 위해 쓰인다. 독백은 '자기 자신에게 말 걸기'와 같은 형태를 띨 수도 있고, '누군가의 이름을 부르기'와 같은 형태를 띨 수도 있다.

셰익스피어의 극작품을 비롯한 르네상스 시기에는 독백이 유행하였고, 독일 극작가 레싱도 독백을 중요한 극적 장치로 활용하였다. 그러나 근대극에 이르러서는 독백이란 것이 자연스럽지 못하다는 점을 들어 그 기능은 점차 약화되었다.

독백과 유사한 것으로 "방백"(aside)이라는 화법의 형태가 있다. 방백은 '관객에게 낮은 목소리로 짧게 몇 마디 말을 던지는 것'을 의미한다. 방백 역시 연극적 약속의 하나로, 이것의 특징은 무대 위의 다른 인물에게는 들리지 않는다고 설정된 점이다. 대개 방백을 하는 인물은 무대 위의 인물 쪽에서 보이지 않게 등지거나 손을 가리고 말을 하는 특징이 있으며, 텍스트의 지문에도 방백이라는 것을 표시한다. 그런데 방백은 희극과 멜로드라마와 같은 특정한 장르에서 주로 사용되었으며, 자연스러움을 강조하는 근대극에서는 거의 사용되지 않는다.

"침묵"과 "휴지"(pause)란 대화 도중에 대화 참가자가 말을 중단하는 것, 혹은 말이 없는 상태를 가리킨다. 침묵은 대화자의 말 대신에 "… …"로 표시되거나, 지문 안에 '잠시 후'라든가 '망설임' 등의 표현으로 표시된다. 침묵은 단지 말을 하지 않는 것만을 나타내는 것일까? 대부분 대화로 이루어진 극작품에서 침묵은 단지 말을 하지 않는 것 이상의 의미를 지니고 있을 것이다. 그러나 "말없음" 속에 담겨진 의미는 각 작품의 상황마다 다를 수밖에 없다. 체홉의 〈벚꽃동산〉 마지막 장면에서 병든 하인 피르스의 대사 속에는 "… …"가 여러 차례 나온다.

피르스 : (문가로 가서 손잡이를 돌려 보며) 잠겼군. 그들은 가버렸어. …… (소파에 앉는다) 그들은 날 잊어 버렸어. …… 그래두 걱정할 건 없지. …… (중략) 젊은 사람들이란 …… (잘 알아들을 수 없는 말을 웅얼거린다) 인생이란 게 내가 살지 않았던 것처럼 스쳐 지나갔어. (그는 눕는다) 조금 누워야지. …… 내겐 힘이 없어. 남겨진 것도 없구. 모든 게 가버렸어. 아아 난 아무 것도 없어도 괜찮아. (누운 채 움직이지 않는다)

하늘에서 내려오는 듯한, 마치 하프 줄이 끊어지는 듯한 소리가 들려오다가 슬프게 사라진다. 다시 모든 게 잠잠하다. 다만 멀리서 도끼 찍는 소리가 들려올 뿐이다. - 막 -

이 장면에서는 '말없음'을 통해 피르스의 인생이 끝나가고 있으며 더불어 한 시대가 마감되고 있음을 적절히 보여 준다.

이처럼 구체적으로 말이 없는 침묵 이외에 특수한 형태의 침묵도 있을 수 있다. 그것은 '말의 홍수', 혹은 수다 속에 들어 있는 침묵이다. 어떤 인물이 자신의 감정을 숨기기 위해 아무 말이나 마구 쏟아낸다면, 그와 같이 쏟아지는 말에 의해 위장된 침묵이 있다. 이런 사실이 극작품 안에서 매우 중요하다는 것을

156

지적한 사람은 현대 극작가 해롤드 핀터이다. 그는 "침묵에는 두 가지 종류가 있는데, 하나는 아무 말도 하지 않을 때의 침묵이고, 다른 하나는 언어가 마구 쏟아질 때의 침묵이다. 말은 그 이면의 언어에 대해서도 끊임없이 언급한다."고 지적하면서, 특정한 상태의 노출을 감추기 위한 전략으로서의 침묵을 지적한 바 있다. 체홉의 〈벚꽃동산〉에는 '말없음'과 '말의 홍수'가 적절히 사용됨으로써, 극적 상황이 효과적으로 전개되고 있다.

8. 말과 관련된 여러 표현들

말은 그 말을 실제적으로 사용할 배우들의 억양과 강세, 멈춤, 음성의 조절 및 표정과 제스추어, 동작 등의 연극적 장치를 자극한다. 또한 그런 것들을 표현할 목적으로 쓰여져야 한다. 이런 것들은 다 말 속에 녹아 있어야 하며, 말을 하면서 자연스럽게 표출되어야 한다. 또한 배우가 몸을 사용해서 표현하는 제스추어나 움직임, 활동, 그리고 관계가 중요한 수단이 될 수 있으며, 배우들과 관련된 분장, 의상, 소품과 같은 요소들도 배우들의 행동에 영향을 줄 것이다. 경우에 따라서는 노래, 음악, 음향, 침묵과 같은 청각적 요소들이 효과적인 표현 수단으로 사용되기도 하며, 무대 위의 요소로서 시각적 대상물, 조명, 이미지 등도 관객들에게 소통의 도구로 사용될 수 있다.

체홉의 〈벚꽃동산〉 3막은 라네프스카야 부인이 소유하고 있던 벚꽃 동산 경매 소식을 궁금해 하는 가운데 극이 전개된다.

라네프스카야 : 과수원이 팔렸나요?

로빠힌 :팔렸습니다.

라네프스카야 : 누가 그걸 샀죠?

로빠힌 : 제가 샀습니다.

> 침묵, 라네프스카야는 희망이 꺾인다. 근처에 의자나 탁자가 없
> 었다면, 아마 넘어졌을 것이다. 바랴는 허리끈에서 열쇠를 꺼내
> 서재 가운데에 던져놓고, 밖으로 나간다.

여기서 열쇠 꾸러미를 던지는 행동은 벚꽃 동산의 소유권을 넘겨주는 것을 의미한다. 열쇠가 로빠힌에게 건네진 후 경매 결과에 대해 서로 말하기를 꺼려하면서 조성된 긴장감은 사라지게 되면서, 극적 사건은 최종적인 종결부로 치닫게 된다. 이처럼 특정한 행동이 극중에서 상당히 중요한 의미를 띄는 경우가 있다. 이 작품의 종결부에는 음향이 중요한 상징적 의미를 지니고 있는데, 앞서 예시한 피르스의 대사 다음에 나오는 하프 줄 끊어지는 듯한 소리와 도끼 소리가 그것이다. 이 장면에서 하프 줄 끊는 듯한 슬픈 음향은 한 시대의 종말을 나타내는 것이며, 더 이상 열매를 맺지 못하는 나무들을 찍어내는 도끼 소리는 새로운 시대의 건설을 상징하는 음향으로 기능한다.

등장인물들이 입는 의상은 그들의 성격이나, 취향, 직업, 신분 등을 나타내는 수단이 된다. 특별히 일상적이지 않은 의상은 여러 인물들 가운데에서 두드러지게 눈에 띄게 되는데, 일제 치하의 가난한 농어촌 계층의 삶을 다룬 많은 극작품에서

분위기와 맞지 않는 사치스런 옷차림새의 인물들이 많이 등장한다. 그들은 도회지의 호화로운 옷차림새를 뽐내면서 자랑하지만, 실상은 기생이나 여급으로 전락했음이 곧 드러난다. 박영호의 극작품 〈물새〉의 소수례라는 여성은 경성의 까페 여급으로 돈을 많이 벌었다고 자랑하면서, 살기 어려운 어촌 고향 마을 사람들에게 도회지를 동경하는 허황된 욕망을 심어 놓는 역할을 한다. 생활에 충실하지 못한 그녀의 허황된 삶은 바로 그녀의 의상으로 표현된다.

입센의 〈유령〉에서는 조명 효과가 중요한 매체로 사용된다. 이 작품의 종결부는 알빙 부인과 날이 밝아오자 탁자의 등불을 끈다는 지문으로 시작된다. 이제 막 어두움이 가시고 새벽이 오자 밤을 밝히던 등불은 더 이상 쓸모가 없어진 것이다. 그런데 〈유령〉의 배경인 노르웨이의 피요르드에 비쳐지는 햇빛은 뒷배경의 빙하에 반사되어 비치는 것이기에 더욱 빛날 수밖에 없다. 여기서 햇빛은 모든 상황을 밝혀 주는 것으로, 아들 오스왈드의 숨겨진 병을 드러내게 해 주는 결정적인 역할을 한다. 이 작품에서는 조명 효과를 통해 비극적인 진실을 극명하게 드러내 보여 준다.

5장
극문학의 논리와 관념

연극이라는 활동의 틀 역시 경기장 안과 같은 무대와 경기장 밖과 같은 객석으로 이루어져 있다. 또한 무대 안에서 활동하는 배우와 그것을 지켜보는 관객의 구분 역시 엄격한 편이다. 이처럼 연극 활동은 무대 / 객석, 배우 / 관객, 그리고 연극 행위 / 관극 행위 사이의 엄격한 구분을 토대로 이루어진다.

1. 틀

　연극을 포함한 모든 사회 활동은 그 활동의 참여자들이 활동 주위에 둘러치는 "틀"(frame)에 의존한다고 사회학자 베잍슨(Bateson)은 말하였다. 특정한 틀 안에서 활동하는 사람들이 자신의 주위에서 일어나는 일들을 잘 이해한다면, 그는 자신이 이해한 규칙이나 원리에 맞게 행동하게 된다. 예를 들어 길거리 농구를 즐기는 학생들이라면, 길거리 농구의 규칙을 잘 파악하고서 게임을 펼쳐야 한다. 만약 이떤 사람이 축구의 룰인 '오프 사이드'가 농구에도 적용된다고 이해하고 느슨하게 수비를 편다면, 그는 번번이 상대편의 공격에 속수무책일 수밖에 없을 것이다. 농구 경기에 오프 사이드 규칙이 없는 이유는, 그 경기종목에 관련된 사람들끼리 '그렇게' 정했기 때문이다. 이처럼 각 경기의 틀은 활동에 참여한 사람들끼리의 관습적인 약속에 따르게 마련이다.

경기장 밖에 있는 사람들은, 예를 들어 관중이나 지나가는 행인, 심지어 코치까지도 그 안으로 들어 갈 수 없다. 그러니까 경기장 즉, 정해진 틀 밖에 있는 사람은 어느 누구도 경기장에서 진행되는 경기에 끼어들 수 없다. 심지어 감독이나 코치가 심판에게 항의하거나 선수들에게 무언가 지시할 때라도 경기장 밖에서 해야 한다. 왜냐 하면 그들은 선수들과 달리 경기장 안에서 무엇인가를 할 수 있는 권한을 부여받지 못했기 때문이다. 틀 밖에 있는 사람들은 틀 안에서 활동하고 있는 사람들과의 약속이나 협의가 사전에 이뤄지지 않고는, 함부로 틀 안에서 이루어지는 활동에 끼일 수 없다.

이와 마찬가지로 연극이라는 활동의 틀 역시 경기장 안과 같은 무대와 경기장 밖과 같은 객석으로 이루어져 있다. 또한 무대 안에서 활동하는 배우와 그것을 지켜보는 관객의 구분 역시 엄격한 편이다. 이처럼 연극 활동은 무대 / 객석, 배우 / 관객, 그리고 연극 행위 / 관극 행위 사이의 엄격한 구분을 토대로 이루어진다. 무대라는 정해진 틀 안에서 배우들이 무엇인가를 행하는 연극 행위에 대해, 무대 밖에 있는 관객은 같이 참여하거나 간섭하거나 끼어 들 수 없다. 〈햄릿〉에서처럼 무대 위에서 끔찍한 살인 사건이 여러 차례 일어날지라도, 관객들은 그것을 보고 감상할 뿐이지 누구 하나 살인을 말리거나 경찰에 신고하는 사람은 없다.

이처럼 관객은 무대를 통해 제시된 허구적 삶이 연기자로 지정된 사람들에 의해 제시될 것이라는 사실을 받아들인다. 또한 관객은 그 현실에 대해 직접적으로 참여할 권리나 의무가 없는 단순한 관찰자에 불과하다는 사실도 인정해야 한다. 연극적 틀은 배우와 관객의 역할을 구분하고 그에 따른 관객의 "의도적인 불참여"를 전제로 이루어진다. 그러므로 틀 밖에 위치한 관객들은 무대라는 틀 안의 세계를 단순히 구경하고 관찰하고 감상할 뿐이다.

연극에서 틀 안팎을 구분하는 장치들이 있는데, 대표적으로 객석과 뚜렷하게 구분되는 '무대'를 들 수 있다. 또한 무대와 객석을 구분시켜 주는 '조명', 객석과 무대 사이를 가로지른 '막' 역시 틀 안팎을 구분하는 장치에 속한다. 이와 같은 장치들을 통해 어떤 것들이 틀 안에 포함되는지를 분명히 알 수 있게 된다. 가끔 연기 중인 배우들이 객석에 뛰어드는 경우도 있는데, 이때에는 그 배우를 따라 특정한 조명이 비추어짐으로써 그의 행동이 틀 안의 것임을 인식시켜 준다.

틀과 관련하여 주목할 것은 관객들은 무대 위의 인물들이 살아가는 "가상 세계"와는 동떨어진 "현실 세계"에 살고 있다는 점이다. 즉, 무대 위의 배우들이 펼치는 세계는 가상 세계임에 비해, 관객들이 살아가는 세계는 당연히 현실 세계이다. 관객이 살아가는 현실 세계는 극작가가 창조하고 배우들이 꾸며내는 "허구적 세계"와는 엄연히 다르다. 20세기에 들어와 굳건히 자리를 잡은 사실주의 극에서는 우리가 살아가는 현실과 아주 흡사한 세계를 무대 위에 구성하고 있긴 하지만, 그렇다고 해도 그것은 극작가가 창조한 허구이지 현실은 아니다. 더군다나 비사실적인 극에서는 다루는 세계 – 예를 들어 환타지 작품이나 공상과학 작품의 세계 – 는 우리가 살아가는 현실 세계와 크게 다를 수밖에 없다. 이처럼 관객(무대를 상상하면서 작품을 읽는 독자)은 무대라는 틀을 통해서 새로운 세계를 경험하게 되는 것이다.

이처럼 무대 위에서 펼쳐지는 새로운 세계를 경험하는 것은 마치 환타지 문학에서 특별한 통로를 통해서 "이상한 세계"에 도달하는 것과 유사하다. 환타지 동화 〈이상한 나라의 앨리스〉에서 앨리스는 말하는 토끼를 따라 이상한 굴을 지나자 갑자기 신비스러운 나라에 도달하게 된다. 애니메이션 영화 〈센과 치히로의 행방불명〉에서도 주인공 가족은 이상한 터널을 지나서 신비스러운 환상 세계를 탐험하게 된다. 이와 마찬가지로 연극을 보러 온 관객(과 독자)은 객석과 무대 사이의 "보이지 않는 벽"(혹은 상상의 무대)을 통해 새로운 세상을 경험하게 된다. 이때 무대 위에서 펼쳐지는 특별한 세계를 "극적 세계"(dramatic world)라고 한다. 이제 극적 세계에 대해 알아보자.

2. 극적 세계

텍스트 상에 (혹은 무대 위에) 펼쳐진 극적 세계는 현실 세계가 아닌 가상의 세계이다. 그와 같은 극적 세계는 "마치 '실제 지금 여기에서' 진행되는 것처럼" 표현된다. 그래서 독자(관객)는 극작가(무대 예술가)가 가설적이고 반실제적인 이야기를 제공할 것이라고 예상한다. 다른 말로 설명하자면, 극작가(무대 예술가)가 창조한 세계에서 펼쳐지는 일들은 모두 다 꾸며낸 허구의 사건이지 실제가 아니라는 점은 오랜 사회적 관습을 통해 약속된 것이다. 그렇기 때문에 무대 위에서 피 흘리는 햄릿을 위해 구급차를 부르는 관객은 없을 것이며, 무대 위의 악당을 향해 총을 쏘거나 야유를 퍼붓는 관객도 아마 없을 것이다. 만약 그와 같은 관습과 약속이 존재하지 않는다면, (다른 말로 허구를 실제로 받아들인다면) 극적 세계가 구체적으로 펼쳐지는 무대 현장은 아수라장이 될 지도 모른다. 뉴질랜드 영화 〈피아

노〉의 한 장면에서처럼, 연극이 허구라는 사실을 모르는 원주
민들은 생전 처음 본 연극에서 악마에게 끌려가는 천사를 구하
기 위해 무대 위에 뛰어 올라가는 소동을 벌이기도 한다. 연극
을 처음 본 원주민들은 연극이 꾸며낸 허구라는 점을 알지 못
하고 실제 벌어지는 사건으로 받아들인 것이다.

그와 같이 허구적인 극적 세계는 대체로 '이미 존재하는 어
떤 것'으로 인식된다. 특정한 작품의 세계는 독자(와 관객)가
그 작품에 대한 어떤 내용이나 사실을 알기 훨씬 전부터 이미
존재해 온 것으로 가정된다. 독서(관극)와 같은 작품의 수용 과
정을 통해서만, 특정한 세계 안에 살고 있는 인물들의 정체, 그
리고 그 세계의 독특한 특성 및 역사·지리적 정보 등이 독자
와 관객 앞에 처음으로 드러난다. 우리가 어떤 작품을 읽기 전
에는 그 작품이 구체적으로 어떤 시대의 어떤 인물들을 어떻게
다룬 것인지 알 길이 없다. 하지만 작품을 읽고 보는 순간, 어떤
특별한 세상이 (상상의) 무대 위에 펼쳐지는 놀라운 체험을 하
게 된다. 예를 들어, 중세 덴마크 왕국에서 펼쳐진 한 왕가의 비
극적인 세계는 극작가 셰익스피어의 손을 빌어 독자(관객)의 눈
앞에 〈햄릿〉이라는 제목의 작품으로 비로소 접할 수 있게 된다.
(워낙 유명한 작품이기 때문에 작품을 읽거나 보지 않은 사람들
도 그 작품이 어떤 내용인지 대충 알 수 있겠지만, 또렷하게 독
자와 관객의 눈앞에서 펼쳐지는 생생한 세계는 아닐 것이다.)

다른 예로 스페인 극작가 가르시아 로르카의 〈나비의 저주〉
라는 2막 희극 작품을 들어 보자. 아마도 이 작품은 스페인 희

곡 전공자가 아니고는 거의 모르는 작품일 것이다. 이 작품은 매우 환상적인 세계를 보여 주고 있는데, 이 작품의 세계에는 목수 한 사람과 여러 종류의 곤충들이 등장한다. 이 작품의 세계는 중요 인물(?)인 나비와 여러 종류의 무당벌레들, 그리고 파리와 같은 곤충들이 사람의 말을 하면서 사람처럼 살아가는 세상이다. 작품 속의 극적 세계에서 행복하게 잘 살던 곤충들은 사람이 버린 책을 우연히 읽게 되면서, 세상의 온갖 번뇌와 고민을 짊어지게 된다. 그들 곤충은 책을 통해 너무나 많은 지식과 사실을 받아들이게 되면서, 자신 주변의 것만 사랑하면서 살던 삶을 버리고 온갖 삼라만상을 다 사랑해야 한다는 부담감을 얻게 된다. 그와 같은 부담감을 떨치지 못한 곤충들은 책을 던져준 목수를 저주하며 죽는다. 이 작품에서 인간을 무당벌레와 같은 곤충으로 비유했다면, 유일한 인간 목수는 창조자(혹은 창조자의 아들 예수)를 연상시킨다. 그러므로 이 작품은 곤충들의 세계를 빗대어, 너무나 많은 지식 속에서 혼란에 빠진 현대인의 모습을 희화적으로 그린 것이라 볼 수 있다. 이처럼 극작품을 감상하는 독자와 관객은 그 작품 속에서 펼쳐지는 특정한 세상을 처음으로 지켜보는 "산" 경험을 하게 된다.

독서와 공연의 과정을 통해 독자와 관객에게 제공되는 극작품의 세계는 하나의 미리 구조화된 세계이며, 본래부터 존재해 온 완결된 세상이다. 또한 이러한 극적 세계는 외부적 해설이 아니라 그 세계를 구성하고 있는 인물들과 그들이 펼치는 행동 및 진술에 의해서만 드러난다. 그런데 이와 같은 극적 세계는 완벽하게, 논리정연하게 구성되어 있지는 않다. (이와 같은 특징을 들어, 희곡을 "구멍 뚫린 텍스트"라고 부르기도 한다.) 왜냐 하면 극적 세계는 "지금, 그리고 여기"에서 일어나는 사건만을 보여 주기 때문이다. 그러므로 독자와 관객은 극작품을 감상하면서, 다양한 출처로부터 얻은 부분적이며 산재해 있는 극적 정보 조각들을 모아 하나의 논리정연한 구조로 재구성하여야 한다. 왜냐 하면, 극적 세계 내부의 복잡한 사건들과 인물들 간의 관계는 독자와 관객에게 불연속적이고 미완성적인 모습으로 다가오기 때문이다. 이처럼 복잡하게 얽혀 있는 작품 세계를 효율적으로 재구성하고 그 내용에 질서를 부여하는 것은 바로 독자와 관객의 해석 능력이다. 작품 내부에 존재하는 복잡한 플롯은 해체되어 독자와 관객이 파악한 줄거리로 전환되는데, 그 줄거리가 얼마나 정확하냐는 작품을 감상한 사람의 능력에 따라 달라지게 마련이다.

예를 들어, 19세기 말 노르웨이를 배경으로 한 〈유령〉의 세계는 근대 극작가 입센의 손을 빌어 우리에게 제공되었다. 그 작품의 세계는 어머니 알빙 부인과 아들 오스왈드를 중심으로 펼쳐진다. 무대 밖에서 일어난 고아원의 화재 사건이 중요하긴 하지만, 더 중요한 것은 어머니와 아들 사이의 관계이다. 그런데 그런 관계를 더 잘 알기 위해서 독자와 관객은 작품 속 세계에서 살고 있는 인물의 말과 심리 및 행동, 그리고 사건의 경과를 지켜보면서, 이전에 있었던 일들을 시간적 순서와 논리적 인과 관계에 따라 재배열해야 한다. 그리하여 오래전부터 있어 왔던 관계와 사건들을 극중에서 파악해야 하는데, 주요한 인물과 사건은 대체로 다음과 같다.

젊은 알빙 대위는 정숙한 여인을 부인으로 맞이하였지만 계속해서 바람을 피워, 사람들 사이에서 평판이 좋지 않았다. (알빙 대위는 작품 속에 등장하지는 않지만, 그의 존재는 〈유령〉의 극적 세계에서 상당히 중요하다.) 그래서 알빙 부인은 방탕한 남편과 이혼하고 싶었지만, 당시의 가부장적인 엄격한 풍습 때문에 이혼을 할 수 없었다. 그래서 알빙 부인은 아들 오스왈드가 아버지의 부정한 행동을 본받지 못하게 하려고 그를 멀리 파리로 유학을 보냈다. 〈유령〉의 극적 세계에는 알빙 가족 이외에 하녀와 목수 에스트랑드 부부와의 관계, 그 부부 사이의 딸 레지나의 존재, 그리고 알빙 부인과 만데르스 목사의 관계 등이 희곡 작품 이전 사건으로 설정되어 있다. 죽은 알빙 대위의 유산으로 건립한 고아원 낙성식을 앞두고 중요 인물들이 알빙 부인의 집에 모이면서 극적 세계는 이제 막 펼쳐진다. 작품이 시작되기 전에 이미 존재하고 있었던 "개막 전 사연"을 포함한 작품 〈유령〉의 세세를 처음 접한 독자와 관객이라면, 그 세계를 꼼꼼하게 재구성하면서 수용해야만 진정으로 그 작품을 제대로 감상했다고 할 수 있을 것이다.

그런데 대개의 극적 세계는 독자와 관객의 실제 세계를 기반으로 하는 경우가 많다. 그러므로 (상상의) 무대 위에 재현된 세계는 특별한 전제와 약속이 없는 한, 실제 세계의 논리적 법칙과 물리적 법칙을 따를 것이라고 여겨진다. 극적 세계에 대한 구체적인 배경 설명이 없다면, 그 세계는 독자와 관객이 몸담고 있는 현실 세계에 기반을 두고 있다고 볼 수 있다. 그러므로 실제 세계와 극적 세계 사이에는 상당한 중첩이 생기게 마련이다. 특별히 역사적 인물을 다룬 극작품에서는 더욱 그런 현상을 발견할 수 있게 된다. 예를 들어, 이집트 여왕 클레오파트라는 로마 제국의 카이사르 및 안토니우스와 관계를 맺었으며, 알렉산드리아 전쟁 및 악티움 해전 등의 사실과 관련이 있는 역사적인 인물이다. 그러므로 클레오파트라와 관련된 기본적이고 본질적 속성들을 갖추고 있는 작품들 – 예를 들어, 셰익스피어의 〈안토니와 클레오파트라〉나 버나드 쇼의 〈카이사르와 클레오파트라〉, 그리고 멘키비치 감독의 영화 〈클레오파트라〉– 의 극적 세계는 역사적인 실제 세계와 크게 다르지 않다고 여겨진다. 하지만 역사적 고증을 아무리 잘 한다 하더라도 그런 작품에는 상당량의 비역사적인 요소들이 들어 있게 마련인데, 그런 부분은 대부분 문제 삼지 않게 된다. 더 나아가 클레오파트라가 검은 머리가 아니라 금발이라거나 카이사르와의 사이에서 아들 쌍둥이가 아닌 딸 쌍둥이를 낳았다고 설정하더라도, 그것은 큰 문제는 아닐 수 있다. 이와 같은 비역사적 요소, 혹은 비본질적 속성들 때문에 클레오파트라에 대한 본질적 속성이 훼손되지 않는다면 말이다. 이와 같은 경우를 "시적 허용"(poetic licence)이라 한다. 그러므로 역사극을 지켜보면서 역사적 사실 여부를 논하는 것은 옳은 일이 아니다.

또한 극작품 가운데에는 실제적이지 않은 상황에 실제 세계의 인물들이 창의적으로 도입될 수도 있다. 경우에 따라서는 실제 상황(이라고 가정된)에 비실제 세계의 인물들이 살아가는 극작품도 가능하다. 예를 들어, 조선시대 임진왜란 당시에 홍길동과 임꺽정이 함께 왜군을 무찔렀다고 가정된 세계를 설정한 작품이 있다고 가정해 보자. 이러한 작품에서 두 인물이 동시대 사람이 아님에도 불구하고, 그 인물들의 초세계적 정체성은 손상되지 않는다. 또 다른 구체적인 예로 김우진의 1920년대의 극작품 〈난파〉에는 노래 제목인 "까로 노메"가 의인화되어 등장하고, 외국 문학 작품의 등장인물인 비비, 갈레오또 등이 등장하기도 한다. 최근에 개봉된 미국 영화 〈젠틀맨 리그〉에는 노틸러스 호의 선장, 투명인간, 뱀파이어, 지킬과 하이드, 그리고 톰 소여 등이 등장하여 문제를 해결하는 이야기로 설정되어 있다. 이 작품에 등장하는 인물들은 모두 시대와 장소를 달리하는 인물들이며, 개별 문학 작품이나 영화 속의 주인공들이다. 이 영화에서처럼 유명한 작품의 주인공들을 한자리에 모아 놓은 유별난 극적 세계에 대해 관객들은 특별히 의문을 제기하지 않는다. 문학이나 영화에서만 누릴 수 있는 허구적인 가상의 세계이기 때문이다.

하지만 극적 세계가 가상의 세계이긴 하지만, 나름대로의 실제성을 띈 구조물로 표현되어야 한다. 그러므로 아무리 환상적인 스타일의 극작품이라 하더라도, 그 작품의 고유한 세계 법칙에 따라 구성되어야 한다. 특정한 작품 세계에서만 허용되는 고유한 법칙이 제대로 형성되어 있다면, 〈오레스테스〉의 세계에서처럼 신과 인간이 동고동락할 수 있으며, 〈동 쥬앙〉의 세계에서처럼 동상이 움직이며 말할 수도 있다. 비록 독자(관객)의 생각에 그런 환상적이고 비현실적인 요소들이 자리 잡고 있지 않다고 하더라도, 그러한 특정 세계 법칙을 완벽하게 묵인할 수 있다. 특정 세계에서는 지구상에서처럼 중력의 법칙이 적용되지 않을 수도 있으며, 비현실적이고 환상적인 일들이 벌어질 수도 있다. 그렇지만 그 세계는 실제 세계의 것과는 다른, 그 나름대로의 일관된 법칙과 규칙, 논리에 따라 창조된 것이어야 한다. 그러므로 그런 곳에 살고 있는 특정한 인물에게는 당연한 것이자만, 현실 세계의 우리들에게는 전혀 낯선 것일 수 있다. 개별 극작품은 실제적인 세계를 다룬 것이든 비실제적인 세계를 다룬 것이든 간에 극작가가 창조해낸 허구의 세계이다, 독자와 관객은 자신이 목격한 상황이 단지 '그럴 수도 있었을 상황'이라는 공평한 의식을 잃지 않은 상태에서 그와 같은 세계의 재현에 몰입할 수 있게 된다.

3. 세 가지 관념

　허구적인 작품 세계의 논리와 법칙은 특정한 의미와 관념으로 귀결된다. 극작품의 관념이란 각 장면에서 떠오르는 개별적인 의미와 함께, 극작품 전체를 읽거나 보고난 다음에 최종적으로 드러나게 될 궁극적인 의미 모두를 가리킨다. 특별히 후자는 전체적인 의미로서 상층 의미, 혹은 "주제"라고도 한다. 발신자(극작가, 연출자, 배우 등)는 수신자(독자, 관객)에게 보여 주고 싶고 알리고 싶은 그 무언가를 극작품 안에 담아 두고 있으며, 수신자들이 받아들일 수 있는 매체를 통해 그 메시지를 전달하고 있다. 여기서 관념이란 크게 3가지 차원에서 발생하고 있다는 점을 분명히 할 필요가 있다. 3가지 차원의 관념이란 극작가(및 연출가, 배우 등의 발신자들)가 가지고 있는 관념과 공연이나 희곡을 통해 전달되는, 즉 매체에 포함된 메시지(관념), 그리고 관객이나 독자와 같은 수신자가 해독하고 수용한 관념으로 나눌 수 있다. 이제 극작가, 극작품, 그리고 독자와 관련된 관념에 대해 살펴보자.

극작가는 자신이 창작한 희곡 작품을 통해 그 무언가를 표현하고 보여주기 위해 자신만의 인물과 이야기, 사상 등을 갖고 있어야 한다. 즉, 극작품의 구성에 관한 착상이나 극작품을 통해 전달할 사상은 작품이 완성되기 전에 이미 극작가의 마음 속에 존재하고 있어야 한다. 극중인물의 행동을 통하여 사건을 구성하고, 극의 유형을 정하고, 작품의 스타일을 정하는 일은 극작가가 희곡 작품을 창작하는 과정에서 반드시 거쳐야 한다. 또한 윤리 의식이나 도덕관, 세계관, 그리고 역사관 등의 관념 역시 희곡 작품이 완성되기 전에 이미 극작가의 마음 속에 형성되어 있어야 한다. 그러나 극작가의 마음 속에 의도된 여러 가지 사상이나 관념, 의식 등은 반드시 희곡 작품을 통해서만 전달될 수 있는 것이지, 직접적으로 독자나 관객에게 전달될 수는 없다. 극작품을 음식에 비유하자면, 극작가는 다양한 재료를 사용해서 특별한 맛과 영양가와 향기 등을 만들어내는 요리사와 흡사하다. 여기서 극작가의 관념은 특정한 음식을 만드는 행위 과정과 결과적으로 그 음식을 먹는 사람에게 줄 즐거움과 영양을 고려하는 그만의 고유한 비법을 의미할 것이다.

경우에 따라서 희곡 작품 집필과 관련된 여러 가지 생각과 의도들은 "서문"(prologue)의 형식으로 직접 관객이나 독자에게 전달되기도 하였다. 서문(혹은 서언, 서곡)은 극작품의 서두에서 작품에 대한 개략적인 설명을 덧붙이는 것으로, 그리스극에서는 이야기 줄거리의 사전 조건들을 서문에서 전달하는 것이 관례였다. 그러나 서문은 셰익스피어 시대에 이르러서는 작가의 간단한 인사말로서 예의적인 내용이나 용서를 구하는 말, 혹은 주목해 주십사 하는 부탁의 내용으로 바뀌기도 하였으며, 특별히 현대극에 와서는 거의 사용되지 않는다. 이 서문은 특정한 시기의 관례였을 뿐이지 보편적인 기법은 아니라고 볼 수 있다.

특별히 오늘날의 비평적 관점에서 볼 때, 극작가의 의도와 관념, 사상, 의식 등을 지나치게 강조하는 것은 무리가 있다. 작품 자체보다 작가의 의도를 더 중요하게 여긴다면, 신비평가들이 주장한 "의도의 오류"(intentional fallacy)에 빠지는 잘못을 저지르게 된다. "의도의 오류"란 역사주의 비평 방법의 한계를 지적하면서 나온 비평 용어이다. 역사주의 비평 방법에서는 작가의 전기가 가장 중요한 중심 영역에 속하므로, 그에 따라 작품 자체보다도 작가의 의도와 생각, 사상 등을 더 중시 여긴다. 그러나 작가의 어떤 관념이나 의도가 반드시 작품 속에 그대로 나타나는 것은 아니며, 그리하여 한 작품이 완성될 때 그것은 작가와는 무관한 하나의 미직 실체가 된다고 보아야 한다. 그러므로 작가의 의도에 비추어 작품을 해석하고 평가하려는 역사주의 비평 방법은 그 전제에서부터 오류를 범할 가능성이 높다. 이처럼 작가의 의도와 사상을 우선시하는 태도를 신비평에서는 "의도의 오류"라 비판하였다.

그러므로 첫 번째로 발생한 극작가의 관념은 극작가의 창작 과정상에서 주로 논의되어야 할 뿐이지, 그 이상으로 강조될 수

176

는 없다. 왜냐하면 희곡 작품을 비롯한 모든 예술 작품은 일단 완성되고 나면, 그것은 "자율적 실체"가 되어 작가의 의도는 작품 속에 숨겨진다. 작가의 손을 떠난 작품은 '독립적 존재'가 되어 독자나 관객에게 여러 가지 방법으로 지각되고 읽히게 된다. 그러므로 일차적으로 희곡의 관념이 형성된 극작가의 의식과 의도는 더 이상 강조될 수 없으며, 오직 극창작 과정상의 중요한 과제로 인식될 수밖에 없다.

희곡 작품의 관념은 작품을 수용한 독자와 관객에게도 형성된다. 극작품을 읽거나 본 독자와 관객의 기억 속에는 그 작품이 무슨 이야기였는지, 또 무엇을 말하고자 했는지 등으로 압축될 수 있는 그 무언가가 남게 된다. 앞서 극작품을 음식에 비유했는데, 독자가 관념을 받아들이는 과정은 음식을 먹는 행위와 유사하다고 할 수 있다. 우리가 어떤 음식을 먹으면 음식의 일부는 위와 장에 머물렀다가 배설되어 없어지기도 하지만, 또 다른 일부는 체내에 흡수되어 우리 몸을 지탱해 준다. 이와 마찬가지로 극작품을 읽거나 보면서 어떤 사건이나 대사나 행동들은 그저 지나치게 되지만, 극이 끝나고 나면 그 무언가는 우리의 의식 속에 남게 된다. 설혹 감상한 극작품이 시간 때우기용이어서 특정한 의미나 메시지가 전달되지 않는다 하더라도, 그것은 잠재의식적인 차원에서 의미를 전달해 주는 기능을 담당할 수 있다. 통속적인 일일연속극이나 저속한 코미디 작품이라 할지라도, 그런 작품은 사회적 규범이나 행동 패턴, 문화적 가치 등을 간접적으로 확립해 줄 수도 있기 때문이다.

이처럼 독자는 희곡 작품을 읽고 연극을 보는 동안 어떤 생각을 하고, 깨닫고, 판단하고, 유추한다. 독자들은 희곡 작품을 읽어나가는 동안 작품이 무엇에 관한 것이며, 무엇을 말하고자 했으며, 무엇을 의미했는가를 스스로 해석해내야 한다. 독자와 관객은 극이 진행되는 가운데 작품의 궁극적인 의미와 그것에 대한 가치 판단 등을 자신이 지각한 것으로부터 이끌어내야 한다. 매번 극작품을 대할 때마다 극작가의 직접적인 해설이나 설명을 통해 극작품의 의도를 확인하는 일은 무의미하다. 그러므로 독자의 관념은 극작가의 관념이나 극작품 자체의 관념과 일치할 수도 있지만, 그렇지 않을 수도 있다. 독자는 극작가가 전달하고자 하는 관념을 제대로 파악하지 못할 수도 있기 때문이다.

앞서 지적했듯이, 극작가가 의도한 관념이나 사상은 희곡 작품 자체에 녹아 있으므로 희곡 작품 속에 숨겨져 있는 의미들을 독자는 읽어내야 한다. 극작품에서 제시하고자 하는 견해나 사상 등은 궁극적으로 플롯의 재료가 된다는 측면에서, 플롯은 관념을 수반한다. 극중 사건을 통해 '갈등·대립하는 두 세력은 무엇인가?', '이들 중 누가 이기는가?', '왜 이기는가?' 가 제시된다면, 이와 같은 과정 속에 자연스럽게 작품의 종합적 의미가 파악될 수 있다. 즉 극작품 안의 인물과 사건은 결국 인간의 가치관이나 행동 양식에 대한 극작가의 견해를 나타내기 때문이다.

〈햄릿〉을 예로 들어 보자. 〈햄릿〉은 극적 세계를 지배하고 있는 왕 클로디어스와 독살된 선왕의 복수를 위해 고군분투하는 왕자 햄릿 사이의 갈등을 다루고 있다. 클로디어스가 햄릿보다 더 많은 권력을 쥐고 있었지만 최종적인 승리는 햄릿에게 돌아간다. 주인공의 의로운 죽음과 함께 맞이한 극의 종결부를 통해, 불의한 세계를 바로 잡으려고 헌신하는 영웅적 인물의 의지를 예찬하고 있다. 상당히 복잡하게 얽힌 플롯을 풀어가는 재미가 있는 환타지 작품의 경우는, 대부분 분명한 선 / 악의 대결 구도를 보여 주며 최종적으로 선이 악을 이기는 결말을 보여 준다. 이처럼 각 작품의 플롯 안에 작가가 제시하고자 하는 관념이 내재되어 있다.

또한 극작품 안에서 관념은 인물 묘사를 통해 드러나기도 한다. 관념이 인물을 통해 드러나는 방법은 크게 세 가지가 있다. 첫째 극중 인물이 자신의 욕망이나 감정을 드러내면서 특정한 관념을 표현할 수 있다. 또한 극중 인물들이 생각에 잠겨 있으며 고민하는 동안, 자신의 생각과 의도를 표현하기도 한다. 마지막으로 극중 인물이 선택을 하고 결정을 내리는 순간에도 특정한 사상이 형상화된다.

예를 들어, 테네시 윌리암스의 〈욕망이라는 이름의 전차〉에서 블랑쉬는 새로운 안식처를 찾고자 하는 욕망을 지닌 반면, 스탠리는 자신의 영역을 빼앗기지 않으려는 의지를 보여 주면서 두 인물 사이의 대립각을 날카롭게 세워 나간다. 〈살아있는 이중생 각하〉에서 이중생은 아들과 딸을 바쳐서라도 일제 말기에 이어 미군정 하에서도 권력을 잡으려는 탐욕을 부린 끝에 파멸하고 만다. 이중적인 삶을 살려던 이중생의 욕망을 통해 극작가 오영진은 미군정 하에서 지속적으로 권력을 유지하려는 친일반역자들의 행각을 비판하고자 하였다. 이처럼 극적 세계에서 펼쳐지는 사건과 인물 속에는 작품의 의미가 내재되어 있다.

4. 의미의 위계

가. 문자적 의미와 암시적 의미

〈신성한 희극〉(divine comedy)을 발표한 중세 작가 단테는 자신의 작품에 대해 "문자적 의미"와 "암시적 의미"가 다를 수 있다고 언급한 바 있다. 여기서 〈신성한 희극〉은 흔히들 〈신곡〉(神曲)으로 잘 알려진 작품을 가리킨다. 이 작품의 원래 제목은 행복하게 끝맺음을 한다는 의미에서 〈희극〉이었으나, 나중에 '거룩한', '신성한' 이란 의미의 형용사를 추가하여 〈신성한 희극〉(divine comedy)이란 제목이 붙었다. 그러므로 의미가 불분명한 '신곡' 이라는 제목 대신 원뜻에 가까운 '신성한 희극' 이라고 불러야 한다. 이 작품은 "지옥", "연옥", "천국"의 3부로 이루어져 있으며, 주인공 단테가 베르길리우스와 베아트리체, 그리고 성 베르나르의 인도에 따라 지옥, 연옥, 천국을 여행하는 내용으로 되어 있다. 이 작품은 주인공 단테와 함께 3계(三界)를 여행하는 동안, 독자는 차츰 영혼의 정화를 이루어 나가게 되는 구조로 꾸며져 있다.

이 작품에서 작가 단테는 표면적으로 드러난 "문자적 의미" 이외에, 작품에 내재해 있는 암시적 의미로 "비유적 의미"(allegorical meaning)와 "도덕적 의미"(moral meaning), 그리고 최종적으로 "우의적 의미"(anagogical meaning)가 있다고 주장하였다. 그러므로 이 작품의 네 가지 의미는 다음과 같다. 먼저 문자적 의미로는 1주일간 펼쳐진 주인공의 3계 여행을 뜻한다면, 비유적 의미로는 로마 제국의 재건과 이탈리아 반도의 정치적 통일을 뜻할 수 있다. 도덕적 의미로는 죄의 상태에 빠진 당대 사회 현실을 넘어서 은총의 천국에 나아감을 나타낸다면, 우의적 의미로는 선택 받은 주의 자녀가 삼위일체 하나님 안에서 영혼의 정화(淨化)를 얻어감을 의미한다.

단테는 네 가지 의미에 대해 설명하면서, 이스라엘 백성이 모세의 인도로 이집트로부터 자유를 얻어 이스라엘 땅으로 간 구약 성서 이야기를 예로 들었다. 이스라엘 백성의 출애굽 이야기는 문자적 의미로 하나의 역사적 사실을 뜻하지만, 비유적 의미로는 그리스도에 의한 인류의 갱생 이미지를 뜻한다고 설명하였다. 나아가 출애굽 이야기의 도덕적 의미는 죄의 상태에서 은총의 상태로 옮겨진 것을 나타내는 이미지이며, 우의적 의미는 영혼이 결국 영원한 기쁨 속으로 받아들여진 것이라고 단테는 설명하였다.

단테가 사용한 용어 가운데에서 "비유적"이란 표현은 오늘날 "상징적"이란 표현이 더 적합할 수 있으며, "도덕적"이라는 표현 대신에 "정치적", "이념적"이라는 표현이 더 적합할 수 있다. 최고의 의미를 뜻하는 "우의적" 의미는 성경에서 유추할 수 있는 궁극적인 "영적" 의미를 말하는 것인데, 이는 관객이 경험할 수 있는 최고의 지적, 영적 통찰을 뜻한다. 오늘날의 관점에서 본다면, 최고의 영적 통찰을 뜻하는 우의적 의미에 도달하기 이전에 파악될 수 있는 내재적 의미인 상징적 의미와 이념적 의미가 더욱 중요하게 여겨진다. 이는 모든 극작품에서 종교적이고 영적인 의미를 반드시 유추해야만 하는 것은 무리가 있기 때문이다.

차범석 작 〈산불〉의 경우를 예로 들어 보자. 이 작품의 문자적 의미는 '한국전쟁 도중 한 마을 대나무 숲에 난 불'을 가리킨다. 또한 이 작품의 상징적 의미로는 '전쟁이 남긴 대중적 삶의 황폐화'를 뜻하고, 이념적 의미로는 '대중의 삶과 상관없이 진행된 이념 전쟁의 비참상'을 뜻할 수 있다. 하지만 이 작품에서 우의적(영적) 의미를 도출해 내기란 쉽지 않다. 굳이 〈산불〉의 영적 의미를 찾는다면, '인간적 반목과 갈등을 간직하고는 구원에 이르지 못한다'는 의미를 찾을 수 있을 것이다. 하지만 이 작품의 영적 의미가 앞서 설명한 상징적 의미와 이념적 의미만큼 중요한 것으로 인식되기는 어렵다. 어쨌든 단테의 〈신성한 희극〉이 중세 기독교적 세계관 아래에서 창작되었기 때문에 결국 종교적 의미를 나타내지 않을 수 없었다는 사실은 인정할 수밖에 없겠지만, 오늘날 모든 예술 작품에 일방적으로 종교적 관점을 적용시키는 것은 무리가 아닐 수 없다. 그러므로 극작품의 내재적 의미를 논할 때에는 일반적으로 상징적 의미와 이념적 의미를 중점적으로 다룰 수 있겠다.

나. 상징적 의미

연극과 상징은 불가분의 관계라 할 수 있다. 무대라는 틀 자체가 바로 세상에 대한 상징이기 때문이다. 특별히 셰익스피어는 "세상은 무대요, 인간은 배우"라는 말을 한 바 있다. 그는 〈맥베드〉에서 인생이란 "무대 위에서 자기 시간 동안 걷고 안달하다가 사라지고 마는 불쌍한 배우, 걸어다니는 그림자"라고 비유하였다. 쉴러 역시 '무대는 세상을 의미한다'고 말한 바 있다. 이들은 극장, 무대라는 틀이 개별적인 인물이나 세속적인 물건과 사건들을 의미 있는 그 무엇으로 상징화하는 기능을 한다는 사실을 잘 알고 있었다. 그래서 무대 위에 등장한 로미오는 '첫 눈에 반해 버린 사랑'을 의미하고, 〈미스 쥴리〉의 쥴리는 '버릇없고 정서불안한 젊은 여성'을 나타낸다. 〈에밀리아 갈롯티〉의 장미는 '사랑'의 상징이기도 하지만 유혈이 낭자한 '죽음'의 상징이기도 하다. 또한 〈빌헬름 텔〉에 나오는 스위스의 산들은 스위스인들이 열망하는 '자유'를 상징한다.

이처럼 무대라는 틀은 극적 세계 안의 인물과 사물과 대상물,

심지어 사건들까지도 상징화한다. 그러므로 단테가 말한 상징적 의미는, 무대 위에서 전개된 개별적인 사항들을 인생과 세상 및 인간 조건에 대한 일반적인 인식으로 고양시켜 준다. 이처럼 연극은 인간의 삶을 상징한다.

"상징"(symbol)은 어떤 하나가 다른 것을 표상하는 상황을 의미하는데, 앞선 예에서처럼 장미는 사랑을 나타낸다.(경우에 따라서는 죽음을 나타내기도 한다.) 상징은 작가로 하여금 한정된 지면 안에 많은 것을 포함시킬 수 있게 하는 중요한 기법이 아닐 수 없다. 상징은 일종의 열쇠 구멍으로 비유할 수 있는데, 우리가 열쇠구멍을 살짝 들여다보면 문 뒤쪽에 있는 방의 일부를 볼 수 있게 된다. 경우에 따라서는 시야의 각도를 달리하여 더 많은 것을 볼 수도 있는 것처럼, 상징은 풍부한 의미를 나타낼 수 있다.

상징과 유사한 기법으로, "제유법"(Synecdoche)과 "환유법"(metonymy)에 대해 살펴보자. 제유법이란 부분을 통해서 전체를 상징하는 경우를 가리키는데, 창틀이나 가구와 같은 방의 일부분을 통해서 '방' 안 전체를 나타낼 수 있다. 고딕 스타일의 첨탑으로 '교회'를 나타내며, 빗장 친 창문으로 '감방'을, 한 채의 군대 막사로 '전쟁터'를, 몇 그루의 나무로 '숲'을 나타내기도 한다. 이러한 제유법은 연극 무대에서 배경을 나타내는 중요한 방식이 아닐 수 없다. 그밖에 우산과 중절모로 '영국 신사'를 나타내고 청와대가 '한국 대통령'을 나타내는 방식은 환유법이라 하는데, 이는 결과에 의한 원인의 대치, 혹은 유사

185

물에 의한 실물의 대치를 의미한다.

상징과 관련하여 "모티프"(motif)의 작용에 대하여 살펴 볼 필요가 있다. 원래 모티프라는 용어는 음악에서 빌려온 것으로, 한 음악 작품에서 반복적으로 드러나는 테마를 가리킨다. 이처럼 여러 차례 반복적으로 들려오는 주제 선율은 관객이 쉽게 확인 가능하며 그에 따른 감동도 쉽게 받을 수 있다. 그러므로 극작품 안의 모티프는 극중에서 여러 번 반복해서 나타나지만 처음에는 독자와 관객에게 크게 의식되지 않다가, 극의 후반부에 가서 큰 의미로 다가오는 경우를 말한다. 예를 들어, 현대극작가 조광화의 〈남자충동〉에서 '남자다움'의 도구로 칼이 반복적으로 나타나는데, 다른 사내들을 지배하는 칼이 결국은 주인공 자신을 파멸시키는 수단이 되고 만다. 조광화의 〈가마〉에서는 무조건적으로 가장을 떠받들고 다녀야 하는 힘없는 여성과 자녀들의 질곡과 속박을 나타내는 도구로서 가마가 작품 전편에 걸쳐 사용되는데, 이는 기형적으로 사회 구성원들을 속박했던 '봉건적인 질서'를 나타낸다. 상징이 다른 것을 나타내는 것이라면, 모티프는 그 자체만을 의미하거나 자체 생산적이다. 암시적인 성격을 지닌 모티프에 대한 독자(혹은 관객)의 해석은 다양할 수 있다. 그렇기 때문에 모티프는 개별 극작품에 사용되었을 때, 폭넓은 함축성과 독창성이나 상상적인 집중성을 보장하는 중요 수단이 될 수 있다.

다. 이념적 의미

단테가 제시한 도덕적 의미, 혹은 이념적 의미나 정치적 의미에 대해 살펴보자. 동서고금의 수많은 극작품 가운데에는 의도적으로 이념적 의미나 정치적 의미를 드러낸 작품도 상당수 있었다. 경우에 따라서는 이념적 의미를 의식적으로 표방하지 않은 극작품이라 할지라도, 특정한 상황 속에서는 특정한 이념적 의미로 읽힐 수 있다. 베케트의 〈고도를 기다리며〉는 한때 프랑스에서 비정치적이라는 이유로 비난을 받은 바 있었다. 그러나 알제리에서 소작농들을 위해 공연되었을 때에는, 이 작품이 한 번도 실현된 적이 없는 토지개혁의 상징으로 해석되었다. 또한 이 작품이 폴란드에서 공연되었을 때에는, 오랜 세월 동안 기다려 왔지만 현실성이 없어 보였던 러시아로부터의 해방을 의미하였다. 이처럼 가장 비정치적이라고 비난 받던 극작품이 특정한 맥락 아래에서는 상당히 정치적인 의미를 지닌 것으로 인식될 수도 있다.

만약 한 극작품이 특정한 한 가지 관점을 지나치게 우호적으로 미화하고 있다면, 그런 사실을 알아챈 독자와 관객들은 두 가지로 나뉠 가능성이 높다. 만약 관객들이 의도적으로 기획된 정치극의 메시지와 일치하는 선입관을 가지고 작품에 임한다면, 강력한 정치적 영향력을 발휘할 수 있다. 이러한 정치극 가운데에서 가장 성공적인 경우를 애국적 국민연극이라 부르는

데, 대표적인 작품으로는 셰익스피어의 〈헨리 5세〉와 괴테의 〈에그먼드〉, 실러의 〈오를레앙의 처녀〉와 〈빌헬름 텔〉 등을 들 수 있다. 2차 세계대전을 치르고 있던 영국민들에게 힘을 불러넣어 준 작품은 다름 아닌 셰익스피어의 〈헨리 5세〉였다. 영국의 왕 가운데에서 가장 위대한 통치자였던 헨리 5세의 업적을 극화한 이 작품은, 수적 열세를 극복한 불굴의 의지와 평화를 향한 대의명분 등을 통해 전쟁을 수행하고 있던 영국민들에게 강한 자부심과 위안을 줄 수 있었다. 또한 스위스의 건국 영웅의 생애를 극화한 〈빌헬름 텔〉, 영국과의 백년 전쟁에서 프랑스를 구해낸 쟌 다르크를 다룬 〈오를레앙의 처녀〉, 그리고 네덜란드 건국의 영웅을 그린 〈에그먼드〉 역시 해당 자국민들에게 긍지를 심어 준 극작품으로 알려져 있다. 그밖에 폴란드의 〈선조들의 이브〉 등과 초기 소련 영화 걸작 등이 이에 속한다.

그러나 이러한 정치극 작품들은 특정한 이념적 견해를 선전하기 위한 것들이었으나, 오히려 정반대의 역효과를 낳을 수 있다. 이러한 작품들은 이미 개종한 사람들에게 개종하라고 설교하고 있는 것과 같이 계속해서 효과를 거두기란 대단히 어렵다. 해방 이후 남한 사회를 비방하며 북한 체제의 우월성을 선전한 북한의 이념극은, 북한 사회 내에서는 효과적이었을지라도 남한 사회에는 북한 사회의 편협성을 드러내는 도구로 인식될 수밖에 없었다. 또한 지나치게 노골적으로 선전적이거나 이념적으로 편향된 작품은 관객으로부터 외면을 당할 지도 모른다. 이러한 극작품들은 표면적으로 목적의식 고취를 위한 선전 선동

효과가 별로 크지 않을 수 있으며, 단기적으로 효과를 보려는 시도 역시 성과가 그리 크지 않았다.

오히려 정치적, 이념적 영향력이 큰 경우는 이념과 사상을 직접적이 아니라 간접적인 방법으로, 혹은 표면적이 아닌 암시적으로 드러내는 극작품이다. 그 예로 정치적 영향력이 미미하다고 여겨졌던 보마르쉐의 〈피가로의 결혼〉이 프랑스 혁명에 가장 강한 영향력을 끼쳤다고 한다. 하인이 주인보다 지적으로 우월하고 그리하여 주인의 위선에 저항해서 승리하는 이 작품의 내용은, 봉건적인 왕족과 귀족에 맞서야 하는 시민 계급에게 혁명의 당위성을 간접적으로 그리고 암시적으로 드러냈던 것이다. 다른 예로, 입센의 〈인형의 집〉과 〈유령〉, 〈민중의 적〉, 그리고 하우프트만의 〈직조공〉, 고리키의 〈밑바닥〉과 같은 사회극 역시 당시 사회상을 단지 사실적으로 그려냈을 뿐이다. 그럼으로써 발표 당시에는 점진적이고 간접적으로 충격을 전했겠지만, 이후 지속적인 토론과 논쟁 등을 불러 일으켜 당대 사회에서 가장 강력한 영향력을 행사할 수 있었다.

우리 근대극은 도입 초기에 애국 계몽의 수단으로 사용된 이래, 극작품의 이념성이 늘 관심의 대상이 되지 않을 수 없었다. 특별히 1920년대 중반 이후 프로 연극은 사회주의 이념 전파의 도구로서 널리 대중의 사랑을 받아 왔다. 그러나 일제는 혹독한 검열의 칼날을 앞세워 이념 지향적인 연극을 탄압하였으며, 1940년대에 이르러서는 일제의 침략 전쟁을 미화하는 "국민연극"을 강요하였다. 그리하여 해방 전까지 우리 연극은 일제가 강요하는 '내선일체'와 '황국신민화' 등의 이념을 전파하는 도구로 전락한 적도 있었다.

이후 펼쳐진 해방 공간의 연극 상황에서는 좌·우 이념 대립이 극렬하게 전개되면서, 연극의 이념성이 두드러지게 부각되었다. 이 당시 좌익 진영에서는 일제잔재 청산과 민족연극의 수립 등을 주장하면서, 사회주의적 연극운동을 활발하게 전개하였다. 그에 비해 우익 진영에서는 연극의 순수성을 내세우며 탈정치적 연극을 지향하였다. 이후 좌익 진영은 월북하여 북한의 정치적 선전극을 수립하면서, 연극의 이념성을 철저히 유지하였다. 우익 진영의 순수 연극론도 이념과는 거리가 먼 연극을 지향했지만, 결국은 남한 정부의 선전 도구로서 건국 촉진 문화계몽운동에 나서지 않을 수 없었다.

7. 사상 통제 수단으로서의 검열

"검열"이란 정치적 목적을 위해 문학, 연극, 영화 등의 예술 분야와 신문, 잡지, 출판, 방송을 비롯한 언론 매체와 개인의 서신이나 전화와 같은 통신 수단을 강제적으로 검사하고 통제하는 일을 가리킨다.

사상과 언론을 탄압한 최초의 사건은 중국을 통일한 진나라의 시황제가 저지른 '분서갱유'(焚書坑儒) 사건이었다. 기원전 213년 시황제는 자신의 전제 정치를 관철시키기 위해 자신을 비난하던 유생 460 여명을 생매장시키고, 의학, 농학 등의 분야를 제외한 모든 책을 불사르게 하였다. 이후 동서고금을 막론하고 각 국가의 최고 권력자들은 자신의 권력을 유지하기 위해 갖은 수단과 방법을 다하여 검열을 일삼았다. 그리하여 중세 유럽에서는 전 유럽에 걸쳐 막강한 권력을 행사하고 있던 교회에서도 종교 권력을 유지하기 위해 다양한 검열을 실시하였다. 대표적인 예로, 중세 수도원에서 발생한 의문의 죽음을 파헤치면서 시작되는 움베르토 에코의 작품 〈장미의 이름〉을 들 수 있다. 이 작품에는 외부 유출을 꺼리는 금서(禁書)의 존재와 그와 같은 금서를 읽은 사람을 독살시키는 사건이 그려져 있는데, 여기서는 중세 교회의 검열 방법을 엿볼 수 있다.

이후 유럽에서는 왕권의 확립과 함께 국가 권력이 정치적 목적을 달성하기 위한 수단으로 검열을 사용하기 시작하였다. 검열은 권력층의 선전 도구로 사용되기도 하였으며, 적극적으로 사상 통제 및 강압을 위한 도구로도 쓰였다. 대표적인 예로, 독일 나치스 정권은 국민계몽성과 그 산하 당검열위원회를 두어 모든 표현 활동에 대해 나치스에 대한 충성을 기준으로 검열을 펼쳤으며, 당 친위대 조직, 군 정보부, 그리고 정치 경찰 게슈타포를 통해 강력한 사상 통제를 실시하였다.

검열은 평상시 검열과 전시 검열로 나뉜다. 평상시 검열은 사회 풍속과 윤리 도덕에 대해 사법 기관이 사후적으로 시행하며, 국가에 해를 끼치는 간첩을 막기 위한 방첩 활동을 위한 군사 검열이 사전에 시행되기도 한다. 전시 검열은 전쟁에서 승리하기 위해 자국민들에게 승리감 고취와 적국에 대한 적개심 고취 등을 목적으로 국가 전 분야에 있어 가장 강력하게 실시되는 바, 앞서 설명한 2차 세계대전을 일으킨 독일 나치스 정권의 전시 검열이 그 대표적인 예라 할 수 있겠다. 또한 검열은 크게 퇴폐적 음란물, 폭력성 조장과 죽음의 미화 등의 반인륜적 행위에 대한 사회 풍속적 검열과 반국가주의와 혁명적 내용 등의 정치 · 사상적 검열로 나눌 수 있다.

국가 권력에 의한 강압적 검열 이외에 언론 기관이나 예술 단체에서 자체적으로 검열을 시행한 경우도 있었다. 대표적인 것으로 1910년대 영화업자들은 자체적으로 "프로덕션 코드"(production code, 제작 기준)를 설정하고 내부적인 검열을 시행하기도 하였다. 이와 같은 자체 검열은 1913년 영국에서 시작되어, 1920년에는 독일에서, 1928년에는 프랑스와 이탈리아에서, 그리고 1929년에는 미국에서 각각 시행된 바 있다. 그러나 민주 국가에서는 이러한 사전 · 사후 검열을 헌법으로 금지한다. 이는 검열 제도가 국민의 표현 행위를 규제함으로써, 표현의 자유와 사상의 자유라는 민주 국가의 기본권과 배치되기 때문이다.

현대 사회에서는 대중에 대한 영향력이 엄청난 연극과 영화에 대한 통제와 검열이 극심하였다. 특별히 한반도를 강탈한 일제는 일본의 주권 비판 금지 조치 및 한민족 독립 사상 고취 금지 조치를 취하며, 일본 제국으로의 동화를 강요하였다. 그리하여 일제는 민족의 자각을 일깨우며 민족성을 고취하던 언론과 전통극 분야에 날카로운 검열의 칼날을 들이밀었다. 1900년대 후반 일제의 한반도 강점이 본격화되면서, 일제의 연극 검열은 시작되었다.

창작 판소리극이 시도되던 1900년대 후반, 한반도 강점을 기도한 일제는 전통극의 계승을 통한 근대극 수립의 기반 자체를 왜곡시켰다. 일제는 강점 이후 그들의 신파극만을 이식시키려

하였으며, 그에 따라 전통극 광대들은 서울 무대에서 설 자리를 잃고 지방 무대를 전전케 하였다. 삼일운동 이후 애국계몽운동이 요원의 불길처럼 피어오르자, 이러한 애국계몽운동의 핵심 매개체였던 연극을 탄압하였다.

이 당시의 연극 탄압은 전문 극작가들의 희곡 작품을 사전에 검열하거나, 극장에 출연하는 배우를 단속하거나, 극장에 상주한 임석 경관이 공연 도중 즉석에서 공연 중지 조치를 취하기도 하였다. 박승희의 대표작 〈아리랑 고개〉는 1928년 토월회 재기 공연작이었으나, 공연 도중에 발생한 소란 행위를 문제삼아 임석 경관이 공연을 금지시키고 말았다. 사전 검열의 예로 다음 작품을 살펴보자. 김두용의 〈걸인의 꿈〉은 사회주의 색채가 짙은 프로레타리아 연극 작품이었는데, 이 작품의 마지막 부분에서 눈먼 거지의 모습에서 자신의 모습을 깨달은 거지 을은 다음과 같은 의미심장한 대사를 던진다. 그러나 중요한 구절의 핵심 단어는 일제의 검열에 의해 삭제당해, 그 의미를 도저히 읽어낼 수 없게 되었다.

거지 을 : 저 쌍통이 우리들의 처지가 아닌가? 바루 그 쌍통이 우리들의 처지야. 무어라구 대답을 하라이! 저놈들한테 우리가 다 저 쌍통 보인 걸세. 오늘부터 나는 거지 아니다. 이때도록 내가 잘 먹는 꿈을 꿨지만 그거는 다 쓸데 없다. 이웃이 다 흘러가거라. 나두 다시 한번 세상으로 나가서 이 세상에 이렇게 거지 무리를 자꾸 만드는 놈들이 어디에 있는지 한

번 찾아 보겠다. 한번 찾는 날이야 내 목대가 부러질 때까
지 00000 볼터이다. (하략)

(함경도 방언 일부를 현대어로 바꾸었음)

다른 예로 192,30년대에는 시인·소설가들도 연극 운동에
큰 관심을 보이며 극작품들을 많이 창작하였지만, 일제의 검열
에 의해 현재 전하지 않는 경우가 많다.

1920년대 백조파 시인으로 알려진 홍사용은 1920년대 극단
토월회를 적극 지원하면서 연극계에 입문한 근대 극작가이기
도 했다. 그러나 불행하게도 홍사용의 극작품은 현재 우리에게
잘 알려져 있지 않은데, 그 이유는 민족주의적 성향을 강하게
띤 그의 작품들 대부분이 일제의 검열 때문에 빛을 보지 못했
기 때문이다. 그의 대표작이라 할 만한 〈향토심〉, 〈벙어리굿〉,
〈김옥균전〉 등의 희곡은 일제의 검열에 의해 작품 자체가 없어
지고, 현재 작품 제목만 전할 뿐이다.

1930년대 소설가로 잘 알려진 채만식도 일제의 검열에 의해
험난한 극작가의 길을 걸었던 인물이었다. 1920년대 그의 극작
품은 검열로 삭제되거나 복자(覆字)되기 일쑤였고, 작품 전체가
원문 삭제 조치를 당하기도 했다. 특별히 1937년 잡지 신동아
에 게재될 예정이었던 장막극 〈심봉사〉는 판소리극 〈심청전〉을
현대적으로 개작한 작품이었지만, 전통극과 신극을 접목시키
려 했던 채만식의 의도는 일제의 게재 불가 조치에 의해 무산
되고 말았다. 이처럼 일제는 우리 연극이 추구하고자 했던 독

립 의지와 민족성을 무참히 꺾어 놓았으며, 오히려 일제의 침략 전쟁을 미화하고 우리 민족성을 말살하기 위한 조치로 "국민 연극"을 강요하였다.

6장
극문학의 형식

작품의 특정 소재를 바탕으로 한 작품 형태로는 종교적 내용을 다룬 종교극, 시민들의 삶을 다룬 시민(비)극이라든가, 무산계층의 삶을 다룬 프롤레타리아 극, 혹은 농민의 삶을 다룬 농민극, 바다를 소재로 한 해양극, 과학적 소재를 다룬 과학극, 여성의 문제를 다룬 여성극 등의 형태가 있을 수 있다.

1. 폴로니우스의 연극 형태론

셰익스피어는 〈햄릿〉에서 재상 폴로니우스를 통해 엘리자벳 여왕 당시의 연극 양식을 다음과 같이 말했다.

플로니우스 : 이 세상에서 제일 가는 배우들입니다. 비극, 희극, 역사극(history), 전원극(pastoral), 희극적 전원극, 전원적 역사극, 역사적 비극, 전원적 역사적 희극적 비극이거나, 무슨 극인지 알 수 없거나 끝없이 긴 연극도 **좋습니다**. 아무리 무거운 세네카의 비극이나 아무리 가벼운 플로터스의 희극도 좋습니다. 극작법을 잘 따른 극이나 무시한 극이나, 이들이 제일 잘 합니다.

〈햄릿〉2막 2장

앞의 대사에서는 최고의 배우는 어떤 양식의 연극도 잘 소화

해낼 수 있어야 한다는 폴로니우스의 주장 속에 당시 유행했던 연극 양식이 소개되어 있다. (이처럼 〈햄릿〉에는 연극에 대한 정보가 여러 차례 언급되어 있기도 하다.) 폴로니우스가 제일 먼저 거론한 두 가지 형태 즉, 비극과 희극은 고대 그리스 시대부터 유래해 온 연극(희곡)의 양식이다. (비극과 희극 양식에 대해서는 다음 장에서 자세히 논하기로 하자.) 그 다음에 열거한 역사극과 전원극은 비극 및 희극과 같은 근원적인 형식이 아닌, 소재적인 차원에서 만들어진 형식이다. 역사를 소재로 한 희곡의 형태인 역사극은 중세 이래로 여러 민족에서 즐겨 다룬 형태였다. 주로 귀족 남녀의 낭만적인 전원에서의 사랑과 삶을 다룬 전원극은, 근대 이후에는 거의 창작되지 않았다. 이처럼 작품의 특정 소재를 바탕으로 한 작품 형태로는 종교적 내용을 다룬 종교극, 시민들의 삶을 다룬 시민(비)극이라든가, 무산계층의 삶을 다룬 프롤레타리아 극, 혹은 농민의 삶을 다룬 농민극, 바다를 소재로 한 해양극, 과학적 소재를 다룬 과학극, 여성의 문제를 다룬 여성극 등의 형태가 있을 수 있다. 그러므로 이와 같은 소재적인 분류법에 의해 만들어진 희곡의 형식은 희극 및 비극과 같은 근원적 형식이 되질 못한다.

그 다음으로 희극적 전원극, 역사적 비극, 심지어 전원적 역사적 희극적 비극이라고 하는 것은, 앞의 네 가지 형태의 성격이 각각 보태진 개별적인 작품 스타일을 가리킨다. 즉 네 가지 형식을 각각 수식적으로 사용하여, 개별적인 형식을 규정하는 식이다. 폴로니우스의 말대로 한다면, 비극은 '희극적' 비극과

'역사적' 비극과 '전원적' 비극, '희극적 역사적' 비극, '역사적 전원적' 비극 등의 개별적인 작품의 형식이 나올 수 있다는 것이다. 그런데 폴로니우스의 이러한 분류법은 일종의 말장난에 가까운 것으로 보아야 한다. 가난한 어촌 여성의 삶을 희극적으로 다루다가 마지막에 가서는 비극적 결말을 맺는 작품의 형식을 "프로적 어민적 여성적 희극적 비극"이라고 할 수는 없기 때문이다.

마지막으로 주목할 만한 것은, 폴로니우스가 '무슨 극인지 알 수 없는 극'이라든가, '극작법을 무시한 극'을 언급한 사실이다. 그는 모든 종류의 극 형태를 언급하기 위해 가장 파격적이고 예외적인 것까지 거론하고 있다. 기존의 극작술을 무시한 파격적인 극작품이나 새로운 형태를 시도한 실험적인 극작품이 출현할 가능성을 열어둔 것이다. 하지만 이는 과거에 존재해 왔던 몇 가지 형태만으로 수없이 많은 극작품을 규정하기란 지극히 어렵다는 점을 지적한 말이기도 하다. 그래서 "일단 한 번 태어난 형태는 바로 죽게 마련이다"라는 피터 브룩의 말처럼, 극의 형태는 시내에 따라 빠르게 변하고 있다. 하지만 기존에 존재해 왔던 극작품을 설명하기 위해서, 그리고 앞으로 창조될 미지의 작품 형태를 설명하기 위해서라도 극 형식에 대한 최소한의 규정을 설정하지 않을 수 없다.

2. 극 형식 구분론

셰익스피어 시대의 중요한 극형식으로 비극과 희극을 우선적으로 꼽을 수밖에 없다. 비극과 희극은 고대 그리스 시대 이래로 가장 즐겨 사용한 극형식이었다. 그런데 앞에서 셰익스피어 시대에 이미 비극도 아니고 희극도 아닌 제3의 형식이 존재하고 있었음을 확인할 수 있다. 그것은 앞서 논의한 역사극과 전원극인데, 이러한 작품 형태는 비극적이지도 않고 희극적이지도 않은 것이었다. 경우에 따라서 그러한 작품들은 비극적일 수도 있고, 희극적일 수도 있겠으나, 완전히 비극이나 희극의 범주에 들기 어려운 형태라 할 수 있다. 이처럼 비극적이지도 희극적이지도 않은 극형식은 셰익스피어 이전의 연극 형태였던 중세 종교극도 그와 같았다고 여겨진다. 로마 시대 이후 역사상에서 사라졌던 연극 양식이 새로이 부활된 중세 시대의 종교극에는 고대 그리스 시대와 같은 비극/희극의 엄격한 2분법이 존재하지 않았다. 그후 르네상스 시기를 통해 그리스 문화와 연극이 소개되면서 비극과 희극이 존재했다는 것을 확인할 수 있었다. 그러므로 역사극이나 전원극과 같이 비극도 아니고 희극도 아닌 제3의 양식은 중세 종교극 이래로부터 이미 그 존재를 드러내기 시작한 것으로 보아야 한다.

이어 17세기에는 비극과 희극에 이은 제3의 양식으로서 "희비극"(tragi-comedy)이 유행하기도 했는데, 이는 말 그대로 비극과 희극의 혼합물이라고 할 수 있다. 그런데 17세기 고전주의 연극관에서는 비극과 희극을 정통성이 있는 중요 양식으로 규정하면서, 희비극과 같은 절충 양식을 멀리하라고 가르치기도 하였다. 하지만 이 당시 극작가들은 주로 비극을 지향하였지만, 당시의 추세는 점차 정통 비극에서 멀어지는 작품 형식을 선호하였던 것이다.

이후 18세기에 접어들면서, 시대가 바뀌고 사회가 급변함에 따라 새로운 연극 형식에 대한 요구도 증가하게 되었다. 왕과 귀족이 사회의 중심이던 봉건사회에서 시민계급이 점차 영향력을 넓혀가면서 시민 사회로 바뀌고 있었다. 신흥 시민계급은 산업화를 주도하면서 자본의 증가를 이끌어가게 되었다. 또한 과학적 발견이 늘어나고 이성적인 사고가 중시되면서, 신 본위 사회에서 인간 본위 사회로 전환되기 시작하였다. 이러한 사회적 변화에 부응하여, 극작가들은 비극이 아닌 "진지한 극"(serious play)을 선호하게 되었다. 그리하여 18세기 프랑스에서는 이러한 종류의 진지한 극을 "드람므"(drame)라고 불렀으며, 영국에서는 "드라마"(drama), 독일에서는 "관극"(schauspiel)이라 불렀다. 이러한 용어들은 이후 일반적으로 "드라마"라고 통용되게 되었으며, 비로소 이 "드라마" 양식이 비극과 희극에 이은 제3의 형식으로 자리 잡게 되었다.

19세기에 접어들면서 "드라마"는 근대 사회를 대표하는 극양식이 되었으며, 오늘날에는 비극이나 희극보다 더 중요한 위치를 차지하게 되었다. 그러므로 근대의 대표적인 극형식으로는 비극과 희극, 그리고 드라마가 그 중심에 놓여 있었다. 그런데 드라마 양식은 19세기에 유행했던 "멜로드라마" 양식과 많은 부분이 겹쳐 있기도 하다. 일반적으로 19세기의 멜로드라마는 감상성과 과장성을 특징으로 하고 있는데, 이러한 측면은 멜로드라마를 부정적으로 보게 만들기도 했다. 하지만 드라마와 멜로드라마는 많은 부분이 중첩되어 있는 게 사실이다.

드리마(혹은 멜로드라마)가 비극에서 유래한 형식이라면, 고대 희극에서 유래한 것으로는 "소극"(farce)를 들기도 한다. 그러므로 19세기 이후 정통적인 극형식을 구분하면서, 비극/멜로드라마, 희극/소극의 4 형식을 든다. 대표적으로 E. A. Wright의 *A Primer for Playgoer*에서 이러한 4 형식 구분론을 제기하고 있다.

20세기에 접어들면서 근대극 양식이었던 "드라마"에 대한 반발에서 새로운 극 형식이 싹트게 되었다. 두 차례의 세계 대전 이후 "반연극"(anti-drama) 형식으로 "부조리극"(Absurd)과 "서사극"(Epic)이 자리 잡게 되었다. 그러므로 현대극에서는 비극/희극, 멜로드라마/소극, 부조리극과 서사극을 대표적인 극형식으로 분류하고 있다.

3. 비극

가. 비극의 특징과 『시학』

비극은 인류가 문자로 창작한 문학 작품 중에서 가장 오래된 극양식이면서, 가장 위대한 문학 유산으로 손꼽혀 왔다. 비극은 숭고한 인물(한 민족을 대표하는 왕과 같은 존재)이 자발적인 의지로 특정한 인물(혹은 집단, 환경, 운명 등)과 맞서 싸우다가 끝내 패배하고 마는 심각한 이야기를 다루고 있다. 그러므로 비극에는 비교적 행복한 상태에서 재앙으로 옮겨가는 행동의 구조를 지니고 있으며, 장중한 분위기를 고양시키기 위해 특별히 소재를 선택하고 있다. 또한 비극은 의미있는 삶과 존엄한 인간상을 드러내기 위한 목적 아래 창작되어지곤 했다.

비극은 조화에서 부조화를 거쳐 파멸로 이어지는 움직임을 다루고 있는데, 그 과정에서 주동인물은 참기 힘든 고통을 겪게 된다. 그와 같은 과정은 관객들에게 공포를 자아내게 하고, 주동인물의 처지를 동정하면서 연민의 정을 느끼게 한다. 일반적으로 비극의 주동인물은 영웅적인 인물인 경우가 많은데, 이와 같은 영웅적인 인물의 숭고한 투쟁 이야기는 그와 어울리는 장중한 분위기 속에서 연출된다. 중요한 인물이 중대한 사건을 맞이하여 절박한 위기를 겪는 과정을 지켜보는 관객들은, 비극의 주동인물과 함께 감정을 나누다가 그가 패배를 맞이하는 과정을 지켜보면서 감정상의 카타르시스를 느끼게 된다.

이와 같은 비극은 어떻게 시작되었을까? 이 질문에 답하기 위해서 "tragedy"이라는 말의 어원을 살펴볼 필요가 있겠다. tragedy는 그리스어 tragodia에서 유래한 말이다. 이 말은 tragos(염소) + odoia(노래)로 이루어진 표현으로, 그 뜻은 '염소의 노래'가 된다. 그 말의 배경을 잘 살펴 보면, 비극은 '디오니소스 숭배 제사에서 염소로 분장한 사티로스의 노래' 혹은 '(희생 제물로 바쳐진) 염소를 기리는 노래'가 된다. 그러므로 영어 tragedy를 '슬픈 내용의 극'이란 뜻의 "비극"(悲劇)으로 번역한 것은, 어원과는 거리가 먼 표현이라 할 수 있다. 그리스 비극의 기원과 발생과정, 비극의 대가 등에 대한 자세한 설명은 아리스토텔레스의 『시학』에서 다루고 있다. 그리므로 그리스 비극론은 아리스토텔레스의 『시학』을 중심으로 살펴 볼 필요가 있다.

일반적으로 아리스토텔레스의 『시학』은 최초의 문학이론서로 알려져 있지만, 실제로는 당대의 비극에 대한 이론서이다.

그는 『시학』에서 비극과 희극, 서사시와 같은 당대의 대표적인 모방 예술 전반을 논하였는데, 그중에서도 비극을 모든 모방 예술의 으뜸으로 보았던 것이다. 이제 그가 『시학』에서 설명한 비극론의 주요 내용을 살펴보자.

아리스토텔레스는 『시학』 1장에서 모방의 수단과 대상, 그리고 방법에서 비극과 희극, 디티람보스와 서사시, 음악등과 같은 모방적 예술의 차이를 분석하였다. 먼저 모방의 수단으로서 리듬, 말(혹은 운율), 그리고 선율(혹은 화음)을 제시하면서, 음악은 선율과 리듬을 사용하며 춤은 오직 리듬을 통해 성격과 감정과 행동을 모방한다고 구분하였다. 서정시와 서사시는 각각 다른 운율을 사용하여 자신의 존재를 그려내는데, 이러한 예술 장르에 비해 비극과 희극, 그리고 디티람보스는 리듬과 운율, 그리고 선율 세 가지 수단 모두를 사용하여 모방한다고 하였다. 물론 경우에 따라서 비극이나 희극은 세 가지 모두를 처음부터 끝까지 사용하거나, 일부를 부분적으로 사용할 수도 있다고 하였다.

『시학』 2장은 모방의 대상을 구분하고 있는데, 희극은 사람들을 보통보다 못나게, 비극은 사람들을 더 잘 나게 나타낸다고 하였다. 이러한 인물 구분은 결국 비극은 영웅이나 위인과 같은 군자를 모방하고 희극은 소인배를 다룬다는 의미로 해석될 수 있다. 『시학』 3장은 모방의 방식을 제시하고 있다. 아리스토텔레스는 모방의 대상을 재현하는 방식으로 다음과 같은 세 가지를 제시하였다. 그것은 첫째 호메로스의 시처럼 이야기와 극적 제시를 번갈아 하기, 둘째 처음부터 끝까지 한 목소리로 이야기하기, 셋째 행위자들을 전부 극적으로 제시하기이다. 첫째 방식인 혼합적 모방은 서사시에 해당하는 것이며, 둘째 방식은 디티람보스와 송가, 서정시에 해당하고, 셋째 방식은 비극과 희극에 해당하는 것으로 행위자들을 통한 모방, 즉 극적 모방이라고 설명하였다. 이와 같은 모방 방식의 구분 – "이야기하기"(telling)와 "보여주기"(showing)는 서사시(혹은 소설)와 비극(을 포함한 드라마)을 구분하는 중요한 기준으로 사용되고 있다.

극시의 기원과 발전 과정은 『시학』 4장에서 다루고 있는데, 비극은 디티람보스의 대가들의 즉흥적 창작으로 시작되었고, 희극은 남근 찬가의 대가들의 즉흥적 창작에서 시작되었다고 하였다. 비극의 발전 과정에서 아이스퀼로스는 배우의 수를 한 명에서 두 명으로 늘이고, 합창 부분을 줄이고 대사에 주도적 역할을 부여한 극작가라고 높게 평가하였다. 이후 소포클레스가 결정적으로 제3의 배우와 무대 그림을 도입하였으며, 그의 노력에 의해 내화체에 가까운 '단장 운율'이 주종을 이루게 되며 에피소드(장면)의 수가 늘어나고 여러 가지 기술적 장치들이 생겼음을 지적하였다.

『시학』 5장에서는 먼저 희극에 대해 논하고 있는데, 희극은 보통보다 못난 사람들의 모방임을 재차 밝히고 있다. 이때 희극적인 것은 일종의 '우스꽝스러운 것'으로, 일종의 결함이나 창피스러운 점이기에 고통이나 파괴의 성질은 띄지 않는다고 하였다. 하지만 비극의 경우와는 달리 희극은 널리 환영을 받지 못하여 그 발달 과정에 대한 상세한 논의는 생략하였다. 이어 5장에서는 비극과 서사시의 차이를 비교적 상세히 밝히고 있다. 서사시는 모방과 일상 언어의 운율, 도덕적으로 심각한 주제를 다룬다는 점에서 비극과 일치하나, 일상 언어의 운율과 이야기라는 방식을 사용하는 것이 비극과 다르다고 하였다. 또한 비극은 가능한 한 하루 동안의 일로 제한하려고 하는 반면, 서사시는 시간 제한이 없다는 점을 비교·설명하였다. 결국 서사시의 모든 부분은 비극에도 공통되며 비극에만 있는 특별한 부분이 존재한다는 점을 들어, 비극이 더 우수하다고 평가하였다.

비극의 정의 및 여섯 가지 요소에 대한 설명은 『시학』 6장에서 하고 있다. 아리스토텔레스는 '비극이란 심각하고, 완전하며, 일정한 크기가 있는 하나의 행동의 모방으로서, 여러 부분에 따라 여러 형식으로, 아름답게 꾸민 언어로 되어 있고, 이야기가 아닌 극적 연기의 방식을 취하며, 연민과 두려움을 일으켜서, 그런 감정들의 카타르시스(Katharsis)를 행하는 것'이라 정의하였다. 또한 그는 비극적 모방은 배우들의 행동으로 제시되므로 (모방의 방법으로서) 시각적 장면의 장치가 필수적이며, 모방을 제시하는 수단으로서 서정적인 노래와 언어적 표현이 필요하다고 지적하였다. 이어서 그는 행동의 모방으로서의 플롯과, 행동을 표현하기 위한 성격과 사고력이 모방의 대상이 된다고 말하였다.

이와 같은 논의를 통해 아리스토텔레스는 비극의 구성 요소

6가지를 설명하였는데, 플롯(mythos) · 성격(ethos) · 언어 표현(lexis) · 사고력(dianoia) · 시각적 장치(opsis) · 노래(melophoia)가 그것이다. 이중에서 플롯과 성격, 사고력은 모방의 대상이고, 언어 표현과 노래는 모방의 수단, 그리고 시각적 장치는 모방의 방법이라 하였다. 이 6가지 요소가 비극을 이루는 핵심 요소들인데, 그중에서 제일 중요한 것은 단연코 플롯이라 하였다. 사건의 조직으로서 플롯은 비극의 목표라 하였다. 이를 입증하기 위해 그는 행동이 없는 비극은 없지만, 성격이 없는 비극은 가능하다는 논리를 펴고 있다. 또한 언어 표현과 사고력 제시가 미흡하더라도 플롯과 사건의 조직이 잘 되어 있다면 오히려 더 바람직하다고 할 정도로, 플롯을 나머지 5가지 부분들보다 더 중요하다는 점을 지적하였다. 그리하여 가장 강력한 정서적 호소력의 수단인 '뒤바뀜'과 '깨달음'이 내포된 플롯은 비극에 있어서 제일의 원칙이며 비극의 영혼이라고까지 강조하였다. 플롯 다음으로는 성격을, 성격 다음으로는 사고력을, 사고력 다음으로는 언어 표현을 들었다. 서정적 노래와 시각적 장치는 각각 아름답게 꾸미는 장식이거나 감정적 영향력이 큰 요소이지만, 시인에게는 비본질적 요소라고 하면서 그 가치를 다소 약화시켰다.

아리스토텔레스는 『시학』 7장에서 비극은 완전하고 전체적이며 일정한 크기가 있는 행동의 모방이라는 점을 다시 한번 상기시키면서, 사건 조직의 형태를 논하였다. 그는 비극의 조직은 '처음' – '중간' – '끝'을 가진 전체성을 띤 구조이어야 한다고 설명하였다. '처음'이란 자연적으로 어떤 일이 일어날 수 있음을 뜻한다고 하였으며, '중간'은 앞뒤의 일들이 인과율적 관련이 있음을 의미하고, '끝'은 그전에 전개된 사건 다음에 필연적으로 오는 장면, 혹은 보편적 법칙에 따라 자연적으로 오는 종결을 의미한다고 하였다. 이와 같은 '처음' – '중간' – '끝'의 전체 구조는 "가능한"(possible) – "개연적인"(probable) – "필연적인"(necessary) 구조로 요약할 수 있겠다. 또한 『시학』 7장에서는 일정한 크기가 있는 행동은 '불행에서 행복으로, 또는 그 반대의 결과를 가져오는 사건들을 개연적, 또는 필연적으로 연결하는 데에 필요한 범위로 제한된다'고 설명하였다.

『시학』 8장에서는 플롯의 통일성을 설명하면서, 개연성과 필연성이 있는 연결성을 강조하며 긴밀한 짜임을 강조하였다. 『시학』 9장에서는 개연성과 필연성이 있는 연결성을 구체적으로 설명하면서, 개연성이나 필연성에 의해 어떤 인물이 어떤 말이나 행동을 함 직한 것을 "보편성"이라 하였다. 그러면서 그는 문학은 보편적인 것을 이야기하지만, 역사는 특수한 것을 이야기한다고 구분하였다. 그는 개연성과 필연성으로 연결되지 못한 예로 에피소드식 구성을 들어 비판하였다. 계속해서 그는 『시학』 10장에서 단순 플롯과 복합 플롯을 구분하면서 변화 안에 깨달음과 뒤바뀜이 있는 복합 플롯을 지지하였다. 또한 '앞뒤의 사실들이 서로 원인이 되어 발생하는 것'과 '단순히 연속해서 생기는 것'을 구분하였는데, 이는 오늘날 극적 구성과 에피소드식 구성의 차이를 설명한 것으로 볼 수 있다.

플롯의 핵심 요소인 "깨달음"과 "뒤바뀜"에 대해서는 『시학』 10장에서 구체적으로 설명하고 있다. "뒤바뀜"(peripeteia)이란 개연성이나 필연성이 있는 가운데 행동의 방향이 완전히 반대가 되는 것을 가리키는데, 그 예로 〈오이디푸스 왕〉을 들고 있다. 오이디푸스는 자신의 출생 비밀에 관한 의구심을 풀어 주리라고 믿었던 코린토스의 목자로부터 본의 아니게 자신의 정체가 밝혀짐으로써, 극은 정반대의 결과로 진행되고 말았던 경우를 예로 들었다. 또 다른 예로 〈륑케우스〉에서 한 사람이 죽을 자리로 끌려가고 다나오스가 그를 죽이려 따라가지만, 우여곡절 끝에 죽을 사람은 살고 다나오스가 죽게 되는 뒤바뀜을 들었다. 이처럼 뒤바뀜은 중심 인물의 기대와 의도와는 달리 행동의 방향이 급격하게 선회하는 것, 즉 "급전"을 의미한다.

"깨달음"(anagnorisis)이란 무지에서 지식으로의 변화를 말하는 것으로, 특정한 사람의 신분이나 정체가 처음으로 밝혀지는 것을 의미한다. 그런데 이와 같은 깨달음은 뒤바뀜과 함께 일어날 때 더욱 효과적이라고 지적하면서, 〈오이디푸스 왕〉의 경우처럼 뒤바뀜의 순간이 동시에 깨달음의 순간이 되기도 한다. 깨달음의 또 다른 예로는 에우리피데스의 〈타우리 사람들 사이의 이피게네이아〉에서 오레스테스와 이피게네이아가 서로 남매간임을 확인하는 장면을 들 수 있다. 아리스토텔레스는 깨달음과 뒤바뀜이 결합된 형태가 비극 플롯의 핵심적인 형태라고 하면서, 그와 같은 결합이 "연민"과 "두려움"을 자아낸다고 주장하였다.

“연민”은 중심 인물의 처지를 관객들이 마음이 답답해질 정도로 불쌍하게 여기는 상태를 가리키는데, 이와 같은 감정은 이성적 판단을 흐릴 만큼 강한 것이라 할 수 있다. 운명이 뒤바뀌고 자신의 정체를 깨달은 중심 인물의 처지에 대해 관객들은 불쌍히 생각하지 않을 수 없을 것이다. 연민과 함께 관객들이 느끼는 감정은 “두려움”인데, 이는 주인공에게 일어난 무서운 일이 나(관객)에게도 일어날 수 있다는 두려움과 걱정을 가리킨다. 그런데 연민과 두려움이라는 관객의 정서는 뒤바뀜과 깨달음이라는 플롯 조건이 충족될 때에 가능하다는 점이 중요하다.

　아리스토텔레스는 『시학』 6장에서 ‘비극은 … 연민과 두려움을 일으켜서, 그런 감정들의 “카타르시스”(Catharsis)를 행하는 것’이라 하였는데, 연민과 두려움이라는 감정 상태에 이어 카타르시스를 설명하였다. 아리스토텔레스는 카타르시스에 대해 자세하게 설명하지는 않았지만, 일반적으로 다음과 같은 의미로 분석한다. 그리스 당시의 카타르시스는 생리학적 개념으로서 약제를 사용하여 인체 내의 불순물을 깨끗이 씻어내는 일, 즉 “배설”(purgation)의 의미였다. 즉, 설사제와 같은 약을 사용하여 숙변을 말끔히 배설하는 행위로서, 건강 증진의 한 가지 방법이었다. 그 다음 종교적 의미가 더해져서 신전과 같은 성스러운 장소를 깨끗이 하는 일, 즉 “정화”(purification)이란 뜻으로 쓰이기도 하였다. 이후 신전을 깨끗이 하기란 뜻은 발전하여 정신적으로 깨끗이 하기, 즉 “정화”(淨化)의 의미가 되었다. 아리스토텔레스가 설명한 바 있는, 연민과 두려움을 통해 얻게 되는 카타르시스란 결국 정신적 정화라는 의미로 사용되었다고 여겨진다. 또한 비극을 통해 관객이 얻게 될 카타르시스는 일반적으로 문학을 비롯한 모든 예술이 가져다주는 효과로 인식되어 왔다.

나. 그리스 비극의 대가들

테스피스(Thespis)는 기원전 6세기경 디오니소스 숭배 제사를 집행하면서 디티람보스를 노래하는 가운데 신을 상징하는 가면을 쓴 배우 한 사람을 등장시켰다. 아리스토텔레스의 지적처럼 그는 디티람보스의 대가들 중의 한 사람으로 즉흥적으로 신의 역할을 창작함으로써 합창 중심의 디티람보스 형식에 큰 변화를 주었다. 그리하여 그는 코러스의 서술에다가 신의 역할을 맡은 배우가 말할 대사를 더하고 본격적인 극 공연에 앞선 프롤로그를 더함으로써, 비극을 발전시킬 중요한 계기를 마련하였다.

아이스킬로스(Aeschylos)는 배우의 수를 한 명에서 두 명으로 늘이고, 본격적으로 극중 대화가 극의 중심이 되게 만들었다. 또한 그는 합창대의 역할을 줄이고 등장인물을 부각시킴에 따라 자연스럽게 합창 부분이 줄었고 대사가 주도적 역할을 하게 만들었다. 그에 따라 극의 형식이 풍요 제사 형식을 탈피하기 시작하였으며, 합창대의 대원들도 남근을 착용하지 않게 되었다. 그는 90여 편의 비극 작품을 창작하여 〈오레스테스 3부작〉과 〈결박당한 프로메테우스〉, 〈테베를 공격한 7사람〉 등 7편이 현재 전하고 있으며, 비극 경연대회에서 여러 차례 우승한 바 있다.

소포클레스(Sophocles)는 아이스킬로스에 뒤이어 그리스 비극을 완성시킨 극작가로, 제3의 배우를 등장시켰으며 대화체에 가까운 단장 운율을 사용하여 연극적 성격을 더욱 강화하였다. 그 역시 합창대의 역할을 축소시켰으며 동시에 음악과 무용도 줄였다. 그대신 에피소드(장면)를 더 늘이고 기술적 장치를 추가시켰는데, 특별히 무대 장치와 의상을 훨씬 세련되게 갖추게 하였다. 그는 120여 편의 비극 작품을 창작하였는데 〈오이디푸스 왕〉, 〈안티고네〉, 〈일렉트라〉 등 7편이 현재 남아 있다. 그 역시 비극경연대회에서 여러 차례 우승하였다.

에우리피데스(Euripides)는 아이스킬로스, 소포클레스와 더불어 그리스 3대 비극시인으로 꼽히는 극작가였다. 혁신적인 소피스트 사상의 영향 아래 새로운 경향과 수법을 선보였다. 그는 신화를 새롭고 대담하게 해석하여 늘 논란의 대상이 되곤 했는데, 아리스토파네스는 〈개구리〉에서 에우리피데스와 소포클레스의 작품 경향을 비교·풍자하였다. 그는 88편의 비극작품을 창작하여 〈메디아〉, 〈트로이의 여인들〉, 〈박카스의 여신도들〉, 〈히폴리토스〉 등 18편의 비극작품과 사티로스극 〈퀴클롭스〉 1편을 남겼으며, 비극경연대회에서 4번 우승하였다. 아리스토텔레스는 그가 비이성적인 폭력성, 인간의 광기와 잔인성,

성적 억압의 문제 등 당대 사회상을 사실적으로 그려냈다는 점 때문에 당대 최고의 비극작가로 칭송한 바 있다.

다. 비극의 역사적 발전 과정

고대 그리스 시대의 비극 이후로 비극작품이 새롭게 찬란한 꽃을 피웠던 시기는 16세기 영국의 엘리자벳 여왕 시대라 할 수 있다. 이 시기를 대표하는 극작가는 물론 윌리엄 셰익스피어였다. 그는 당시 유행하던 비극, 희극, 역사극 등을 장르를 두루두루 섭렵하였으나, 그의 장기는 역시 비극이었다. 그는 〈햄릿〉을 비롯하여 〈리어 왕〉, 〈맥베드〉, 〈오델로〉, 그리고 〈로미오와 줄리엣〉과 같은 불후의 비극 작품을 남겼다.

셰익스피어의 비극작품은 그리스 비극에 비해 여러 가지 점에서 비교가 된다. 셰익스피어의 비극작품은 그리스 비극이 운명 비극이었던 것에 비해 높은 계층 사람들의 성격적 허약함에 의한 성격 비극이었다. 그리하여 리어 왕의 오만한, 맥베드 장군의 야심, 오델로 장군의 의심, 햄릿 왕자의 우유부단함 등의 성격적 결함이 비극으로 이끈 중요 단서가 되었다. 〈로미오와 줄리엣〉의 경우는 두 주인공의 성격적 결함을 굳이 찾아볼 수 없다는 점에서 성격 비극이라 할 수 없는데, 이 작품을 제외한 4작품 -〈햄릿〉, 〈리어 왕〉, 〈맥베드〉, 〈오델로〉-를 흔히들 셰익스피어의 4대 비극이라 한다. 셰익스피어의 비극은 그리스 비극처럼 파국과 함께 초월적(정신적) 승리를 그리고 있다. 하지만 그리스 비극이 단일 플롯을 선호했다면, 셰익스피어의 비극은 풍성한 서브 플롯(sub plot)을 활용하였다. 서브 플롯을 통해 부수적인 사건을 전개하여 극적 사건을 복잡하게 만들 뿐만 아니라, 중심 플롯(main plot)을 강화시켜 주기도 하였다. 그리스 비극은 평균 이상의 사람, 혹은 영웅과 위인들을 중점적으로 다룬 반면, 셰익스피어의 비극은 귀족 계층 이상의 삶을 다룸과 동시에 하층민들의 생활도 함께 보여 주었다. 그는 이와 같은 낮은 계층 사람들의 삶을 통해 희극적 장면을 연출해냈는데, 이와 같은 기법을 "희극적 구제"(comic relief)라 한다. 이와 같은 희극적 구제 장면은 주인공이 고뇌에 차서 고민하고 갈등할 때에 광대와 같은 인물들이 재치를 발휘하여 순간적으로 웃음을 자아내게 하는 장면 등을 가리킨다. 대표적으로 〈리어 왕〉의 광대 장면과 〈맥베드〉의 문지기 장면을 들 수 있다.

16세기 엘리자벳 여왕 시대의 셰익스피어 비극 이후로 역사상 뛰어난 비극 작품이 창작된 것은 17세기 프랑스 고전주의 비극 시대였다. 이 시기의 학자와 예술가들은 르네상스의 영향으로 그리스와 로마의 건축과 회화, 문학 등에서 보여준 질서와 조화를 본받고자 하였다.

그리하여 프랑스 문학자들은 문학의 표준과 규율을 세우기 위해 프랑스 아카데미를 만들었으며, 장르와 3일치, 적합성(데코룸), 박진성, 시적 정의 등의 엄격한 규칙을 제정하여 각 작품에 적용하고자 하였다. 작품의 내용 역시 그리스와 로마의 신화 내용을 주로 다루었다. 이 무렵의 대표작으로는 코르네이유의 〈르 시드〉와 라신느의 〈페드라〉, 〈앙드로마크〉 등을 들 수 있다.

18세기 후반 독일에서는 젊은 시절의 레싱과 괴테, 실러 등이 주도한 "질풍 노도" 운동의 영향 아래 낭만주의 비극이 성행하였다. 이들은 이상과 현실 사이에서 갈등하며, 이성보다는 감성을, 과학적 사실보다는 영감을, 라신느보다는 셰익스피어를 선호하였다. 또한 이들은 조국의 독립을 지켜낸 위인들의 영웅적인 삶을 극화하기도 하였는데, 괴테의 〈에그먼드〉와 실러의 〈빌헬름 텔〉과 〈오를레앙의 처녀〉 등이 대표적인 작품에 속한다. 이 시기의 대표작으로는 괴테의 〈파우스트 1부〉를 드는데, 낭만주의 정신을 가장 잘 살려냈다고 평가를 받는 이 작품은 사탄의 힘과 싸우면서 구원에 대한 염원을 잃지 않은 반항적인 주인공 상을 그려냈다. 그밖에 레싱은 〈에밀리아 갈로티〉, 〈현자 나탄〉, 연극론인 『함부르크 드라마투르기』를 남겼으며, 실러는 〈군도〉, 〈간계와 사랑〉, 〈돈 카를로스〉 등을 창작하였다.

19세기에 들면서는 시민 계층의 삶을 다룬 시민비극, 혹은 그들의 사회적 관심사를 다룬 사회비극이 근대 비극의 중심이 되었다. 근대(비)극의 대표작으로는 입센의 〈인형의 집〉과 〈민중의 적〉, 스트린드베리히의 〈미스 줄리〉, 체홉의 〈갈매기〉와 〈벚꽃동산〉, 그리고 버나드 쇼의 〈워렌 부인의 직업〉 등을 들 수 있다. 20세기에 접어들면서는 비극 작품 창작이 원활하지 못했다. 대표적인 현대 비극 작품으로는 엘리오트의 〈성당에서의 살인〉, 로르카의 〈피의 결혼〉, 그리고 아서 밀러의 〈세일즈맨의 죽음〉과 〈크루서블〉 등을 들 수 있다.

4. 멜로드라마

18세기 경 비극과 희극의 혼합 형태로 새롭게 출현한 장르는 다름 아닌 멜로드라마였다. 멜로드라마는 비극과 유사한 점이 있긴 하지만 비극보다 질적으로 떨어진 유형이라고 평가받기도 하는데, 절대 다수의 대중들로부터 전폭적인 지지를 받아 왔다는 점에서 무시할 수 없는 연극 형태가 되었다. 멜로드라마 양식이 첫선을 보인 것은 대략 18세기 후반으로 볼 수 있다. 멜로드라마라는 용어가 정착되기 전인 1766년 프랑스의 사상가며서 극작가였던 루소는 자신의 작품 〈피그말리온〉에 'a scene lyrique'라는 표현을 씀으로써, 음악과 언어가 동시에 행동 속에 연결된 작품의 가능성을 열어 놓았다. 이후 18세기 후반에는 독일과 프랑스 등지에서 본격적으로 멜로드라마 작품이 창작되기 시작하였는데, 이 무렵의 대표적인 극작가로는 독일의 코체부와 프랑스의 픽세레쿠르를 들 수 있다. 코체부는 멜로드라마 작품 200여편을 창작하였으며, 픽세레쿠르는 100편이 넘는 작품을 남겼다. 이후 영국에서는 19세기 중반 부시콜트가 재치 있는 멜로드라마 작가로 선풍적인 인기를 끌었다. 한편 19세기 미국에서 가장 인기가 있었던 멜로드라마 작품은 스토우 부인이 창작한 소설 〈톰 아저씨의 오두막〉의 각색 공연이었다.

멜로드라마는 어원상 음악을 나타내는 그리스어 melos와 drama가 결합된 것으로, 멜로디(노래, 음악)가 곁들인 극이란 의미를 나타낸다. 멜로드라마에서는 특정한 장면이나 행동에서 음악 반주나 노래가 뒤따르게 되는데, 이때 사용된 음악적 요소는 특정한 장면의 정서적 성격을 강조하면서 관객으로부터 바람직한 반응을 이끌어내는 기능을 하였다. (중요 장면과 대사에 맞춰 음악이 깔리는 것은 현대 텔레비전 드라마와 극영화에서 더욱 빈번히 활용된다.) 코체부를 비롯한 초기의 멜로드라마 작가들은 신흥 중산 계층의 기호에 맞춰, 선한 사람이 악한 사람과 갈등을 벌이다 곤경에 빠지지만 마지막에 가서는 승리한다는 내용의 극작품을 창작하였다. 또한 이들 극작품에는 이성보다 감성에 호소하려는 심리와 화려하고 이국적인 것을 바라는 성향, 그리고 대다수 보통 사람들이 가혹한 영주나 부패한 정치인들에 대해 승리할 수 있다는 의식을 담아냈다. 이와 같은 요소들은 산업화된 일상 속에서 단조로운 삶을 영위하던 다수 대중들에게 충분한 대리만족을 제공해 왔다. 그리하여 낭만주의의 산물인 멜로드라마는 낭만주의 연극보다 더 넓은 지지를 받았으며, 사실주의가 크게 유행한 19세기 후반부에도 계속해서 명성을 얻어 나갔다.

19세기에 접어들면서 대단한 인기를 누리게 된 멜로드라마는 일반 시민 계층의 사회적 배경과 관련하여 행복한 결말을 소망하고, 또 그들의 공통된 욕구와 희망 사항을 담아내고자 하였다. 멜로드라마가 대중들의 전폭적인 지지를 얻게 된 이유는 도덕적 정의를 엄격하게 적용시켜, 심리적 안도감을 충분히 제공하였기 때문이다. 멜로드라마에서는 선한 주인공은 어떠한 시련과 고통을 겪더라도 나중에는 보상을 받으며, 주인공을 괴롭히던 악당은 아무리 막강한 힘을 지니고 있더라도 마지막에 가서는 벌을 받는다. 이처럼 멜로드라마에서는 작품의 결말부에 가서 시련을 극복한 주인공에게 합당한 상을 내리고, 반동인물에게는 벌을 받거나 개과천선하게 되는 이중의 결말이 그려진다. 그리하여 멜로드라마를 지켜본 관객은 핍박당하는 주인공에게 연민을 느끼고, 사악한 억압자에게는 증오심을 느끼게 만든다. 하지만 이와 같은 인과응보, 권선징악의 도덕율은 현실적으로 실현되기는 어려운 것이며, 문학이나 연극 속에서만 이루어지는 것이라고 볼 수 있다. 이처럼 현실에서 불가능한 것을 문학을 통해 구현하는 정의, 도덕율을 "시적 정의"(poetic justice)라 한다.

멜로드라마의 가장 중요한 특성은 아무래도 감상성과 선정성을 들 수 있겠다. 멜로드라마에 능숙한 극작가들은 관객의 마음을 쉽게 감동시킬 수 있는 극적 장치들을 다양하게 활용한다. 먼저 착한 주인공 / 악당이라는 유형적 인물을 활용하면서 동정심을 불러일으킬 인물과 반감을 유발시킬 인물을 명확하게 구분한다. 또한 멜로드라마는 극진행상 주인공이 당하는 고난을 그리지만 결국 급격한 반전을 이루고, 이어서 행복한 결말을 맺게 된다. 그 과정에서 아슬아슬한 스릴과 지속적인 긴장감(서스펜스)이 조장되고, 예기치 못한 발견이나 간발의 탈출 등의 장치를 통해 관객의 흥미를 지속적으로 끌게 된다.

널리 애호된 멜로드라마는 특정한 조건 아래에서 정직하고 살려고 애쓰는 순진한 사람들의 삶을 그렸는데, 다음과 같은 다양한 양상으로 드러나기도 한다. 돈이 지배하는 냉혹한 자본주의 사회에서 가난하지만 정직하게 살려고 애쓰는 소시민, 각박한 현실 세계에서 되돌아 본 순진했던 어린 시절 고향에서의 삶, 사회에 등을 돌린 완고한 노인이 어린아이의 헌신적인 봉사와 사랑에 의해 마음의 문을 열게 되는 과정, 도박꾼이나 갱, 거리의 여인, 알콜 중독자 및 마약 중독자 등이 사랑하는 연인의 도움에 의해 갱생하게 되는 과정, 그밖에 모성애와 형제애를 비롯한 가족애 등의 조건이 멜로드라마에서 다양한 이본을 낳으며 펼쳐진다. 멜로드라마 양식은 20세기 뮤지컬, 영화 및 텔레비전 드라마와 연결되어 더욱 폭발적으로 증가하게 되었다. 특별히 1930년대 이후 미국에서는 가정주부들을 상대로 한 라디오 연속극과 T.V. 연속극을 "soap opera"라고 하는데, 감상적인 방법으로 다양한 인물들의 삶을 그려낸 멜로드라마 작품들을 가리켰다. 이는 그와 같은 드라마의 스폰서를 가정주부를 많이 상대하는 비누 제조 회사에서 맡았다는 데에서 붙여진

명칭이다. 영화와 관련하여 멜로드라마는 서부 영화, 모험 영화, 공상과학 영화, 그리고 애니메이션 등과 결합하여 더욱 큰 인기를 누리게 되었다.

5. 희극

가. 희극의 특징

희극은 모든 극문학 형식 가운데에서 가장 잡다한 것이라 할 수 있고, 그에 따라 정의를 내리기가 여간 까다로운 게 아니다. 대다수의 희극은 다른 사람들의 생활 가운데에서 일어났다면 우리에게 웃음을 유발시킬 수 있고 우리에게 일어났다면 불유쾌할 그런 사건에 기반을 두고 있다. 이렇게 다른 사람의 사건과 나의 사건으로 분리해서 생각하게 해 주는 것은 다름 아닌 "전망"(원근법, perspective)의 문제인 것이다. 인간은 다른 사람들이 겪고 있는 특정한 상황 바깥에 서 있으면서, 자신의 관점에서 그 상황을 지켜본다. 즉, 거리를 두고 남의 일로 여기면서 특정한 상황과 사건을 냉철하게 지켜보면 모든 일이 우습지 않은 게 없다. 또한 인간은 과거에 실제로 겪었던 어려운 위기

상황과 걱정스러운 일들, 안절부절 못했던 일들을 지니고 있게 마련이다. 이와 같은 과거의 일들도 오늘날 돌이켜 생각해 보면 그와 같은 사건들과 그런 처지에서 쩔쩔매던 자신의 모습에 대해 씁쓰레한 웃음이나 미소를 지을 수 있게 된다. 이처럼 희극은 시간적·공간적 거리두기와 관련되며, 느끼는 능력(감성)보다는 생각할 줄 아는 능력(지성)에 더욱 의존한다.

시간적으로든 공간적으로든 특정한 사건에 대해 거리를 두고 지켜보면서 냉철히 생각해 보면, 쓸데없는 고집과 편견과 모순과 위선, 거짓, 겉치레, 잘난 체함 등등을 인식하게 된다. 이러한 요소들은 특별히 사회적으로 문제가 되는 것들인데, 이러한 부정적인 요소들의 제거가 더 나은 세계로 나아가는 데에 도움이 될 수 있다. 그러므로 희극에서는 인간들이 바람직한 세계로부터 멀리 떨어져 있음을 전제로, 바람직스럽지 못한 것들을 비웃음과 조소를 통해 제거하고자 한다. 이처럼 희극은 바람직한 이상 세계로 나아가기 위한 과정에서 방해가 되는 요소들을 웃음으로 제거하려는 연극 형태라 할 수 있다. 이러한 인식을 바탕으로 창작된 연극 형태가 바로 희극인데, 이러한 견해에 대해 사회학자인 베르그송은 다음과 같은 견해를 펼쳤다.

베르그송은 그의 저서 『웃음 – 희극의 의미에 관한 시론』에서 변화하는 환경에 비해 고정화된 행동 패턴이 시대에 뒤떨어진다고 여겨질 때 희극이 발생한다고 하였다. 인간의 삶과 현실은 끊임없이 변화하는 유동적인 상황으로 이루어져 있는데, 인간이 그 변화하는 시대적 요구에 적응하지 못한 채 융통성이 없고 기계적이며 퇴영적인 삶에 빠질 때 희극적 인물이 된다고 하였다. 이처럼 희극은 삶의 융통성에 적응하게 만드는 사회적 교정 장치가 될 수 있다. 또한 비극에서처럼 극을 실재로 믿고 그 상황 속에 빨려 들어가는 것이 아니라, 희극은 방관자적으로 극의 진행을 즐기게 한다고 하였다. 이와 같은 베르그송의 지적은 희극의 사회성을 가장 잘 요약한 것이라 할 수 있다.

그렇다면 희극이란 형태는 언제 어떻게 시작되었을까? 희극의 기원에 대해 아리스토텔레스는 『시학』 4장에서 여러 도시에서 관습적으로 상연된 남근 찬가의 대가들의 즉흥적인 창작으로 시작되었다고 지적하였다. 그는 『시학』 3장에서 희극의 어원에 대해 komoideia = komos(잔치) + aoidos(노래), 즉 "잔치에서 부르는 노래"라는 의미로, 풍요제를 축하하는 외설스런 노래라는 의미에서 파생되었다고 밝혔다. 그런데 그는 더 나아가 희극은 komai(시골) + aoidos(노래), 즉 "시골에서 부르는 노래"라는 의미로, 도시에서 쫓겨나 농촌 축제에서 주로 부른 노래라는 의미도 있다고 설명하였다. 두 가지 어원 모두 풍요와 다산을 기원하는 시골 축제에서 부른 노래라는 의미를 지니고 있다고 보아 무방하다.

희극의 특성과 발전 과정에 대해서 아리스토텔레스는 다음과 같이 『시학』 5장에서 간략히 요약하고 있다. 희극은 보통보다 못난 사람들의 모방이지만, 인간의 온갖 악에 관련된 것은 아니라고 하였다. 희극적인 것은 일종의 '우스꽝스러운 것'인데, 이는 결함이며 창피스러운 것이기 때문에 고통이나 파괴의 성질을 띠지 않는다고 하였다. 그 예로 희극 가면을 들고 있는데, 그것은 비록 추하고 일그러졌지만 고통을 나타내지는 않는다는 것이다. 아리스토텔레스는 희극의 발전 단계에 대해서 구체적인 언급을 생략하였는데, 이는 당시 그리스 사람들이 희극에 대해 진지하게 생각하지 않았던 까닭이라 할 수 있다. 단지 크라테스(Krates)가 처음으로 단장격 욕설 방식을 버리고 보편적인 이야기와 플롯을 엮어낸 인물이라는 점, 즉 희극의 정형화를 이룩한 희극 작가라는 사실을 강조하였을 뿐이다. 그런데 희극에 대한 실제적인 논의는 아리스토텔레스에게서보다는 현대 문예 이론가 N. 프라이에게서 더 많은 것을 확인할 수 있다. 이제 프라이의 희극론을 살펴보자.

나. 프라이의 『비평의 해부』와 희극론

노드롭 프라이는 그의 저서 『비평의 해부』에서 희극에 대한 해박한 지식을 펼쳐 놓았디. 아리스토텔레스의 『시학』이 주로 비극에 치우친 감이 적지 않은데, 그가 희극론을 썼을 것이라는 가설이 제시되기도 했다. (움베르토 에코의 《장미의 이름》에서) 하지만 아리스토텔레스의 희극론이 실존하지 않는 상황에서 본격적인 희극론은 프라이에게서 구할 수밖에 없는 실정이다. 그는 희극이라는 장르를 봄의 미토스라는 문학 영역으로 설정하였다. (참고로, 프라이는 봄의 미토스로 희극을, 여름의 미토스로 로만스를, 가을의 미토스로 비극을, 그리고 겨울의 미토스로 아이러니를 각각 설정하였다.) 이제 그의 희극론을 요약해 보자.

그리스 신희극(New Comedy)의 플롯 구조는 희극의 공식, 기초가 되었다. 그 공식은 서로 결혼하고 싶어 하는 젊은 남녀가 양친의 반대로 어려움을 겪다가, 반전을 이루어 결국 결혼에 이른다는 것이다. 그와 같은 공식에 따르면, 희극이란 한 사회에서 다른 사회로 전환하는 과정을 극화하였다는 것을 보여준다. 그래서 극의 시작 부분에서는 장애가 되는 인물들이 극중의 사회를 지배하고 있으며, 관객들은 이러한 인물들이 '탈권자'인 것을 인식하고 있다. 극의 결말 부분에서는 젊은 남녀 주인공들이 서로 결합 · 결혼하게 되고, 이와 같은 결합으로 주인공 주위에는 새로운 사회가 만들어진다. 이처럼 희극은 새로운 사회의 출현을 축하하는 축하연, 파티가 열리는 가운데 대단원을 맞게 된다.

희극은 젊은 세대와 늙은 세대의 갈등 · 대립을 통해 이루어지며, 각 세대를 대표하는 아들과 아버지 사이에서 벌어지는 의지의 충돌을 그린다. 이때 늙은 세대는 젊은 세대의 장애물로 그려지는데, 이러한 장애물의 제거, 혹은 갈등의 극복은 곧 젊은 세대의 승리가 되며, 이와 같은 젊은 세대의 승리가 희극의 해결을 이룬다. 젊은 세대의 장애물이 부친이 아닌 경우에는 대개 기존 사회에 대해 부친과 아주 흡사한 관계를 맺고 있는 자로, 부친을 대신하는 인물이라 할 수 있다. 이들은 사회적 변화에 대해 무딘 어리석은 인물로서, 극중에서 "훼방꾼" (blocking character)의 역할을 맡게 된다.

그렇다면 무엇이 훼방꾼을 어리석게 보이게 하는가? 그것은 주로 "편집증"(paranoia)에 의한 것이라 할 수 있다. 편집증이란 한쪽으로 치우친 생각을 고집하고 남의 말을 듣지 아니하는 증상을 말하는데, 주로 쓸데없는 행동이나 말을 반복하는 특징이 있다. 그리하여 희극의 훼방꾼은 자신의 편집증에서 헤어 나오지 못하는 인물을 가리키며, 극중에서 그의 역할은 자신의 망집을 되풀이하는 일이라 할 수 있다.

희극에서 편집증에 빠져 있는 사람은 보통 상당한 사회적 특권과 권력을 가진 사람들로 그려져 있다. 그러므로 그들은 자신의 망집에 따라서 사회를 무리하게 한쪽 방향으로 몰고 가려 한다. 이처럼 희극에서는 불합리한 법률이나 우스꽝스러운 사회 제도를 고집하는 기성세대와 그것에 반발하여 파괴하려는 신세대 사이의 대립으로 그려진다.

그런데 희극에서의 결말은 대부분 "행복한 결말"(happy end)로 끝냇는 경우가 대부분이다. 행복한 결말은 사건의 전개와 결말이 당연하다는 인상은 주지 않더라도, 오히려 그런 결말이 바람직하다는 느낌과 확신을 관객에게 심어준다. 또한 끝맺음을 하는 과정에서 신빙성 없는 개심이나 기적적인 변모, 혹은 예상치 못했던 신의 도움이 발생하기도 하는데, 이것 역시 바람직한 결말과 관련이 깊다. 그러므로 희극은 현실적인 것보다는 바람직한 것을 강조하고, 과학적인 정확함보다는 종교적인 관용(grace)을 강조한다. 이와 같은 행복한 결말은 훼방꾼의 개심(conversion)으로부터 비롯되며, 훼방꾼이 자신의 잘못을 뉘우치고 주인공들과 화해를 이루는 과정에서 완성된다. 이처럼 희극의 결말은 용서와 화해, 그리고 포용과 관용을 그리고 있다. 이와 같은 희극을 "로만스 희극", 혹은 "낭만 희극"이라 한다. 대표적으로 셰익스피어의 〈템페스트〉를 들 수 있다.

물론 희극의 결말이 훼방꾼의 개심과 화해와 용서를 거쳐 행복하게 끝맺음하는 경우가 많지만, 그렇지 않은 결말도 가능하다. 그것은 희극이 훼방꾼에게 역점을 두고 진행되는 경우를 가리키는 것인데, 이러한 결말을 맺는 희극을 "희극적 아이러니", 혹은 "풍자 희극"이라 한다. 그러니까 풍자 희극은 자신의 망집을 되풀이하는 기성세대의 훼방꾼과 신세대가 화해하지 못한 채, 평행선을 긋게 된다. 대표적으로 몰리에르의 〈따르튜프〉를 들 수 있다.

희극적인 인물은 극의 구조에 의해서 좌우된다. 희극적 대립을 이루는 인물로 "알라존"(alazon) / "에이런"(eiron)이 있고, 희극적 분위기를 조성하는 보조적인 인물로 "보몰로초스"(bomolchos) / "아그로이코스"(agroikos)가 있다. 먼저 기성세대의 훼방꾼을 알라존이라 하는데, 이는 기만적인 인물이란 의미이다. 또한 신세대의 젊은 남녀를 에이런이라 하는데, 이는 자신의 지식이나 능력을 숨기는 인물, 혹은 자신을 낮추는(비하하는) 자라는 뜻이다. (자신을 낮추는 인물이란 뜻의 eiron에서 반어법이란 뜻의 irony가 유래하였다.) 희극은 알라존과 에

이런의 갈등이 극적 전개의 기초가 되며, 관객들은 자신의 능력이 충분히 발휘되지 못하고 있는 에이런에게 동정심을 느끼게 되므로 그들이 승리하는 결말을 맺게 된다.

알라존형 인물은 편집증에 사로잡힌 훼방꾼으로, 자기 인식이 부족한 경우가 많다. 거의 언제나 기만적인 인물로 그려지는데, 반면에 잘 속는 성향을 지니고 있기도 하다. 일반적으로 알라존은 '잔소리 심한 아버지'가 맡는데, 말 많은 '허풍선이'나 '현학자'가 아버지를 대신하기도 한다. 에이런형 인물은 희극적 사건을 풀어나가는 주인공으로, 자신을 낮추어 실제보다 똑똑하지 못한 사람인 척 하지만, 결국 자기기만적인 알라존을 극복한다. 주인공 에이런의 의도가 성공할 수 있도록 계략을 꾸미는 일은 주로 꾀 많은 하인이 맡는다.

어릿광대(보몰로초스)형 인물은 직업적인 광대나 익살꾼, 재담꾼 등으로, 판에 박힌 희극적인 말버릇과 행동으로 웃음을 자아내게 하는 인물이다. 그는 플롯에 도움을 주기보다는 오히려 축제적 분위기를 북돋는 역할을 한다. 촌뜨기(아그로이코스)형 인물은 무뢰한, 쑥맥, 근엄하니 융통성이 없는 사람, 그리고 인색하고 속물 근성에 젖어 있는 사람으로, 그 역시 희극적 분위기를 더해 주는 인물이다.

이와 같은 희극이 잘 구현되면, 특유의 정서적인 힘이 발휘되기도 한다. 그것은 "공감"과 "조소"인데, 이러한 감정은 비극의 연민과 공포에 대응되는 것들이다. 비극에서 얻는 정서적 효과인 연민이 도덕적으로 끌어당기는 힘이고 공포가 되쫓아 버리는 감정이라면, 관객들은 이러한 감정을 불러일으켜서는 공연이 끝남과 함께 내버린다. 마찬가지로 희극에서는 긍정적인 인물에 대한 공감과 부정적인 인물에 대한 조소의 감정을 불러일으키고는, 공연이 끝남과 함께 내버리게 된다.

다. 희극의 발달 과정과 유형론

비극의 경우와 마찬가지로, 희극 역시 그리스 각 지역의 (농촌) 디오니소스 축제의 희극경연대회를 통해 크게 꽃을 피웠다. 그리스 희극은 아리스토파네스가 활약하던 시기, 즉 기원전 400년경 전후를 중심으로 한 "구희극"과 메난드로스를 중심으로 한 "신희극"으로 구분할 수 있다. 구희극은 통렬한 현실 풍자와 비판을 가한 데 비해, 신희극은 동시대인들의 생활 묘사와 낭만적인 연애를 주로 다루면서 대조적인 양상을 보였다.

구희극을 대표하는 아리스토파네스(Aristophanes)는 생존 당시 44편의 희극 작품을 창작하였으나, 현재 전하는 작품은 〈리시스트라타〉, 〈구름〉, 〈새〉, 〈개구리〉 등 11편이 있다. 그는 〈아카르나이 사람〉에서 전쟁의 와중에서 고통을 받는 농민들의 삶을 지지하며 크레온의 전쟁론을 부정하여, 희극경연대회에서 처음으로 1등상을 받았다. 그는 계속해서 그리스 최고의 철학자 소크라테스를 비롯한 소피스트의 변론술과 교육을을 비판한 〈구름〉을 창작하였으며, 권력 투쟁의 장이 되어 버린 지상을 떠나 인간과 신의 중간 세계인 공중에 '새의 나라'를 건설하고자 하는 공상적인 희극 〈새〉를 발표하였다. 〈개구리〉는 당시 대표적인 비극작가 아이스킬로스와 에우리피데스의 비극 작품을 인용하며 평가한 작품으로, 당시 비극에 대한 문예비평 작품이기도 하다. 아리스토파네스의 희극 작품 중에서 대표작으로는 반전 작품인 〈리시스트라타〉을 들 수 있다. 이 작품은 여주인공 리시스트라타가 남성들이 펼치는 전쟁을 막기 위한 방편으로 섹스 스트라이크를 주동한다는 내용을 담고 있는데, 이 작품을 통해 아리스토파네스는 반전론과 평화 옹호론을 일관되게 전개하였다.

신희극의 구조적 원리는 앞 장에서 이미 다루었으므로, 여기서는 신희극의 대가 메난드로스(Menandros)에 대해 간단히 살펴보겠다. 메난드로스는 30여년 동안 극작가로 활동하면서 100여편의 희극 작품을 발표하였으며, 8번의 희극경연대회에서 우승하였다. 그는 로마 시대의 학자들로부터 호메로스와 함께 그리스를 대표하는 문인으로 추앙받기도 하였다. 그는 완고한 아버지, 사랑에 빠진 아들, 허풍선이 군인, 교활한 하인, 마음씨 착한 창녀 등의 유형적 인물들을 적절히 활용하였으며, 복잡하고 치밀한 구성이 돋보이고 재치 넘치는 대사가 풍부한 희극 작품들을 발표하였다. 그의 희극 작품 중에서 현존하는 작품으로는, 〈심술쟁이〉, 〈삭발당한 여인〉, 〈사모스의 여인〉, 그리고 〈중재판정〉 등이 있다. 그의 작품은 로마 시대의 플라우투스와 테렌티우스에게 막대한 영향을 끼쳤으며, 더 나아가 세익스피어와 몰리에르에게까지 영향을 끼쳤다.

　로마의 희극은 그리스 신희극처럼 사랑하는 젊은 남녀와 완고한 아버지, 교활한 하인과 뚜쟁이 노파 등의 유형적인 인물들을 활용하여, 젊은 남녀의 사랑 이야기를 주로 다루었다. 플라우투스(Plautus)와 테렌티우스(Terentius)가 로마의 희극을 주도하였는데,〈쌍둥이 메내크미〉와〈황금 항아리〉, 그리고〈형제들〉과〈환관〉등을 남겼다.

　이탈리아의 코메디아 델아르테(Commedia Dellarte)는 희극 전문극단으로, 그들은 16세기 중반 이탈리아를 중심으로 전유럽에 전문적인 희극 양식을 전파하였다. 코메디아 델아르테가 다룬 희극 작품은 그리스 신희극과 로마의 희극처럼, 젊은 연인들의 사랑 이야기를 주로 다루는데, 처음에는 기성 세대의 반대에 좌절하나 꾀많은 하인의 계략으로 결국 이들의 승인을 얻는 과정을 그렸다. 코메디아 델아르테의 특징은 전문적으로 희극적 재주가 뛰어난 배우들이 간단한 이야기 개요(scenario)에 의존하여 즉흥적으로 연기한다는 데에 있다. 그들은 "유형적 인물"(stock character)을 적극적으로 활용하였는데, 그들은 자신이 맡은 역할을 대대로 물려받아 왔다. 이들은 노인 / 청년, 주인 / 하인, 꾀바름 / 어리석음 등의 대조적인 원리들을 역할에 부여함으로써, 대표적인 유형을 만들어냈다.

　대표적인 인물로는 먼저 노인 유형으로 판타룬(pantaloon)과 도토레(doctore), 그리고 카피타노(capitano)를 들 수 있다. 판타룬은 인색하고 욕심 많은 상인으로 베니스 사람이며, 도토

레는 판타룬의 친구로, 볼고냐에서 온 법학박사, 혹은 의사이다. 카피타노는 스페인 출신의 거만하고 호색적인 허풍선이 군인으로, 프랑스에서는 스카라무슈, 혹은 시라노가 되었다.

젊은 연인(inna morati)으로는 남자 연인(인나 모라토)와 여자 연인(인나 모라타)이 있다. 남자 연인은 보통 옥타비오라고 불렀으며, 익살맞은 행동은 하지 않았다. 여자 연인은 보통 이사벨라였으며, 아름답고 교양있고 매력적인 여인으로 잘 생긴 남자와 사랑에 빠지는 게 그녀의 주된 역할이었다.

젊은 익살꾼(zanni) 가운데에는 아를레키노(arlechino)와 페드로리노(pedrolino), 그리고 브리겔라(brighella)가 대표적인 인물이었다. 아를레키노는 코믹하고 쾌활한 시골 얼간이로 장난기와 속임수를 잘 쓰는 하인인데, 영국으로 건너가 하알리퀸(harlequin)이 되었다. 페드로리노는 단순하고 수줍어하는 감상적 성격의 하인으로, 가면 대신 두꺼운 분칠을 한 얼굴에 주름 옷깃이 있는 특유의 의상을 착용하였다. 그는 이후 광대(clown)로 변모하여 프랑스의 삐에로(pierrot)가 되었다. 브리겔라는 뽐내기 좋아하고 싸우기 잘하는 거짓말쟁이면서 술주정뱅이로, 계략에 능한 교활한 하인의 전형이었으며, 이후 프랑스의 피가로(figaro)와 스카팽(scapin)과 같은 인물로 발전되었다.

풀치넬라(pulcinella)는 나이 많은 노총각 하인으로 야비하고 이기적이며 허풍이 센 인물이다. 그는 곱추에다가 배불뚝이인 광대형 인물인데, 이후 영국의 펀치(punch)가 되었다. 콜롬비나(colombina)는 **뻔뻔스럽고 이간질 잘 하는 여자**로, 애인 알레키노의 상대역이다. 그녀는 알레키노와 유사한 의상을 걸친 말괄량이로, 이후 영국의 컬럼바인(columbine)으로 변모하였다.

이들은 눈과 코를 주로 가리는 반 가면을 쓰고 과장된 연기와 마임을 즐겨 사용하였는데, 라찌(lazzi)라고 부르는 익살맞은 동작을 반복하면서 관객의 사랑을 받았다. 코메디아 델아르테의 희극은 전유럽에 널리 퍼져서 상당한 인기가 있었으며, 특별히 프랑스 몰리에르의 희극에 막대한 영향을 끼쳤다.

이탈리아의 코메디아 델아르테의 희극과는 별도로, 희극을 오늘날의 대표적인 극형식으로 정착시킨 인물은 다름 아닌 셰익스피어였다. 셰익스피어는 비극과 희극, 사극 등 다양한 연극 양식을 솜씨있게 다룬 극작가로 유명하다. 또한 그는 비극과 사극에도 희극적인 인물을 배치하였으며, 그들을 통한 "희극적인 구제"(comic relief) 장면을 효과적으로 여러 차례 연출한 바 있다. 그는 희극 영역에 있어서도 〈실수연발〉과 〈한여름 밤의 꿈〉, 〈말괄량이 길들이기〉, 〈베니스의 상인〉, 〈윈저의 유쾌한 아낙네들〉, 〈12번째 밤〉, 〈당신 좋으실 대로〉, 〈템페스트〉 등의 수많은 명작들을 남겼다. 그의 희극 작품에는 일반적으로 낙관적인 전망 속에 펼쳐지는 청춘남녀의 사랑과 결혼, 계속해서 이어지는 축하연 등 떠들썩한 분위기가 연출된다. 물론 그의 희극 작품에는 재기 넘치는 대사와 복잡하게 얽힌 사건을 치밀하게 풀어가는 구성이 돋보이기도 한다.

셰익스피어의 희극 작품은 크게 3기로 구분하는데, 〈실수연발〉과 〈한여름밤의 꿈〉 등의 초기와 〈베니스의 상인〉과 〈12번째 밤〉 등의 중기, 그리고 〈템페스트〉로 대표되는 후기로 나뉜다. 셰익스피어의 첫 번째 희극 작품으로 알려진 〈실수연발〉은 친부모도 구분할 수 없을 정도로 닮은 쌍둥이 형제들과 쌍둥이 하인들이 펼치는 좌충우돌 상황을 유쾌하게 전개해 간다. 〈12번째 밤〉은 쌍둥이를 통한 오해와 남장(男裝) 여인을 둘러싼 삼각관계를 경쾌하게 풀어낸 작품이며, 〈당신 좋으실 대로〉는 이상향 아덴의 숲에서 펼치는 사랑 이야기를 다룬 작품이다. 비정한 유태인 상인 샤일록과 총명한 여주인공 포샤가 법정 대결을 펼치는 〈베니스의 상인〉은 총명함과 매력, 순수함, 명랑함, 그리고 순종미를 두루 갖춘 르네상스형 미인을 재치 있게 형상화시킨 희극 작품이다.

〈원지의 유쾌한 아낙네들〉은 사극 〈헨리 4세〉의 희극적인 인물 폴스타프가 숙녀들을 속이려다 제 꾀에 넘어가는 과정을 그린 작품으로, 19세기 여러 작곡가들의 손을 빌어 오페라로 재창작된 바 있다. 〈한여름밤의 꿈〉은 아테네 공작 부부와 두 쌍의 젊은 연인들, 그리고 숲 속 요정의 왕 오베론과 왕비 티타니아의 결합 과정을 극적으로 짜임새 있게 구성한 작품이다. 이 작품에는 네 쌍의 중심인물들 이외에 극중극을 진행하는 보텀 일행의 에피소드와 장난꾸러기 요정 퍽의 활약 등이 더운 여름밤 아름다운 숲을 배경으로 펼쳐진다. 셰익스피어의 최후 작품으로 알려진 〈템페스트〉는 마법사 프로스페로와 그의 순진한 딸

미란다, 요정 에어리엘과 괴물 캘리번, 그리고 풍랑을 만나 섬에 상륙한 나폴리 왕과, 왕자 등이 화해와 용서의 세계를 환상적인 무대를 통해 그려내고 있다.

17세기 프랑스 고전주의 연극의 확립에는 꼬르네이유와 라신느 등의 비극 작가와 함께 몰리에르(Moliere)라는 희극작가의 활약에 힘입은 바 크다. 몰리에르는 고전주의적 극작술에 맞춰 〈수전노〉, 〈염세가〉, 〈위선자 따르뛰프〉, 〈동 쥬앙〉, 〈서민귀족〉, 〈스카펭의 간계〉등 수많은 희극 작품을 창작하였다. 그는 동시대의 작가들과 함께 그리스, 로마의 연극에 눈을 돌려, 고전 희극을 새롭게 재창작해냈다. 고전적인 5막 운문극으로 그리스와 로마 희극을 본 뜬 작품으로는 〈앙피드리옹〉과 〈수전노〉를 들 수 있다. 탐욕스럽고 인색한 노인 아르빠공의 탐욕과 색욕을 비판한 〈수전노〉는 그의 대표적인 성격 희극 작품에 속하면서, 이탈리아 코메디아 델아르테의 희극적 구성을 따른 갈등 희극이라 할 수 있다. 〈위선자 따르뛰프〉는 자신을 경건한 성자인 척 위장하고서 남의 말을 쉽게 믿어 버리는 오르공 집안을 파멸로 몰아가다가 끝내 자신이 감옥에 가고 마는 인물 따르뛰프의 위선을 풍자하였다.

F.B. 밀레트와 G.E. 벤틀리는 *The Art of the Drama*에서 영국을 중심으로 한 희극의 유형으로 ① 고대 로마의 희극, ② 엘리자벳 시기의 낭만 희극, ③ 자코뱅 시대의 사실적, 풍자적 희극, ④ 몰리에르의 하이 코메디, 혹은 성격 희극, ⑤ 왕정 복

고 시기의 위트 희극, 혹은 풍습 희극, ⑥ 18~9세기의 감상적 희극을 제시한 바 있다. 그리고 그들은 현대 희극에는 여러 가지 희극 유형이 혼재되어 있으며, 2~3가지 이상의 유형이 혼합된 양상으로 존재한다는 주장을 전개하였다.

이러한 유형들은 관객에게 어필하는 양상에 따라 크게 두 가지 – 이성적인 것과 감성적인 것으로 나누어 눌 수 있다. 이성적으로 어필하는 타입은 유머 감각과 우스꽝스러움에 의존하며, 감성적이기보다는 이성적이다. 웃음을 불러일으키는 대조적인 것, 불합리, 모순, 부조화에 대한 관객의 지성적인 감수성에 의존한다. 그대신 관객들은 동정심이나 연민, 증오 등의 감정을 불러일으키려 하지는 않는데, 이러한 희극 타입을 풍자(적) 희극이라 할 수 있다. 앞 장에서 설명한 바와 같이 풍자 희극이란 알라존이 자신의 고집을 끝내 버리지 못하며 에이런과 화해를 이루지 못하는 스타일을 가리킨다. 이와 같이 풍자 희극 스타일은 알라존에 대한 비판과 조롱이 주를 이루기 때문에 씁쓸한 웃음을 자아내게 한다. 풍자 희극은 고대 그리스 구희극으로부터 시작하여, 자코뱅 희극, 몰리에르 희극, 그리고 왕정복고 기의 희극으로 이어져 왔다.

감성적으로 어필하는 타입은 희극작가가 관객들로 하여금 어떤 행동의 결과, 주로 연애 사건에 대해 깊숙이 흥미를 느끼게끔 유도하며, 그에 따라 특정한 인물에 대한 강한 동정심과 다른 인물에 대한 혐오감을 만들어 간다. 관객은 행복한 결말과 악한 인물의 징벌, 혹은 개과천선을 즐기리라는 행복감과 안도

감에 크게 의존한다. 풍자를 거의 사용하지 않는 이런 타입을 낭만(적) 희극이라 할 수 있다. 낭만 희극은 알라존이 개심하여 에이런과 화해를 이루며, 그리하여 젊은 세대가 중심이 된 새로운 사회의 출현을 축하하는 잔치로 끝맺음하는 유형을 가리킨다. 낭만 희극은 그리스 신희극과 로마 희극으로부터 시작하여, 셰익스피어의 희극, 이탈리아 코메디아 델아르테의 희극, 그리고 18~19세기의 감상적 희극으로 이어져 왔다.

6. 희극의 단계와 소극

A.R. 톰슨(Thomson)의 *The Anantomy of the Drama*에서
는 다음과 같은 희극의 단계를 제시한 바 있다.

6. 사상 풍자

5. 성격의 불일치

4. 언어적 위트

3. 계략, 희극적 장치

2. 신체적 결함

1. 외설, 음담

————— 소극 ————— 고급 희극 —————

여섯 가지 희극적 요소 중에서 외설적인 것이 희극의 가장 낮
은 단계에 속한다. 그리스 시대 디오니소스 축제는 남성의 생식

기를 모방한 물건을 들고 다니면서 음란한 노래를 부르며 행진하는 것으로부터 행사가 시작되었다. 디티람보스의 합창대는 과장된 성기를 드러내 놓은 상태에서 노래를 불렀는데, 이렇듯 음란하고 외설스런 행동은 다산과 풍요를 기원하는 의미에서 시작되었으리라 여겨진다.

외설적 요소와 함께 신체적 결함이 저질 희극, 혹은 소극의 영역에 해당한다. 신체적 결함이나 실수는 아리스토텔레스가 말한 '보통보다 못난 사람들의 모방'과 관련이 있는데, 신체적 기형을 지닌 사람과 지나치게 못생긴 얼굴, 지나치게 크거나 작은 사람, 홀쭉이와 뚱뚱이 등은 예나 지금이나 가장 손쉬운 희극적 요소로서 활용되어 왔다. 또한 신체적 실수로서 반복적으로 넘어지거나 자빠트리는 행동, 바나나 껍질에 미끄러지는 동작과, 회전문을 빠져 나오지 못하고 계속 도는 행동, 그밖에 소리 나는 (플라스틱) 망치로 쳐서 쓰러트리는 행동 역시 희극의 유형적인 장치로서 오랫동안 활용되어 왔다.

희극의 세 번째 단계로서 계략과 희극적 장치를 드는데, 여기서 말하는 희극적 장치란 오해와 오인, 쌍둥이 형제나 자매와 같은 인물을 잘못 알아보기 등의 의도적인 설정을 가리킨다. 희극적 장치에는 기대나 모습과는 판이한 말씨나 말과 행동의 불일치, 갑작스럽고 예상치 못했던 행동, 실제 모습과 가장한 모습 사이의 불일치, 그리고 허장성세와 위선 등도 포함될 수 있다. 또한 시간이 서로 엇갈려 쩔쩔매게 된 상황이나, 서로 간에 엇갈린 목적에 의해 어긋나는 행동, 또한 상대방을 곤란하게 만들려는 계략 등도 희극의 오래된 관행 중의 하나였다.

고급 희극 영역에 해당하는 언어적 위트에는 경구, 개그 (gag), 말의 우스꽝스러운 오용, 재치 있는 말장난(pun) 등이 속한다. 셰익스피어의 희극에는 재치 있는 언어가 다양하게 전개되는데, 〈실수연발〉에서 몹시 뚱뚱한 하녀를 다음과 같이 희롱하고 있다.

> 드로미오 : 나리, 그녀는 부엌데기인데다가 비계덩어리지요. 그녀를 등불로 만들어서 그녀가 비치는 불빛으로 도망가는 것 외에는 아무런 쓸모가 없답니다.
>
> 안티포로스 : 그럼, 그녀는 좀 뚱뚱하다는 말인가?
>
> 드로미오 : 머리에서 발끝까지의 길이와 엉덩이 한쪽에서 엉덩이 다른 쪽까지의 길이가 일치하지요. 그녀는 지구와 같이 공 모양이에요. 그녀의 몸에서 세계 각국을 확인할 수 있답니다.
>
> 〈실수연발〉 3막 2장

언어 희극을 넘어선 고급 단계로는 성격상의 문제를 다룬 성격 희극을 들 수 있다. 셰익스피어와 동시대의 극작가인 벤 존슨은 4가지 체액에 의한 기질적 특성 – 쾌활한 다혈질과 냉담한 점액질, 성 잘 내는 담즙질, 그리고 우울한 흑담질을 희극화하였는데, 이러한 "기질 희극"(comedy of humours) 역시 성격 희극에 속한다. 몰리에르는 수전노, 염세가, 위선자, 그리고 호색한 등의 성격을 풍자한 희극 작품을 주로 창작하였다. 이처럼 웃음거리가 될 만한 성격적 결함이나 특성은 희극이 노리는 주요 대상이라 아니할 수 없다.

끝으로 희극의 최대 목표는 인생과 사회에 대한 비판으로서의 풍자이다. 풍자는 특정한 개인이나 사회, 제도, 계층 등을 조소함으로써, 대상의 가치와 의미를 격하시키거나 새롭게 재평가하려는 문학적 시도를 가리킨다. 이와 같은 풍자는 희극에서 가장 오래된 영역에 속하는데, 그리스의 희극작가 아리스토파네스는 전쟁으로 광적으로 선호하는 사람들과 잘못된 지식을 퍼트리는 사람들, 모순된 사회 제도를 신봉하는 사람들을 맹렬히 풍자하였다. 아리스토파네스 이래로 더 나은 사회로 나아가는 데에 걸림돌이 되는 훼방꾼들을 풍자하고 공격하는 것은 희극의 핵심적인 영역에 속하는 것이다.

앞에서 우리는 소극(farce)과 희극을 구분하는 기준으로서 희극적 요소들의 단계를 살펴보았는데, 일반적으로 과장되고 우스꽝스러운 인물과 바보스런 행동 양식을 통해 웃음을 전하려 하는 소극은 사려 깊은 웃음을 목적으로 한 고급 희극보다 열등한 양식으로 취급한다. 비극에 비해 멜로드라마를 열등한 것으로 보듯이, 희극과 소극의 관계도 대체로 그렇다. 그리하여 희극은 인간 행동의 어리석음과 가식과 모순 등을 꼬집는 가운데에서 우러나오는 지적인 웃음을 지향하지만, 소극은 터무니없는 상황이나 농담과 익살, 어릿광대의 우스꽝스런 행동

245

등을 통해 아무런 저의가 없는 폭소를 지향한다. 또한 희극 / 소극은 플롯 / 극적 상황, 성격의 구축 / 유형적 인물, 언어적 위트 / 육체적 과장 등으로 구분하기도 한다. 하지만 희극 작품 안에도 소극적 요소가 포함되어 있으며 소극 작품 안에도 고급 희극의 요소가 일부 포함되어 있기도 한 점을 미루어 보아, 희극과 소극을 엄격하게 구분하기란 그리 쉬운 일이 아닐 수도 있다. 그래서 오스카 와일드의 〈진지함의 중요성〉같은 작품은 학자에 따라서 희극으로 보기도 하며, 소극으로 분류하기도 한다.

일반적으로 소극은 "상황 희극"(situational comedy)으로 지칭되기도 하는데, 어처구니없는 상황이나 이러지도 못하고 저러지도 못하는 난처한 처지 등을 과장스럽게 표현하는 특징이 있다. 예를 들어, 남편이 외도를 하려는 순간 아내가 들이닥쳐 불가피하게 연인을 숨겨야 하는 상황을 들 수 있겠다. 그와 같은 난처한 상황은 연속해서 무리한 행동으로 이어져, 폭소를 자아내게 만든다. 또한 이러한 소극에서는 리얼리티를 별로 고려하지 않은 채 단순하게 유형화된 인물로 묘사되거나 과장되고 우스꽝스러운 인물로 그려진다.

그리하여 소극은 또한 엎치락뒤치락 하는 슬랩스틱 코메디(slapstick comedy)라고도 할 수 있다. 슬랩스틱이란 원래 어릿광대가 상대역을 때릴 때 소리만 크게 나는 방망이를 뜻하는데, 슬랩스틱 코메디란 이처럼 엎치락뒤치락 치고받는 과정에서 폭소를 유발시키는 스타일을 가리킨다. 찰리 채플린의 무성영화에서도 이와 같이 치고받고 넘어지고 자빠트리는 장면들이 반복적으로 연출되어 있다.

그저 웃기기 위해, 폭소를 자아내기 위해, 소극에서는 터무니 없는 과장과 기계적인 반복, 그리고 신분이나 역할의 전도(뒤바뀜) 등을 자주 활용한다. 남녀의 기능과 주종의 신분이 뒤바뀌거나 어른과 아이의 역할이 전도되는 상황은 깊게 생각하지 않아도 폭소를 자아내게 할 것이다. 근대극 초기의 창작극인 조일재의 〈병자삼인〉은 가부장적 질서가 현존하는 시대에 역할과 신분이 전도된 세 쌍의 부부를 무대에 불러낸 소극 작품이다. 이 작품에서는 남성의 특권을 빼앗긴 세 남자가 반복적으로 장님, 귀머거리 등의 병신 흉내를 낼 수밖에 없는 상황을 익살스럽게 그려냈다.

7. 서사극

　서사극의 흐름은 20세기 초반 독일을 중심으로 발생한 전위적인 예술 운동 표현주의와 관련을 맺고 있다. 낭만주의와 상징주의의 계보를 잇는 표현주의자들은 연극과 무용, 회화 등의 예술 분야에서 반역, 왜곡, 혁신적인 대담함 등을 실천하기 위해 예절이나 상식, 권위와 규범에 반기를 들었다.

　표현주의극에서는 주인공의 주관적 시각에 비친 왜곡된 현실을 그리려 하였기 때문에, 있는 그내로의 실재를 재현하려는 객관적 시각을 버리고 꿈이나 악몽을 그리려 하였다. 또한 표현주의극을 지지한 젊은 극작가들은 기존의 관습 및 사회와 가족 제도에 대립하는 성향을 띨 수밖에 없었다. 그리하여 표현주의극에서는 기괴한 사건들, 해체된 플롯, 여러 에피소드를 여행하는 정거장식 극구성, 전보문처럼 짧은 대사와 시적인 대사를 번갈아 사용하는 문체, 정신적 상태를 반영하는 무대 이미지 등의 기법을 혁신적으로 활용하였다. 또한 표현주의극의 특징 가운데에는 각 등장인물의 개성을 드러내는 이름대신에 남자, 여자, 점원, 대장 하는 식의 사회적 기능이나 직책으로 명명되는 유형적 인물형의 활용이 두드러진다. 이처럼 표현주의 연극에서는 19세기의 중요한 경향이었던 잘 짜여진 희곡의 관습과 무대 사실주의의 그럴듯함에 대항하였다. 표현주의 연극의 대표작으로는 아버지의 억압적인 구속과 위선적 태도에 대항하는 성난 젊은이를 다룬 하젠클레버의 〈아들〉, '에브리맨'(중세 도덕극의 제목이자 주인공의 이름)이라는 인물이 하루 동안 다양한 에피소드를 경험하면서 삶의 의미를 모색하는 카이저의 〈아침부터 밤중까지〉 등이 있다. 이러한 표현주의 연극은 연출가 피스카토르와 극작가이면서 이론가인 브레히트에게 이어져 서사극으로 발전하게 되었다.

표현주의적 연극 스타일을 계승한 독일의 연출가 피스카토르는 관객을 정서적으로 고양시키며 실재에 대한 환영(illusion)을 불러 일으키던 당대의 연극을 거부하며, 사회주의적 이념을 전파하기 위한 급진적인 선전·선동극을 주창하였다. 그는 '책과 신문, 연극과 영화야말로 오늘의 세계를 비판하고 내일의 세계를 준비할 수 있는 수단'이라고 주장하면서, 연극을 통해 사회적 현실을 비판하려는 비판적 연극을 이끌었다. 여기서 말하는 비판이란, 프롤레타리아 계급을 위해 사회 변화를 지향하는 행위까지 포함된 것이다. 그는 해결 가능성을 내다보며 비판하는 예술, 실천적 부정의 예술을 추구하였다. 그의 기존 연극적 관행에 대한 비판적 실험은 물론 표현주의적 경향으로부터 유래한 것이었지만, 연출가답게 그는 주로 극장을 개조하거나 회전무대나 콘베이어 벨트 등의 사용을 통한 무대적 변화를 중점적으로 시도하였다.

피스카토르의 정치 선전극이 극장 시설의 기술적 기능을 확장하는 실험을 통해 이루어졌다고 볼 수 있다면, 브레히트의 사회주의적 연극은 희곡 자체의 변화를 먼저 시도하고 이어 연극 전체의 변화를 꾀하는 과정을 통해 이루어졌다고 볼 수 있다. 피스카토르와 연극 작업을 함께 했던 브레히트 역시, 관객으로 하여금 주인공과의 동일화 과정을 통해서 자신의 사회적 의무를 인식시키는 부르조아 연극의 관행을 거부하였다. 브레히트는 전통적인 극형식과 단절하면서, 중국의 경극이나 일본의 노, 연대기적 역사극, 영국 뮤직홀의 연예물, 그리고 영화로부터 새로운 연극 양식을 모색하였다.

그리하여 브레히트는 시·공간의 제약을 덜 받는 삽화적 극형식을 전통적인 극형식의 대안으로 제시하였다. 그는 중세의 종교극이나 셰익스피어의 연대기적 역사극처럼 느슨하게 짜여진 장면들을 연속적으로 결합시키고, 때로는 대조적인 이야기들을 나란히 맞대어 놓기도 하였다. 그리하여 이러한 줄거리 진행 방식은 시간과 공간의 제약 없이 많은 사건들과 많은 인물들을 수용하는 구조, 즉 "삽화적 극구조"(episodic structure)를 이루게 되었다. 또 이러한 과정을 효율적으로 이끌어줄 서술자(해설자)의 존재도 필요하게 되었다. 그리하여 브레히트의 서사극은 각 부분의 자율성 및 독립성이 보장되고, 병렬 기법이 자주 사용되었다. 대표적으로 브레히트의 〈코커서스의 백묵원〉에서 골짜기의 소유권 다툼을 해결하기 위해 해설자가 나서서 극중극을 소개하게 된다. 그리하여 극중극에서 여주인공 그루샤는 총독의 어린 아들을 살리기 위해 오랜 세월 동안 여러 지역을 여행하게 되는데, 그 과정은 삽화적으로 그려져 있다. 또한 〈코커서스의 백묵원〉에는 서로 다른 그루샤의 이야기와 건달 아즈닥의 이야기가 대립적으로 펼쳐지기도 한다.

브레히트의 서사극에 형상화된 등장인물 역시 기존의 드라마에서 볼 수 있었던 인물과는 판이하게 달랐다. 즉, 브레히트가 창작한 서사극의 인물은 감정이입이 가능한 주인공이 아니었다. 그래서 등장인물에 대한 동정심과 같은 감정 상태가 유발되지 않게 되고, 오히려 관객들로 하여금 의아심을 불러일으킬 만한 인물을 창조하였다. 관객들은 브레히트의 인물들을 대할 때에는 이성적으로나 감성적으로 이질감을 느끼게 되며, 그에 따라 등장인물들에게 동화되는 대신 인물들을 비판하게 만들었다. 브레히트는 간혹 감정이입 과정이 뒤따르는 긍정적인 인물을 창조하기도 하였는데, 이런 경우에는 감정이입이 오랫동안 지속되는 것을 허용하지 않았다. 브레히트는 이와 같은 인물들이 적절한 시기에 자신이 맡은 역할에서 벗어나와 객관적인 설명을 하게 만들었다.

이와 함께 브레히트는 여러 가지 서사적 수단을 자신의 극작품에 도입하였다. 대표적인 것으로 각 장에는 표제어나 짧은 서문을 덧붙이기도 하였는데, 이를 통해서 무대 위에서 제시되지 않은 사건들이나 앞으로 발생할 사건 등을 요약적으로 해설하기도 하였다. 또한 줄거리 진행을 중단한 채 관객에게 직접 메시지를 전달하는 노래를 사용하기도 하며, 프롤로그나 에필로그를 사용하기도 하였다. 그런데 이러한 수단들은 대부분 자연주의 이전 시대에 즐겨 쓰던 연극적 장치들인데, 이런 장치들을 통해 관객으로 하여금 극적 몰입을 방해하면서 뭔가 낯설고 생소한 것으로 보이게 하려 하였다. 즉, 브레히트의 서사극적 시도는 자연스럽고 친숙하게 몰입되기를 거부하면서, 오히려 극적 대상과 인물들을 낯설게 만들거나 소외시키거나 감정적으로 거리를 두게 만들려고 하였다.

이러한 "낯설게 하기" 수법은 브레히트의 연기술 및 무대 활용에서도 적용되었다. 그리하여 배우들의 연기 역시 실제 맡은 역할에 동화되지 않고 일시적으로 그런 인물을 연기하고 있다는 것만을 보여 주려 하였다. 그는 종래의 연기 스타일처럼 특정한 배역을 맡은 배우가 그 인물이 '되려고' 애쓰는 게 아니라, 그냥 그린 인물을 '보여 주려는' 연기 스타일을 고안해냈다. 이런 연기의 예를 브레히트는 교통사고를 목격한 사람들의 증언 방식으로 설명하였다. 교통사고를 목격한 사람은 간혹 당사자들처럼 행동을 모방하기도 하지만, 어디까지나 객관적인 증인의 입장에서 설명하는 게 중요하기 때문이다. 이러한 과정을 통해서 결국 구경꾼(관객)들이 충분한 판단을 내릴 수 있도록 하기 위해서였다. 이외 같은 "낯설게 하기" 수법은 무대 활용에서도 나타나는데, 장면 제목을 슬라이드로 투사하기, 조명기를 노출시켜 드러내 보이기 등을 통해서, 관객들이 그장 안에 와 있다는 사실을 환기시키고자 하였다. 그리하여 서사극은 관객들로 하여금 자신이 극장 안에 있는 것이고 또한 무대는 무대일 뿐이지, 가상의 현실 세계가 아니라는 사실을 환기시켜 준다.

새로운 극작술을 시도하고 낯선 무대를 이루어낸 서사극의 최종적인 목적은 관객의 현실 인식 능력을 증대시키는 데에 있었다. 허상(illusion)을 창조해 내는 기존 연극에서 관객들이 극행위를 무비판적으로 수용하며 주동인물에게 몰입되는 현상을 브레히트는 거부하였다. 그리하여 브레히트는 생소한 연극적 장치들을 통해 관객들에게 궁금증이나 호기심을 유발시킴으로써 현실에 대한 올바른 인식을 심어 주려 하였다. (그리고는 더 나아가 자비심을 지니게 하려 하였다.) 이처럼 그는 연극을 프롤레타리아 계급의 공동 학습의 장으로 만들어, 세상을 변화시키려 하였다. "브레히트의 서사극은 세상의 변화에 참여하기 위해 연극을 변화시켰다." (하인즈 가이거)

브레히트는 자신이 주장하는 서사극이 기존의 드라마 양식과 어떻게 다른지를 다음과 같이 설명한 바 있다.

도표-7

전통적인 극(드라마)	서사극
플롯	서술
관객을 무대 상황 속으로 끌어들임	관객을 관찰자로 만듦
관객의 행동 가능성을 약화시킴	관객의 행동 가능성을 강화시킴
관객에게 감동을 제공함	관객에게 결정(판단)을 내리게 함
인간의 경험을 그림	인간을 둘러싼 세계를 묘사함
관객을 경험의 숲 속에 있게 하며, 그 경험을 함께 나눔	관객을 경험의 세계 밖에 있게 하며, 그 경험을 연구하게 함
고정불변의 인간상 제시	가변적이고 변화 가능한 인간상 제시
결과를 주시	과정을 주시
각 장면은 서로 연관이 있음	각 장면은 서로 독립적임
진화론적인 결정관에 따른 발전 과정을 보여줌	비약에 의한 몽따주
인식이 존재를 결정	사회적 존재가 인식을 결정
감정	이성

8. 부조리극

　1950년 〈대머리 여가수〉공연 이후, 프랑스를 중심으로 한 서유럽 연극계에서는 기존의 인간관과 연극 관행에 대한 중대한 도전을 시도하였다. 이후 이오네스코와 베케트, 쥬네 등의 극작 활동을 중심으로 활발하게 전개된 연극 활동에 대해 1960년대 연극평론가 마틴 에슬린은 "부조리극"이라 명명하였다. (물론 처음부터 이들 극작가들이 의식적으로 유파를 표방한 것은 아니었다.) 두 차례의 세계 대전을 겪은 이후 이들이 문제 삼은 것은 황폐해진 삶의 조건, 불확정성, 무감각 등과 같은 상황이었다.

　19세기말 이후 자연주의자들은 과학적 사실과 객관적 규칙을 신봉해 왔지만, 부조리 극작가들은 인간을 둘러싼 모든 지식과 가치, 행동이 다 비논리적이며 무의미하다고 보았다. 부조리 극작가들은 혼돈과 모순, 공허함으로 가득 찬 우주 속에서 논리와 질서, 확실성을 상실한 채 표류하고 있는 인간상을 다루었다. 이러한 인간관은 인간에게 부과된 불합리한 조건을 다룬 까뮈의 〈시지프스 신화〉와도 관련이 깊다. 그리스 신화에서 시지프스를 다룬 내용은 다음과 같다. '제우스 신의 명령을 제대로 따르지 않은 약삭 바른 시지프스는 결국 신들로부터 가혹한 형벌을 받게 된다. 그는 바위 덩어리를 힘들게 산 정상에 밀고 올라가야 하는데, 바위 덩어리가 정상에서 바로 굴러 떨어지게 되면 시지프스는 끝없이 힘든 고역을 되풀이해야 한다.' 여기서 까뮈는 고향을 상실하고 이방인으로 살아가는 인간, 약속된 땅에 대한 희망을 상실당한 인간, 그로 말마암은 인간과 삶의 철저한 분리를 가리켜, '부조리' 라는 실존적 개념을 부여하였다. 그는 인간이 처해 있는 조건을 무목적과 불합리, 모순으로 가득 찬 악몽과 같은 세상으로 보았다.

부조리극이 본격화되기 이전인 19세기 말 프랑스의 알프레드 자리는 기존의 연극 관습을 그로테스크하게 전도시킨 탈사실주의적 기법을 사용한 〈위뷔 왕〉을 발표하여, 유럽 연극계에 커다란 충격을 던졌다. 〈위뷔 왕〉 이후 다다이즘, 초현실주의, 그리고 실존주의에서도 부조리한 삶을 지적하는 작품들이 창작되었다. 그러나 이러한 유파 및 경향과 부조리극의 가장 큰 차이점은 후자는 존재의 부조리성을 강조하면서도 이와 같은 내용을 비전통적인 양식을 통해 작품화하였다는 점이다. 부조리극 계열의 작품에 나타난 공통점은 다음과 같다. 확실한 플롯이 없고, 인물은 거의 기계적인 인형과 같으며, 꿈이나 악몽이 사회적 진술을 대신하고, 그들이 주고받는 대화는 앞뒤가 맞지 않은 지껄임에 불과했다. 또한 사회와 인간에 대한 도덕적 판단이나 주석을 내리지 않고, 불합리하고 모순된 인간의 상황을 무대 위에 그대로 제시하고자 했다.

1950년 이오네스코는 시간의 흐름도 제멋대로이고 개성이 없는 로봇 같은 존재들이 의미를 상실한 말들을 늘어놓으며 상식이 통하지 않는 비논리적인 세계를 그린 〈대머리 여가수〉를 발표하여, 커다란 파문을 일으켰다. 사회 구성원들 사이의 소통이 불가능한 인간의 고독을 다룬 〈대머리 여가수〉는 말이 해체되고 파괴되어 종말에 이르른 언어의 비극이 되고 말았다. 그리하여 이 작품은 초반부에서 논리가 무시되는 황당하고 희극적인 분위기에서 시작되지만, 끝으로 갈수록 참담하고 비극적인 느낌을 들게 하였다. 그래서 그의 작품들은 초기에 '비극적 소극', '반 희곡', '희극적 드라마'라는 부제가 붙기도 하였다.

극 구조상 〈대머리 여가수〉는 최종적인 절정을 향해 치닫는 "점충적 극구조"(climatic structure)와는 달리, 순환과 반복의 "상황적 극구조"(situational structure)에 속한다. 이 작품의 상황은 스미스 부부로 대표되는 영국 중산층 사람들의 일상사를 보여 준다. 비논리적인 터무니없는 대화를 주고 받던 부부에게 소방서장과 마틴 부부가 가세하여 혼란이 더해지고, 스미스 부부와 마틴 부부 사이에는 말다툼이 일어나 전혀 알아 들을 수 없는 소음으로 발전한다. 극이 잠시 중단된 후에는 마틴 부부가 스미스 부부 자리에 앉아 첫 장면의 대사를 반복한다. 이오네스코는 이러한 순환적 구조를 통해 대다수 중산층의 삶은 동일한 구조를 지니고 있으며, 그러므로 그들의 삶은 교체가 가능하다는 점을 증명하려 하였다.

도표

```
┌─────────────────────────────────────┐
│              상황                     │
│  영국 중산층 스미스 부부의 일상사가 보여진다.  │
│    앞뒤가 맞지 않는 대화를 주고 받는다.      │
└─────────────────────────────────────┘

┌──────────────────┐      ┌──────────────────┐
│  원래 상황으로 돌아옴  │      │    긴장이 증가함     │
│  마틴 부부가 첫 장면처럼 │      │  소방서장과 마틴 부부가 혼란에  │
│    거실에 앉아 있다.   │      │      합세한다.     │
│  극의 첫 장면이 반복될 때 │      └──────────────────┘
│      막이 내린다.    │
└──────────────────┘

┌─────────────────────────────────────┐
│              폭발                     │
│      두 부부는 서로 말다툼을 한다.         │
│  그들의 대사는 점점 알아들을 수 없는 소음으로   │
│             발전한다.                 │
└─────────────────────────────────────┘
```

이오네스코의 다른 작품 〈의자〉에는 무기력한 노인과 노파, 귀머거리면서 벙어리인 변사, 그리고 아무도 앉지 않은 텅 빈 의자들이 등장한다. 빈 의자들은 무한대로 증식되어, 무대를 가득 채우게 된다. 여기서 온갖 사물에게 제 자리를 빼앗기고 물러난 인간의 초라한 위상이 두드러지게 부각되며, 그와 함께 비사실적인 세상의 공허함이 함께 전달된다. 〈코뿔소〉는 마을 사람들이 모두 코뿔소로 변하지만, 주인공 한 사람만은 코뿔소가 되지 않으려고 끝까지 저항한다는 내용을 담고 있는데, 여기서는 팽창하는 전체주의에 대한 경고의 메시지를 전하고 있다. 그밖에 연극론을 다룬 희곡 〈알마의 즉흥극〉은 이오네스코 자신과 브레히트의 연극론을 신봉하는 연극평론가 사이의 토론을 다루고 있다.

1953년에는 또 다른 극작가의 작품이 초연되어 센세이셔널한 반응을 불러일으켰는데, 그 작품은 바로 사무엘 베케트의 〈고도를 기다리며〉였다. 이 작품에서 베케트는 무언극과 서커스, 코메디아 델아르테 기법을 활용하여, 블라디미르와 에스트라공, 럭키와 포조와 같은 인물들을 창조해냈다. 이 작품에서 특정한 목적이 없이 무대 위에 나와 있는 이들은 존엄성을 상실한 채 부조리한 삶을 연기하는 광대라 할 수 있다. 이 작품의 상황은 다음과 같이 단순하다. '블라디미르와 에스트라공은 고도를 기다리며 이런저런 놀이를 하면서 지루함을 달랜다. 소년이 등장하여 고도는 오늘 오지 않고 내일 온다는 말을 전하자, 두 사람은 분노를 터트린다. 그리고는 돌아가자고 말을 하지만 둘은 움직이지 않는다. 2막에서는 이와 같은 상황이 변조되어 다시 한번 반복된다.'

〈고도를 기다리며〉와 유사한 구조를 지닌 작품 〈놀이의 끝〉에서, 중심인물은 눈이 멀고 다리가 마비되어 의자에 앉아 있을 수밖에 없는 햄과 걸을 수는 있지만 햄의 수족이 되어 그에게서 벗어나지 못하는 클로브이다. 이들 이외에 쓰레기 통 속에는 햄의 부모인 넬과 네그가 들어 있다. 등장인물 가운데에서 유일하게 사지를 이용해 움직일 수 있는 클로브는 폭군 햄을 곁을 떠나려 하지만, 결국 종말론적 분위기가 가득한 밀폐된 공간을 벗어나지 못하고 만다. 이 작품은 마치 오지 않는 고도를 끝없이 기다리는 상황과도 유사하며, 이들의 모습은 마치 장기판에서 모든 말들을 다 잃고 왕과 왕을 지키는 시종 하나밖에 남지 않은 패배 직전의 상황과 흡사하다고 볼 수 있다. 이처럼 베케트는 예측할 수 없는 운명과 인과론적으로 연결되지 않는 불합리성, 헤어날 수 없는 악몽 같은 세계 등을 소극(笑劇)적인 방식으로 표현해냈다.

참고문헌

김갑순, 『희곡론』(이화여대 출판부)
김성희, 『연극의 세계』(태학사)
김세영 외, 『연극의 이해』(새문사)
김운일, 『희곡 개론』(한국문화사)
김흥우, 『희곡문학론』(유림사)
민병욱, 『현대희곡론』(삼영사)
　　　　『희곡문학론』(민지사)
송욱 외, 『비극과 희극 – 그 의미와 형식』(고대출판부)
신현숙, 『희곡의 구조』(문학과 지성사)
오학영, 『희곡론』(고려원)
이상섭, 『아리스토텔레스의 시학 연구』(문학과 지성사)
이재명, 『우리 극문학의 흐름1』(평민사)
정병희, 『현대 프랑스 연극』(민음사)
조남철 외, 『한국희곡론』(방송대출판부)

소련 콤 아카데미 김만수 옮김, 『희곡의 본질과 역사』(제3문학사)
Asmuth, B. 송전 옮김, 『드라마 분석론』(한남대 출판부)

Barranger, M. S. 이재명 옮김, 『연극이해의 길』(평민사)

　　　　우수진 옮김, 『서양 연극사 이야기』 (평민사)

Elam, K. 이재명 · 이기한 편역, 『연극과 희곡의 기호학』(평민사)

Esslin, Martin 원재길 옮김, 『드라마의 해부』(청하)

　　　　김문환 · 김윤철 옮김, 『극마당 : 기호로 본 극』(현대미학사)

Frye, Northrop 임철규 옮김, 『비평의 해부』(한길사)

Freytag, G. 임수택 · 김광요 옮김,

　　　　『드라마의 기법 – 고전 비극의 이념과 구조』(청록출판사)

Gaiger, Heinz 임호일 옮김,

　　　　『드라마 작품을 통해 본 예술과 형식 인식』(지성의 샘)

Klotz, V. 송윤엽 옮김, 『현대희곡론 – 개방희곡과 폐쇄희곡』 (탑출판사)

Muoller, Udo 본원웅 옮김, 『희곡과 시 입문』(도서출판 반)

Reaske 유진월 옮김, 『드라마의 분석 – 극의 이론과 실제』(시인사)

Seldon, Samuel 김진식 옮김, 『무대예술론』(현대미학사)

Smiley, S. 이재명 · 이기한 편역, 『희곡창작의 실제』 (평민사)

Stager, E. 이유영 옮김, 『시학의 근본개념』(삼중당)

Williams, R. 임순희 옮김, 『현대비극론』(학민사)

Beckerman, B. *Dynamics of Drama : Theory and Method of Analysis*
　　　　Perspectives on Drama

Brockett, O. G. *The Theatre – An Introduction*

Millet, F. B. *The Art of the Drama*

Thomson, A. R. *The Anantomy of the Drama*

Wright, E. A. *A Primer for Playgoer Understanding Today's Theatre*

색인

266

극문학이란 무엇인가

공연예술신서 · 40

초판 1쇄 발행일   2004년 3월 30일
초판 3쇄 발행일   2019년 3월 10일

지 은 이   이재명
만 든 이   이정옥
만 든 곳   평민사
         서울시 은평구 수색로 340 [202]
         전화: (02)375-8571(代)
         팩스: (02)375-8573

평민사(이메일) 모든 자료를 한눈에 ―
http://blog.naver.com/pyung1976

등록번호   제251-2015-000102호

ISBN   89-7115-700-8   03800

정 가   13,000원